Animatus.

Cuentos de Horror.

Índice:

-I-
Introducción:

Este libro es una colección de pequeños cuentos de misterio, algunos de ellos teñidos de terror, que exploran cómo la vida de personas aparentemente comunes puede torcerse de forma inesperada y definitiva. Cada historia muestra a sus personajes enfrentándose cara a cara con su destino: Para algunos, un destino casi predecible; para otros, un caos brutal que nadie podría haber anticipado. A través de estos relatos, se revela una verdad incómoda: La vida es un puro caos, y el futuro no es más que el resultado de una suerte ciega y rudimentaria. Día tras día, caminamos como por un campo minado, sin saber qué paso será el último. Es un mundo sin dios, donde los muertos guardan silencio y solo los sobrevivientes hablan… y lo hacen con miedo, dando gracias a una fuerza que ni siquiera comprenden. Historias en las que tanto quienes lo hacen todo mal como quienes intentan hacerlo bien terminan igualmente destruidos. Porque en estas páginas, el destino no distingue entre justos e injustos. Solo golpea.

Este libro contiene palabras, nombres y simbolismos que se conectan directamente con otras obras publicadas del mismo autor. A través de ellos se crea una atmósfera de misterio en la que las vidas de algunos personajes encuentran su cierre definitivo, y donde las distintas historias se entretejen de manera sutil. Solo quien preste verdadera atención descubrirá los hilos invisibles que unen todos los relatos. Nicolás es, precisamente, uno de esos hilos. Esta historia representa la continuación directa de su vida después de su reencarnación en el año 2061. Se trata de un cuento futurista que narra la existencia reencarnada de Nicolás, uno de los personajes principales de la novela Ozymandias: El Escogido. Esta obra no es un libro común. Es una puerta entreabierta hacia mundos dispares, un cajón de sastre donde conviven la luz y lo sombrío, lo cotidiano y lo imposible. Entre estas páginas encontrarás historias cortas que se deslizan como susurros en la noche: Algunas te helarán la sangre con su misterio o su terror sutil; otras te dejarán un nudo en la garganta, cargadas de una tristeza profunda y hermosa; habrá también relatos llenos de esperanza, que brillan como brasas en la oscuridad; cuentos cómicos y profanos que te harán reír en voz alta, y otros que, sin pedir permiso, desafiarán las paredes de la caja en la que vives. Algunos traen enseñanzas morales disfrazadas de parábolas; otros prefieren romper las reglas y dejar preguntas sin respuesta. Todos ellos, sin embargo, comparten un mismo propósito: Recordarte que la realidad es más frágil de lo que parece, y que basta un pequeño giro para que lo ordinario se convierta en extraordinario. Bienvenido a este pequeño teatro de emociones.

Apaga la luz si quieres. Deja que las historias empiecen a hablar.

-II-
El Fanfarrón.

Era el verano de 2006, mi esposo y yo acabábamos de comprar nuestra primera casa, una vivienda hermosa que conseguimos tras un proceso sorprendentemente sencillo. Con solo un veinte por ciento de depósito, en pocos días cerramos la compra. A finales de julio de ese mismo año, abríamos por primera vez las puertas de nuestro nuevo hogar. Habíamos trabajado y ahorrado durante diez largos años para llegar a ese momento. Sabíamos que la decisión de comprar una casa no se toma a la ligera, por eso nos propusimos que la mensualidad fuera similar o inferior a lo que veníamos pagando de alquiler durante esa década. La casa no era grande, sino de tamaño mediano: unos mil setecientos pies cuadrados, con tres habitaciones, una sala amplia, comedor, una cocina pequeña y dos baños, uno de ellos dentro de la habitación principal. Tenía un patio agradable, decorado con plantas y orquídeas, y en una esquina crecía un pequeño pero frondoso árbol de mango. Lo que más nos enamoró fue el ambiente de la casa: luminoso, cálido y libre de esa pesadez espiritual que a veces se siente en otros hogares. Se percibía más espaciosa de lo que realmente era y tenía una vibra encantadora. Además, el precio era razonable, especialmente considerando que en aquella época los valores de las propiedades en nuestro país ya comenzaban a subir.

Estábamos llenos de ilusión con nuestro primer hogar. Abrimos la puerta principal y nos recibió un espacio completamente vacío, listo para comenzar nuestra nueva vida. Empezamos a mudarnos poco a poco: Trajimos los muebles del pequeño apartamento donde habíamos vivido de alquiler durante años, junto con todas las cosas que ya habíamos comprado especialmente para la nueva casa. Nuestros padres, suegros y otros familiares se unieron a la mudanza, llegando con regalos que nos ayudaron a cubrir varias necesidades del hogar. El primer mes fue intenso y sin descanso. Cada rato libre lo dedicábamos a pintar alguna pared, armar muebles o colocar adornos. En menos de un mes, la casa ya lucía hermosa, acogedora y completamente decorada. Para celebrarlo, organizamos una fiesta de inauguración con ambas familias. Todos elogiaban nuestra nueva adquisición y nos deseaban lo mejor en esta nueva etapa. Sin embargo, pasada la emoción inicial, la vida pronto retomó su ritmo normal. Ahora era nuestra responsabilidad mantener la casa, pagar la hipoteca y cuidar de todo. Mi esposo y yo seguíamos trabajando, y gracias al buen depósito que habíamos dado, la mensualidad resultaba prácticamente igual a lo que pagábamos de alquiler antes.

Aquella casa era nuestro sueño hecho realidad. Era de esas viviendas que te dan la bienvenida desde el primer momento, que transmiten una energía cálida y una vibra especial. El tiempo pasaba y, como suele suceder, las visitas se fueron haciendo menos frecuentes. Nuestro matrimonio transcurría con normalidad, "bien y a toda vela", como si estuviéramos viviendo una luna de miel eterna. Hasta que una noche de 2007, unos cinco meses después de mudarnos, todo cambió. Estaba profundamente dormida cuando, de repente, me vi de rodillas en medio de la madrugada, sola frente a la puerta de cristal que conectaba el comedor con el patio. Miré a mi alrededor, desconcertada: la casa estaba completamente vacía, tal como el primer día que llegamos. Mientras me preguntaba qué hacía allí sola en plena noche, mirando hacia el patio, sentí unos pequeños toques en el cristal, como si ranitas saltaran y golpearan suavemente la puerta, algo que había ocurrido otras veces. Pegué el rostro al cristal para intentar ver qué era, cuando un rayo estremecedor iluminó todo el patio e hizo vibrar la casa entera. Asustada, me aparté rápidamente de la puerta, todavía arrodillada y completamente desnuda, sin entender qué estaba ocurriendo. Fue entonces cuando vi una pequeña araña negra que se colaba por debajo de la puerta principal —la que daba a la calle y que estaba cerrada— justo a mi derecha. La araña avanzaba directamente hacia nuestra habitación, donde mi marido dormía plácidamente. Sin pensarlo dos veces, me levanté de un salto y corrí hacia la habitación para alertarlo, pero cuando entré, al abrir la puerta de la habitación, me encontré con una escena aterradora: El cuarto estaba completamente vacío, al igual que el resto de la casa, en el centro, de pie, había un hombre alto, desnudo, rubio y corpulento que definitivamente no era mi marido. Me miraba fijamente, con una sonrisa grotesca, mientras hacía gestos lascivos. Sus ojos, exorbitantes y frenéticos, recorrían mi cuerpo con una lujuria enfermiza. En su mano derecha sostenía una pistola, con la cual parecía haberse disparado en la cabeza apenas unos segundos antes. Trozos de masa cerebral le resbalaban por el cuello y caían lentamente al piso de nuestra habitación. Me quedé paralizada durante varios segundos, incapaz de emitir sonido alguno. De pronto, un grito ensordecedor brotó de mi garganta. Ese grito despertó a mi marido, quien en ese momento estaba a mi lado en nuestra cama, sacudiéndome desesperadamente para despertarme. Poco a poco abrí los ojos y regresé a la realidad: Estaba en mi cama, con la luz encendida y mi esposo mirándome aterrado. Había sido mucho más que una simple pesadilla. Todo se había sentido tan real… como si realmente hubiera estado allí. Le conté cada detalle a mi marido, quien me escuchó con una mezcla de preocupación, incertidumbre y susto, tratando de mantener la calma. Después tomé unos sedantes y, con un fuerte sentimiento de paranoia, intenté volver a dormir. A la mañana siguiente llamé al trabajo y pedí el día libre, alegando que me sentía enferma. Nada más lejos de la verdad.

Los días siguientes intentamos olvidar lo sucedido. Le conté a mi esposo todos los detalles de aquella visión aterradora y juntos tratamos de encontrarle alguna explicación lógica, pero nada tenía sentido. Jamás me había ocurrido algo así. No había una razón, ni un precedente, ni una respuesta que nos tranquilizara. Sin embargo, yo sabía lo que había visto. La imagen de aquel hombre —desnudo, rubio, con los ojos exorbitantes y la pistola en la mano— permanecía grabada en mi mente con una claridad perturbadora, como un recuerdo real de esta vida. ¿Qué podía ser todo aquello?

Dos meses habían pasado y yo casi había logrado olvidar aquel horrible sueño, cuando una noche me desperté con una sed insoportable. Salí de la habitación con cuidado para no despertar a mi esposo y me dirigí a la cocina a tomar agua. Apenas di unos pasos por el pasillo cuando un fuerte olor a quemado me golpeó el rostro. Me detuve en seco. La casa estaba completamente destruida por el fuego. El techo tenía enormes huecos por donde caía agua, como si los bomberos hubieran extinguido las llamas hacía poco. El piso estaba inundado. El garaje era un montón de escombros carbonizados y nuestro vehículo apenas se distinguía entre los hierros retorcidos y los restos calcinados. Todas las paredes aparecían ennegrecidas, cubiertas de un espeso hollín que lo cubría todo.

No había divisiones en la casa, el fuego había destruido todo. Cuando vi todo esto me enfermé por dentro, sabía que no podía ser, sabía que era una visión, pero estaba atrapada dentro de ella y no podía despertar, era una realidad paralela, más que un simple sueño y yo estaba atrapada en ella. Traté de regresar a mi habitación, pero cuando entré en ella no había nada, todo estaba quemado y las paredes calcinadas.

«¿Y ahora qué hago? ¿Cómo despierto?», pensé desesperada. Intenté salir al patio para escapar de aquella pesadilla, pero al acercarme a la puerta de cristal me detuve en seco. Allí estaba él. El hombre rubio y alto, completamente desnudo, con la pistola aún en la mano. Su cabeza sangraba profusamente y la masa cerebral le resbalaba por el cuello. Con la mano izquierda me hacía señas insistentes, llamándome para que saliera. Ven, parecía decirme con aquella sonrisa grotesca. Estaba allí, esperándome, todo ensangrentado bajo la luz de la luna. De pronto, todo se desvaneció. Perdí la noción del tiempo, del espacio y de mí misma. Cuando abrí los ojos de nuevo, estaba de vuelta en mi cama. La luz de la habitación estaba encendida y mi esposo se encontraba a mi lado, con el rostro pálido de preocupación. A su alrededor, dos paramédicos me atendían con urgencia. Más tarde supe que había sufrido una fuerte convulsión y que no despertaba. Mi esposo, aterrado, había tenido que llamar a emergencias porque yo permanecía atrapada en aquella agonía, gritando y convulsionando sin control.

Una vez que los paramédicos se marcharon, recomendándonos que consultara cuanto antes a un especialista, me quedé a solas con mi esposo en la madrugada. Esta vez él estaba profundamente preocupado. Su rostro reflejaba un miedo que no lograba disimular. Con la voz todavía temblorosa, le conté todo con detalle: La casa destruida por el fuego, el hombre rubio esperándome en el patio con la pistola en la mano, la sangre, las señales… todo. Nada de aquello tenía sentido. Mientras hablaba, no podía dejar de pensar que me estaba volviendo loca. Las imágenes seguían grabadas en mi mente con una claridad aterradora: La casa calcinada, el olor a quemado, aquel hombre ensangrentado llamándome desde la puerta de cristal.

A la mañana siguiente decidimos tomar el asunto con seriedad. Pedí unos días de vacaciones en el trabajo alegando problemas de salud y, sin perder tiempo, comenzamos a investigar. Hablamos con los vecinos, revisamos los registros públicos y rastreamos a los antiguos dueños de la casa. Queríamos saber quién había vivido allí antes que nosotros y si alguien más había experimentado algo extraño entre esas paredes.

Ninguno de los vecinos sabía nada sobre la historia de la casa. Era relativamente nueva y solo había tenido un dueño anterior: una joven pareja que vivió en ella unos años antes de vendérnosla. Aunque nos daba cierta vergüenza molestarlos, la duda era peor. Decidimos contactarlos. Después de buscar un poco, encontramos su nueva dirección en otra ciudad, a varias horas de distancia. Amablemente nos invitaron a visitarlos. Una vez allí, les conté con todo detalle lo que me había sucedido: la visión de la casa quemada, el hombre rubio ensangrentado, las convulsiones… todo. Ellos nos escucharon con atención y visible sorpresa. Cuando terminé, negaron con la cabeza.—Jamás nos pasó nada parecido —dijo él—. La casa siempre tuvo muy buena vibra. La vendimos únicamente por razones financieras, nada más.

Regresamos a casa en silencio. Las personas que habíamos visitado parecían sinceras y honestas, pero aun así una duda persistente se quedó flotando en el aire. Aunque en el fondo tenía el presentimiento de que nos habían dicho la verdad, la incertidumbre no desaparecía. Si ellos no mentían… ¿entonces de dónde provenía todo aquello? Mientras el paisaje pasaba por la ventanilla, no podía dejar de preguntarme: ¿Estaría todo en mi cabeza? ¿Estaría empezando a volverme loca?

Tenía mucho miedo de ir al médico. Me sentía perfectamente bien y, además, era una mujer joven.

«No estoy loca», me repetía una y otra vez. Pero al mismo tiempo, no sabía qué hacer. El miedo me paralizaba.

Dejé correr el tiempo. Quería darle una oportunidad a la casa y a mí misma, así que traté de disfrutar mis vacaciones. Nos fuimos una semana a Europa y, para mi alivio, dormí perfectamente bien todas las noches. Al regresar, sin embargo, todo había cambiado. La casa ya no se sentía igual. Ahora parecía más pequeña, como si las paredes se hubieran cerrado sobre nosotros. Ya no cabíamos en ella. El ambiente era oscuro, frío y desolado. Aquella vibra cálida y acogedora que nos había dado la bienvenida el primer día había desaparecido por completo. Finalmente, no tuve más remedio que contarle todo a nuestra familia. Nos escucharon con atención, pero en sus rostros se notaba una clara decepción y preocupación.

Sin embargo, durante los siguientes tres meses dormí sin interrupciones y comencé a adaptarme de nuevo a la casa. Empezaba a creer que todo había quedado atrás. Hasta que una madrugada un grito ensordecedor me despertó de golpe. Salté de la cama aterrorizada y lo que vi me heló la sangre: Mi esposo estaba convulsionando violentamente sobre las sábanas, exactamente como me habían descrito que yo lo había hecho. Gritaba de puro terror, con los ojos abiertos pero sin ver nada, el cuerpo sacudiéndose sin control. Por más que lo llamé y lo sacudí, no conseguía despertarlo.

Hasta que, finalmente, abrió los ojos y despertó. Desesperado, me tomó del brazo y exclamó con voz entrecortada:—¡Los vi! ¡Los vi! Una vez que se calmó un poco, me contó con detalle lo que había experimentado. Era una visión tan real que sintió que no regresaría. Se encontraba en otro plano, en otra dimensión, pero dentro de la misma casa. De pronto se vio en el comedor, presenciando una discusión feroz entre una joven de unos veinticinco años y un hombre de aproximadamente cincuenta. El hombre coincidía exactamente con la descripción del que yo había visto: Rubio, alto, corpulento y con una presencia imponente. Discutían acaloradamente sobre temas financieros. Ella lo increpaba con furia, exigiéndole explicaciones, mientras él respondía con promesas vacías y mentiras evidentes.

Mientras observaba aquella visión, el hombre rubio se giró bruscamente hacia él y lo miró directamente a los ojos. De pronto, su rostro se transformó en una máscara de furia y comenzó a gritarle con rabia descontrolada:—¡Te voy a matar! ¡Esto es todo tu culpa!

Después de escuchar su relato, aunque parezca egoísta, sentí una extraña y profunda paz invadiendo mi cuerpo. Yo no estaba loca.

Mi esposo también lo había vivido. Aquello que me atormentaba no era solo producto de mi mente. Ahora los dos estábamos envueltos en lo mismo, atrapados juntos en esta pesadilla, y juntos deberíamos solucionarlo.

Con la ayuda de una tía mía, nos recomendaron a una hechicera muy conocida en la zona. Decidimos ir a consultarla. Le contamos con todo detalle lo que nos estaba ocurriendo. Ella nos escuchó atentamente y luego nos explicó que, en ocasiones, los espíritus de personas fallecidas pueden entrar por error en casas ajenas y quedarse atrapados en ellas, generando todo tipo de perturbaciones. El caso le interesó de inmediato y aceptó ayudarnos. Era una mujer mayor, de presencia imponente y gran autoridad. Su sola forma de hablar transmitía respeto y seguridad. Se notaba que tenía un profundo conocimiento y experiencia en estos temas.

Aquellas palabras nos calmaron bastante. Concertamos una cita con ella en nuestra propia casa y, exactamente una semana después, la hechicera llegó. Aquel día apareció cargada con varios elementos propios de su práctica espiritual: velas, hierbas, un pequeño altar portátil y otros objetos que no reconocí. También traía una botella de ron, tabaco y algunas cosas más cuyo propósito no pude identificar.

Después de trabajar sola durante casi una hora, mientras nosotros esperábamos afuera en el patio, la hechicera nos llamó para que entráramos. Con voz calmada y segura, nos dijo:—La casa está limpia. No veo ninguna presencia anormal ni espíritus atrapados aquí. Hizo una breve pausa y continuó:—Sin embargo, debo advertirles dos cosas: Tengan mucho cuidado con el fuego, porque una fuerte energía de fuego ha salido en la lectura. Y cuiden su relación, pues también apareció una mujer involucrada en todo esto. Por lo demás, no hay nada malo dentro de la casa. Lo que vi fueron más bien advertencias sobre el futuro.

Cuando la hechicera se marchó, en lugar de sentirme aliviada, me quedé aún más preocupada. No podía dejar de pensar en sus palabras. El miedo a que la casa se incendiara, tal como lo había visto en mi visión, me aterrorizaba. Y lo que más me angustiaba era la advertencia sobre "una mujer"... ¿Significaba eso que mi esposo podría serme infiel? Pero entonces, ¿qué pasaba con el hombre rubio y corpulento que se había disparado en la cabeza? Nada de aquello tenía sentido. Por primera vez, me arrepentí profundamente de haber llamado a aquella señora.

Los días siguieron pasando, pero ahora éramos dos los que vivíamos con esa inquietud constante. Ninguno de los dos entendía qué era lo que estaba ocurriendo en nuestra casa. Cada día la sentía más húmeda y fría. Las plantas del patio se marchitaban sin explicación, y empezaron a aparecer hormigas y cucarachas en cantidades anormales, invadiendo rincones donde nunca antes las habíamos visto. Hasta que una tarde, ya sin poder soportarlo más, le dije a mi esposo:—Quiero vender la casa. Él me miró solo un segundo y, sin pensarlo dos veces, asintió con la cabeza.

Llamamos al mismo agente inmobiliario que nos había ayudado a comprar la casa. Le inventamos una historia convincente —que necesitábamos mudarnos por motivos laborales— y le pedimos que la pusiera a la venta de inmediato. Para nuestra suerte, los precios en la zona habían subido considerablemente. Las condiciones estaban claramente a nuestro favor.

La agente inmobiliaria actuó con rapidez. Ese mismo día preparó el contrato y puso la casa en venta. Mientras tanto, nosotros comenzamos a buscar con urgencia un lugar para rentar temporalmente, ya que queríamos mudarnos lo antes posible mientras encontrábamos una nueva casa para comprar.

Quince días después de haber puesto la casa en venta, una nueva visión me despertó en plena noche. Me encontraba de pie frente a la cocina. Del otro lado de la meseta o "counter", una joven de unos veinticinco años fregaba los platos tranquilamente, tarareando una canción con evidente satisfacción. Parecía feliz y relajada. Ella no podía verme. De pronto, vi al mismo hombre: alto, corpulento y rubio. Salió de lo que ahora era nuestra habitación, donde mi esposo dormía plácidamente. Caminó directamente hacia la joven y, al llegar a ella, la abrazó por detrás con ternura. Inclinó la cabeza y la besó suavemente en el cuello, de forma romántica e íntima. En esta ocasión, ninguno de los dos me vio. La visión no fue horrible ni violenta como las anteriores. Simplemente ocurrió tal como lo describí: La joven fregando los platos mientras tarareaba, feliz y despreocupada, y el hombre rubio saliendo de la habitación para abrazarla por detrás y besarla tiernamente en el cuello. Sin embargo, era tan real… tan vívida, que sentía como si realmente estuviera allí, de pie en mi propia cocina, observándolos. Esta vez no desperté hasta la mañana siguiente. En cuanto abrí los ojos, le conté todo a mi marido con detalle. Estábamos más que deseosos de vender la casa. Ya ni siquiera queríamos verla en fotos. Sentíamos una urgencia creciente por irnos de allí. Estábamos convencidos de que, si seguíamos viviendo en esa casa, algo malo terminaría ocurriendo. Lo peor era que no teníamos la menor idea de cuál era la verdadera naturaleza de todo aquello.

Justo un mes después de haber puesto la casa en venta, una mañana nos llamó la agente inmobiliaria.—Tenemos un comprador interesado —nos dijo con entusiasmo—. Quieren ver la casa esta misma tarde. ¿Les parece bien si la enseño alrededor de la una? Mi esposo y yo nos miramos. Ambos estaríamos todavía en el trabajo a esa hora y no llegaríamos hasta después de las seis. Le explicamos la situación, pero ella respondió con total tranquilidad:—No se preocupen, no es necesario que estén presentes. Yo tengo la llave de la casa. La visita no tomará más de media hora y me aseguraré de dejar todo bien cerrado al salir.

Nos pareció bien que así fuera, y así lo hicimos, cuando llegamos a casa todo estaba cerrado tal como la agente de bienes raíces nos había prometido. Ahora era solo esperar la decisión de estas personas que estaban interesados.

A la mañana siguiente, mientras mi esposo y yo estábamos en el trabajo, la agente inmobiliaria nos llamó por teléfono. Su voz sonaba claramente emocionada:—¡Tenemos una oferta! —nos dijo—. Hay un contrato firmado por la casa. Es un poco menos de lo que pedimos, pero sigue siendo más de lo que estábamos dispuestos a aceptar. ¡Es una excelente noticia! Aquello fue un alivio enorme. Por fin comenzaba el proceso formal de la venta. Con un poco de suerte, en unos cuarenta y cinco días podríamos estar fuera de allí para siempre.

A partir de ese día, el reloj empezó a correr de verdad. La venta de la casa se convirtió en el centro de nuestras vidas. Todas las mañanas, sin excepción, recibíamos mensajes de texto de la agente inmobiliaria. Nos mantenía al tanto de cada pequeño avance: Las consultas que llegaban, las visitas programadas, los documentos que faltaban firmar, las negociaciones con el banco y cualquier detalle que pudiera acelerar o retrasar el proceso. Cada notificación hacía que nuestro corazón diera un pequeño salto. Algunos días traía buenas noticias; otros, solo actualizaciones menores. Pero lo importante era sentir que las cosas se movían, que cada mensaje nos acercaba un poco más al día en que por fin podríamos dejar aquella casa atrás.

Por fin llegó la noticia que tanto esperábamos: El banco había aprobado el préstamo a los nuevos dueños. Ahora sí, teníamos que irnos de la casa de inmediato. Solo nos quedaban unos pocos días para encontrar un nuevo lugar donde vivir. La presión era grande, pero también estábamos llenos de emoción. Después de todo lo que habíamos pasado, la idea de cerrar ese capítulo y empezar de nuevo nos llenaba de esperanza y alivio.

Buscamos un apartamento para mudarnos temporalmente mientras decidíamos qué casa comprar en el futuro. Tres días después ya estábamos listos para irnos. Hicimos el cierre de la venta por nuestra cuenta, y los nuevos dueños hicieron el suyo en una fecha diferente, como suele ocurrir en estos casos. Un amigo de mi esposo nos prestó un camión grande de su compañía y, con su ayuda, cargamos todas nuestras cosas. Cuando por fin nos alejamos de la casa, ambos nos giramos para mirarla una última vez por la ventanilla trasera. Nos fuimos en silencio, sin poder entender del todo qué era lo que realmente había sucedido entre esas paredes.

Armamos nuestro nuevo hogar con ilusión. Era un apartamento bonito de dos habitaciones, luminoso y acogedor. Acomodamos los muebles como pudimos y poco a poco comenzamos una vida nueva, como si nada hubiera pasado en la casa anterior. Realmente no queríamos saber nada más de aquella propiedad. Una casa que en su momento llegamos a adorar se había convertido en una verdadera pesadilla. Aunque intentábamos seguir adelante, lo ocurrido aún nos molestaba profundamente. Nos angustiaba pensar que algo similar pudiera sucederle a otras personas… o incluso a nosotros mismos en el futuro. Lo más terrible era que no podíamos cerrar ese capítulo por completo. No sabíamos con certeza qué había ocurrido realmente allí, y sabíamos que nadie nos creería si lo contábamos. Mi propio padre, de vez en cuando, soltaba una carcajada y nos criticaba sin piedad. Decía que éramos unos inmaduros y que él no creía en fantasmas ni en "tonterías de ese tipo". Los meses siguientes transcurrieron con una mezcla de cautela y esperanza. Poco a poco fuimos recuperando la normalidad, aunque la sombra de lo vivido en la casa anterior nunca desapareció del todo. Al cabo de un año, logramos reunir el dinero necesario y compramos nuestra nueva casa. Esta vez decidimos dar un depósito mucho más grande, casi del treinta por ciento, con el fin de sentirnos más seguros y reducir la carga mensual. Queríamos empezar esta nueva etapa con mayor estabilidad. Buscamos con mucho cuidado una propiedad que no se pareciera en absoluto a la anterior. Rechazamos varias opciones solo porque tenían una distribución similar, la misma orientación o incluso un patio que nos recordaba al de la otra casa. No queríamos correr ningún riesgo. No deseábamos que ningún detalle, por pequeño que fuera, nos transportara de nuevo a aquella pesadilla. La casa que finalmente elegimos era completamente diferente: Más moderna, con espacios abiertos, mucha luz natural y una distribución que nada tenía que ver con la anterior. Además, estaba ubicada en otra ciudad, a muchas millas de distancia. Ese cambio de lugar nos daba la sensación de haber puesto una distancia real, tanto física como emocional, entre nosotros y todo lo que habíamos vivido. Por primera vez en mucho tiempo, al cruzar el umbral de nuestra nueva casa, sentimos que podíamos respirar con tranquilidad. Era como si hubiéramos cerrado, al menos en parte, un capítulo oscuro de nuestras vidas.

Habían pasado tres años desde que vendimos la casa. Era una mañana de sábado tranquila. Estábamos en el patio de nuestra nueva casa tomando café, mientras mi suegra preparaba el desayuno en la cocina. El ambiente era relajado y alegre, hasta que, sin saber cómo, el tema de la casa antigua volvió a surgir. Comentábamos que, al parecer, todo el problema había sido la casa misma. En los últimos tres años no habíamos tenido ni una sola pesadilla, ni visiones, ni nada extraño. Todo había vuelto a la normalidad y éramos verdaderamente felices otra vez. Entonces mi esposo, con una media sonrisa, me insinuó la idea:—¿Y si volvemos por la casa y hablamos con los nuevos dueños? Podríamos inventar alguna excusa para conocerlos. Nunca llegamos a verlos en persona. Quiero saber cómo les está yendo… si les ha pasado algo parecido. La curiosidad era enorme, aunque también sentíamos un poco de miedo. Aun así, ¿qué podía salir mal? Ya no era nuestra casa. Lo miré directamente y le pregunté:—¿Quieres ir ahora mismo? Son solo media hora de viaje, cuarenta y cinco minutos como máximo. Mi esposo sonrió con determinación y respondió sin dudar:—¡Vístete!

Nos subimos al vehículo y salimos hacia la antigua casa. El tráfico de esa mañana era insoportable, y lo que debería haber sido un viaje de apenas cuarenta y cinco minutos se convirtió en más de una hora de manejo tenso y silencioso. Cuando finalmente doblamos la esquina y entramos por el "driveway" de la propiedad, ambos nos quedamos sin aliento. Nuestros corazones latían con tanta fuerza que parecía que iban a salirse del pecho. La casa estaba destruida. Un enorme hueco irregular se abría en el techo, como una herida negra y profunda. Las paredes exteriores estaban cubiertas de manchas oscuras de humo y hollín. Nos bajamos del carro lentamente, casi con miedo, y nos acercamos. La propiedad estaba acordonada con cintas amarillas de la policía y los bomberos, que ondeaban ligeramente con la brisa. Un olor denso, acre y nauseabundo a quemado aún flotaba en el aire, tan fuerte que se nos metía en la garganta. Dentro del garaje se distinguía el cadáver calcinado de un automóvil, convertido en un amasijo de hierros retorcidos y metal derretido. Desde el exterior se podía ver gran parte del interior de la casa: Las paredes completamente ennegrecidas, el techo derrumbado en varias zonas y los restos carbonizados de lo que alguna vez fueron nuestros muebles. Todo tenía una apariencia macabra, como si la casa misma hubiera sido consumida por un fuego lleno de rabia. Nos quedamos allí parados, inmóviles, mirando en silencio aquella ruina. Ninguno de los dos se atrevía a hablar. La casa que alguna vez habíamos amado ahora parecía un cadáver carbonizado, un monumento sombrío a todo lo que habíamos vivido allí.

Cruzamos la calle y nos dirigimos a la casa del vecino de enfrente, un señor en sus sesenta años al que conocíamos bien. Era un hombre educado y amable, de esos que siempre saludaban con una sonrisa. Tocamos la puerta y esperamos. Cuando abrió y nos vio parados allí, su rostro cambió por completo. Se llevó ambas manos a la cabeza, visiblemente conmocionado, y exclamó:—¿Ya se enteraron? ¿Por eso han venido? Nosotros, tratando de mantener la calma, respondimos que habíamos pasado casualmente por la zona y decidimos acercarnos para saludarlo. El hombre nos miró por un momento, todavía sorprendido, y luego nos invitó a pasar.—Entren, por favor —dijo con voz grave. Nos sentamos en el viejo sofá de la sala. El ambiente estaba cargado. Después de ofrecernos un vaso de agua, el vecino se acomodó frente a nosotros y comenzó a contarnos con todo detalle lo que había ocurrido con la casa.

—La cuestión es la siguiente —continuó el vecino, acomodándose en su asiento con gesto serio—: Después de que ustedes vendieron la casa, se mudó una pareja bastante peculiar. Él era un hombre rubio, alto y corpulento de unos cincuenta y tantos años, su nombre era Víctor. Su esposa era una joven muy guapa de unos veintitantos años, la pobre, con una triste historia que prefiero no recordar. Se veían como buenas personas. Ella me contó una vez que se habían casado solo unos meses antes de comprar la casa. Desde el primer día se notaba que tenían dinero. Apenas llegaron, él le regaló un carro nuevo a su esposa y se compró uno deportivo para él. Hicieron varias remodelaciones, cambiaron los muebles y le dieron un aspecto más moderno a la propiedad. Parecían felices. Recuerdo un día que estaba cortando el césped en el jardín de enfrente cuando me llamó para que viera su nueva máquina de cortar hierba, una de esas eléctricas y silenciosas. Mientras la admirábamos, empezamos a conversar. Me contó que era dueño de una empresa importante, que sus padres tenían mucho dinero y que él era hijo único. Se notaba que le gustaba presumir un poco, pero era amable.

Siempre me decía: "Si algún día necesita algo, don José, no dude en llamarme. Puede contar conmigo para lo que sea". El vecino hizo una pausa, como si estuviera ordenando sus recuerdos, y su expresión se volvió más sombría antes de continuar.

—Todo cambió —continuó mi vecino, bajando un poco la voz— hace apenas tres meses. Era alrededor de las dos de la madrugada cuando la joven esposa tocó desesperadamente a mi puerta pidiendo auxilio. La dejé entrar de inmediato y llamé a la policía. Mientras esperábamos, ella me contó entre lágrimas lo que estaba pasando. Me dijo que no tenía familia cercana y que había conocido a ese hombre mayor, quien le prometió un matrimonio y una vida decente y yo estaba sola y me logró convencer, aunque era mayor que yo me enamore de él y me sedujo con sus lindas palabras. Al principio todo parecía perfecto, pero con el tiempo descubrió la verdad: él era un fanfarrón, un estafador profesional. No tenía empresa, ni dinero propio, ni familia rica. Todo lo que había gastado —los carros, las remodelaciones, los muebles— lo había sacado endeudando la casa a través de préstamos sobre el valor de la propiedad. Y lo peor: ella estaba en todos los papeles. Él la había arrastrado a una montaña de deudas.—Se está poniendo agresivo —me confesó asustada—. Temo por mi vida. Cuando llegó la policía, ella suavizó un poco su declaración para no meterlo en problemas graves. Dijo que solo había sido una fuerte discusión y que se había asustado. La policía se marchó sin llevarse a nadie, pero con el acuerdo de que esa noche no durmieran juntos bajo el mismo techo. Ella decidió irse a un hotel, y mi esposa y yo la acompañamos para asegurarnos de que estuviera a salvo. Cuando regresé a la cuadra, todo era un caos. La calle estaba llena de patrullas y camiones de bomberos. El hombre rubio, alto y corpulento, había prendido fuego intencionalmente a la casa. Después salió al patio y, frente a la puerta de cristal, se puso la pistola en la cabeza y se disparó. Los bomberos lograron controlar el incendio, pero cuando revisaron la propiedad encontraron su cuerpo sin vida. Al parecer, no pudo soportar la realidad: ya no podía seguir fingiendo. No era nadie importante, no tenía dinero, y estaba a punto de perder a la joven esposa que tanto presumía. Prefirió quitarse la vida antes que enfrentar la humillación y la montaña de deudas que había creado. El vecino hizo una pausa, sacudió la cabeza con tristeza y añadió:—Dio su vida por lo material… y lo material terminó destruyéndolo todo.

Mi esposo y yo quedamos completamente impactados por la noticia. Después de un breve silencio, decidimos contarle con total franqueza todo lo que nos había ocurrido en aquella casa y la verdadera razón por la que la habíamos vendido. El vecino, un hombre educado, culto y profundamente espiritual, nos escuchó con atención. Cuando terminamos, asintió lentamente y nos dijo con voz serena: —Este mundo en el que vivimos está lleno de límites: De espacio, de tiempo, de materia. Pero en el mundo espiritual no existen ni el tiempo ni el espacio tal como los conocemos. El espíritu que ustedes vieron no es otro que ese mismo hombre. Dio todo por las cosas materiales, fanfarrón como tantos otros. Ahora estará atrapado allí para siempre, porque pagó con su vida por esa casa. Era lo único que tenía. Nadie lo obligó a endeudarse de esa manera. Comprar una casa es algo muy serio. Aunque todo esto ocurrió en el futuro de la casa —cuando él aún ni siquiera la había comprado—, en el mundo de los muertos no hay tiempo. Su intensa desesperación se reflejó hacia atrás y les afectó a ustedes. Muchas de las cosas que nos pasan no siempre tienen que ver con el pasado… a veces vienen del futuro.

Le agradecimos profundamente al vecino por su tiempo y su sabiduría. Nos despedimos de él con una mezcla de tristeza por lo ocurrido y un extraño alivio. Por fin habíamos cerrado aquel capítulo oscuro de nuestras vidas, aunque con enseñanzas duras y dolorosas que nunca olvidaríamos.

-III-
Mildred y el soldado español.

1895, Galicia. España. Fernando Osorio tenía veintidós años y el alma gastada. Nacido en un pequeño pueblo de la provincia de Pontevedra, era el menor de seis hermanos en una familia que parecía maldita. Su padre, un labrador seco y violento, bebía lo poco que ganaba y descargaba sus frustraciones a golpes sobre quien tuviera más cerca. Su madre, consumida por el hambre y los partos, había perdido la luz en los ojos hacía años. La casa era un chamizo de piedra y paja donde el frío entraba por las rendijas y el hambre era un huésped permanente. Los hermanos mayores se habían ido uno a uno: Unos al mar, otros a la ciudad, y algunos simplemente desaparecieron sin dejar rastro. Fernando no tenía nada. Ni tierra, ni oficio que le diera futuro, ni siquiera la esperanza de una mujer que lo mirara con cariño. En Galicia, en aquellos años, la miseria era una herencia que se pasaba de padres a hijos como un apellido maldito. Cada mañana, al levantarse, sentía que el peso del techo bajo y de las deudas lo aplastaba un poco más. Una noche de invierno, mientras la lluvia golpeaba el tejado como si quisiera derrumbarlo, Fernando tomó una decisión que cambiaría su destino para siempre. —Quiero alistarme —le dijo a su padre, con la voz firme por primera vez en mucho tiempo. El viejo lo miró con desprecio, pero también con un brillo de alivio en los ojos. —¿Para ir a morir a Cuba? —preguntó, escupiendo al suelo—. Allá están matando a los nuestros como a perros. —Prefiero morir luchando por algo —respondió Fernando— que pudrirme aquí como un animal. Al día siguiente, con un hatillo pequeño donde llevaba una muda limpia y el poco pan que su madre pudo darle, Fernando caminó hasta la capital provincial. Allí, en un cuartel húmedo y lleno de humo de tabaco, comenzó el proceso de alistamiento. El oficial de reclutamiento era un hombre cansado, con bigote gris y ojos que ya habían visto demasiados jóvenes pobres como él. Le preguntó nombre, edad, si sabía leer y escribir (Fernando sabía lo justo para firmar) y si tenía algún oficio. Luego le hizo una revisión médica rápida: le miró los dientes, le palpó el pecho y le midió La altura. Todo estaba en orden. —Eres apto —le dijo sin emoción—. La guerra en Cuba necesita hombres. Te darán un uniforme, un fusil y un pasaje. Si sobrevives, podrás quedarte en la isla cuando termine todo. Muchos lo hacen. Fernando firmó con una cruz temblorosa. Le entregaron un uniforme áspero de lana, un morral y un billete de tren para Vigo, donde embarcaría en un vapor hacia La Habana. Antes de partir, pasó una última noche en su casa. Su madre lloró en silencio mientras le cosía un botón suelto del uniforme. Su padre no dijo nada, solo le dio una palmada torpe en el hombro. Ninguno de los dos entendía realmente por qué se iba, pero ambos sabían que no había futuro para él allí. Al amanecer, Fernando se marchó sin mirar atrás.

El viaje por mar fue largo y brutal. El vapor Alfonso XII era un barco viejo, lleno de soldados jóvenes como él, algunos casi niños. El mar estaba bravo y muchos vomitaban por la borda. Fernando pasó la mayor parte del tiempo en cubierta, mirando el horizonte infinito, soñando con lo que le esperaba, Cuba. Había oído historias en el cuartel: Una isla verde, caliente, llena de oportunidades y mujeres bellas. Decían que después de la guerra, muchos soldados españoles se quedaban, se casaban con criollas y comenzaban una nueva vida. Fernando se imaginaba una casa con patio, un naranjo, un trabajo honrado, quizás una mujer de ojos negros y sonrisa dulce que lo mirara como si fuera alguien importante. Llegaron a La Habana una mañana de sol abrasador. El puerto era un caos de gritos, olores a pescado, tabaco y especias, y un bullicio que Fernando nunca había imaginado. El calor era pegajoso, diferente al de Galicia. El aire olía a vida, a peligro y a promesas. Lo destinaron a una unidad en el interior de la isla, cerca de las montañas. Allí conoció la guerra de verdad: Emboscadas, marchas bajo el sol, el miedo constante a los mambises que aparecían de la nada. Pero también conoció la belleza de Cuba: Los campos de caña que se mecían como un mar verde, los ríos cristalinos, las mujeres que los miraban con una mezcla de curiosidad y desconfianza. Y un día, en un pequeño pueblo cerca de La Habana Vieja, mientras paseaba por el parque en su día libre, la vio. Mildred Pérez. Era cubana, criolla, descendiente de españoles. Caminaba con una sombrilla color crema, el cabello negro suelto bajo un sombrero ligero, y unos ojos que parecían contener toda la luz de la isla. Fernando se quedó clavado en el sitio. Por primera vez en su vida, sintió que el mundo se detenía. Ella lo miró un instante, con una mezcla de timidez y curiosidad, y siguió su camino. Pero Fernando ya sabía. Esa era la razón por la que había venido a Cuba. No era la guerra. No era la gloria. Era ella. Y en ese momento, el soldado español que había huido de la miseria de Galicia entendió que, tal vez, después de todo, podría quedarse en esta isla para siempre.

Era la tarde del 1 de mayo de 1899. España había renunciado pocos meses antes a su soberanía sobre Cuba tras el Tratado de París. En ese momento de cambio y esperanza, un soldado español llamado Fernando Osorio, que había decidido quedarse en la isla en lugar de regresar a su tierra, conoció a quien sería el amor de su vida: La señorita Mildred Pérez. Mildred era una joven criolla cubana, descendiente de españoles, nacida y criada en la isla. Fernando, por su parte, era un hombre alto y delgado, de cabello negro y abundante, con un gran bigote encerado cuyas puntas se curvaban hacia arriba con elegancia. Mientras recorría las calles de su nueva patria, con paso decidido y mirada curiosa, Mildred paseaba por el parque de su pueblo, protegida del sol por una delicada sombrilla color crema. Sus ojos negros, profundos y chispeantes, su figura de guitarra y su rostro de ángel cautivaron al joven soldado desde el primer instante. Mildred representaba el encanto de las cubanas criollas, herederas de esa mezcla de sangre española y el fuego gitano que aún hoy sigue latiendo en la bella isla.

Se encontraron por primera vez en el parque del pueblo, Fernando la saludó como todo un galán de la época, con una reverencia ligera y una sonrisa cautivadora. Insistió en conversar con ella y la invitó amablemente a sentarse en uno de los bancos del parque, pero Mildred, aunque impresionada por aquel apuesto soldado, se mostró apenada y esquiva. Rechazó con gentileza todas sus invitaciones y continuó su camino hacia casa. Aquellos eran tiempos en los que las mujeres debían ser conquistadas con paciencia; un cortejo podía durar meses, incluso años. Sin embargo, este no sería el caso de Fernando. Completamente hechizado por la belleza de Mildred, decidió seguirla sigilosamente, manteniéndose a una distancia prudente para que ella no lo notara. Así descubrió dónde vivía. Observó que muy cerca de la casa de Mildred había una pequeña farmacia regentada por Francisco, un viejo amigo suyo, también español y veterano de guerra como él.

Francisco había decidido quedarse en la isla tras su retiro y había abierto aquel modesto negocio en la parte vieja de La Habana, donde tanto Mildred como Fernando residían. El negocio le iba más o menos bien, lo suficiente para vivir con dignidad. Con esta información en mano, alegre regresa a casa de noche el soldadito español, no sin antes haberse dado un "par de tafias" o tragos de agua ardiente mezclado con café amargo y un buen tabacón.

Mildred era una joven de una belleza serena y delicada. Educada, de buen corazón y por naturaleza tímida, vivía sola desde muy temprana edad. Sus padres habían fallecido cuando ella aún era niña. Su madre, Teresa, nacida en España, había emigrado a Cuba —como tantos otros— en busca de una vida mejor en la mayor de las Antillas. Murió cuando Mildred tenía apenas nueve años, víctima de la temida fiebre amarilla que azotaba la isla con frecuencia. Tras su muerte, Mildred quedó al cuidado de su padre, Mariano, un hombre de posición modesta pero respetable. No era rico, pero había logrado adquirir una casa mediana en La Habana Vieja, muy cerca del Morro. Sin embargo, la tragedia volvió a golpear: Pocos años después, Mariano contrajo disentería, una enfermedad intestinal cruel causada por el agua contaminada y las precarias condiciones de higiene de la época. En cuestión de días, la enfermedad se lo llevó. Así, a una edad muy temprana, Mildred se quedó completamente huérfana.

A los doce años, Mildred se quedó completamente sola en aquella casa de La Habana Vieja, con apenas una modesta herencia de sus padres. Sin embargo, enfrentó la vida con una madurez sorprendente para su edad, mucho mayor de la que el mundo de entonces solía exigir a una niña. Con determinación, aprendió corte y costura para poder mantenerse, estudió piano y se dedicó con ahínco a aprender alemán y francés. Para cuando cumplió veintiún años, se había convertido en una joven culta, refinada y autosuficiente… aunque todavía no tenía pareja. Pero eso no sería así para siempre.

Por su parte, Fernando como hemos ya explicado se había alistado voluntariamente en el ejército español, plenamente consciente de que sería destinado a la guerra en Cuba. Provenía de una numerosa familia en Galicia, pero solía decir con cierta amargura: «Todos juntos no valían por uno». Esa sensación de desconexión fue lo que lo impulsó a tomar una decisión irrevocable: Quedarse en la isla, formar su propia familia y vivir el resto de su vida en Cuba. Soñaba con tener muchos hijos y nietos, y con ser recordado como uno más de aquellos hombres que nunca comprendieron del todo el verdadero propósito de la guerra ni la supuesta diferencia entre cubanos y españoles.

Desde el momento en que vio a Mildred, supo con absoluta certeza que ella era la mujer de su vida. En ella encontró a su futura compañera, su amor eterno, el futuro que anhelaba y la madre de los hijos que deseaba criar.

Días después, Fernando se acercó a la farmacia de Francisco con la excusa de comprar algo para un supuesto resfriado. Una vez dentro, fue directo al grano: —Francisco, cuéntame más de Mildred —le pidió, sin poder disimular su interés—. Quiero pedirle que sea mi compañera. Me he enamorado de ella. Francisco lo miró con una mezcla de sorpresa y seriedad. Tras un breve silencio, le respondió con franqueza: —Mildred es una buena mujer, Fernando. Ha sufrido mucho en la vida: perdió a toda su familia siendo muy joven y ahora vive sola. Es una de las jóvenes más admiradas y respetadas del barrio. Me alegra que un hombre como tú se haya fijado en ella, pero te lo advierto con el corazón en la mano: no le rompas el corazón. Esta mujer no está preparada para sufrir otra decepción más. Francisco la conocía bien pues a menudo Mildred visitaba la farmacia, padecía desde niña de unos dolores de cabeza intensos, una migraña difícil de aliviar. Francisco preparaba para ella compuestos hechos de cafeína y agua de azahar para calmarle los nervios, compresas frías en la frente, y preparaciones con belladona y algo de opio para aplacar el dolor intenso.

Días después, Fernando se acercó nuevamente a Mildred. Ella caminaba sola por el pequeño parque donde solían reunirse los jóvenes del pueblo, un lugar sencillo en una época con muy pocas distracciones. Esta vez, la joven aceptó conversar con él. Se sentaron en uno de los bancos de madera bajo la sombra de los árboles. Con el corazón latiéndole con fuerza, Fernando la miró a los ojos y le confesó sin rodeos: —Desde el primer momento en que la vi, supe que era usted la mujer de mi vida. Me he enamorado de usted perdidamente. Por eso le pido, con todo mi ser, que se case usted conmigo. Mildred se sonrojó y sonrió con timidez. Le pidió algo más de tiempo para conocerse mejor y, con voz suave, le habló un poco de su vida y de su profundo deseo de formar una familia. Fernando, como el caballero que era, aceptó sin presionar. Le juró que esperaría por ella el tiempo que fuera necesario, incluso hasta el fin de los tiempos. Así, los días fueron pasando y su amistad se fue fortaleciendo. Fernando vivía en casa de un amigo, pues sus ingresos eran escasos, y trabajaba duramente en el puerto descargando sacos de mercancías que llegaban de todos los rincones del mundo. Sin embargo, todas las tardes, sin falta, iba a buscarla. La tomaba del brazo con orgullo y la paseaba por el parque y por los rincones más bonitos de la ciudad, protegiéndola como un verdadero guardián. Dos meses después, tras haber ahorrado con esfuerzo, Fernando se presentó ante ella con un sencillo anillo de compromiso en la mano. Con el corazón acelerado, se lo ofreció a Mildred. Ella lo recibió sonrojada, con lágrimas brillando en sus ojos. Después de la muerte de sus padres y de tantos años de soledad, aquella era la muestra más reciente y sincera de afecto que había recibido. Fernando la trataba como a una verdadera dama, y parecía ser exactamente el príncipe azul que tanto había esperado.

Y sí que lo era. Fernando era todo un caballero de los que ya casi no existían: Decidido, generoso y dispuesto a darlo todo por hacer de Mildred su esposa. En menos de un año, contrajeron matrimonio en una boda sencilla pero emotiva. Asistieron los muchos amigos de Fernando, las pocas pero fieles amigas de Mildred, el farmacéutico Francisco y, por supuesto, el cura de la parroquia del pueblo. Allí, bajo la mirada serena de la iglesia, Fernando y Mildred se unieron en matrimonio. Ella había encontrado por fin a su galán, y él, a su diosa particular. Tras la boda, se instalaron juntos en la casa que Mildred había heredado de sus padres. Fernando aún no contaba con los recursos suficientes para adquirir una vivienda propia, mucho menos una de semejante tamaño. Pronto dejó el duro trabajo en el puerto y, junto con Ángel —un amigo y exsoldado como él—, emprendió un pequeño negocio de herrería. Habían alquilado un modesto local donde forjaban herraduras para caballos y realizaban otros trabajos de metal, un oficio muy demandado en aquella época. Gracias a su carácter honesto, su esfuerzo incansable y las conexiones con otros exsoldados y oficiales que vivían en La Habana, el negocio creció poco a poco. Lo suficiente para ofrecerle a Mildred una vida decente y estable, tal como sus padres habrían deseado para ella. Sin embargo, lo que nunca faltaba era la costumbre de ambos de salir a pasear. Casi todas las tardes, Fernando se vestía con esmero, tomaba del brazo a su esposa y, orgulloso como un rey, recorrían juntos los parques y las aceras más distinguidas de la Habana Vieja, a finales del siglo XIX.

La vida sonreía al nuevo matrimonio. El único problema que enturbiaba su felicidad eran los dolores de cabeza que sufría Mildred una o dos veces al mes. Para Fernando resultaba especialmente doloroso presenciar con impotencia cómo su esposa se llevaba las manos a la cabeza, sufriendo en silencio. Siempre que ocurría, Fernando acudía de inmediato a Francisco, el viejo farmacéutico del barrio. Este hombre de experiencia reconocida había atendido durante la guerra a numerosos heridos de bala y del machete mambí. Gracias a los médicos de campaña con los que había trabajado, Francisco poseía un amplio conocimiento sobre el alivio del dolor. En el barrio, muchos confiaban en él tanto como Fernando. El farmacéutico nunca dejaba de aprender. Siempre estaba estudiando algún nuevo procedimiento o consultando libros recién llegados —incluso de China—, con el propósito de ayudar cada vez mejor a sus vecinos. En una época en la que muchas de las dolencias más simples de hoy resultaban incurables, Francisco se había convertido en un verdadero pilar para la comunidad.

Justo al cumplirse un año de su matrimonio, Fernando y Mildred tuvieron un hijo. Lo llamaron Mariano, en honor al padre de Mildred, quien había fallecido cuando ella era apenas una niña. Mariano de Teresa Osorio y Pérez llegó al mundo como el sello vivo de su amor. Era un niño verdaderamente hermoso, de facciones finas y delicadas, que había heredado lo mejor de ambos padres. Con su piel clara y sus ojos grandes, parecía un pequeño muñeco. Fernando estaba profundamente feliz y orgulloso. Aquellos eran, sin duda, los mejores días de su vida. Su negocio de herrería prosperaba cada vez más, tenía a su lado a la mujer que amaba y ahora, además, un hijo que llenaba su hogar de alegría. No había nada de lo que quejarse. Todo parecía perfecto.

Con orgullo, el soldado español y su dama cubana caminaban hacia la parroquia más cercana, apenas ocho días después del nacimiento de Mariano. Iban a bautizar al niño.—Un buen católico ha de ser —decía Fernando con voz firme y orgullosa—, y de ello damos fe hoy a través de este bautismo. A su lado, Mildred lo acompañaba con una sonrisa encantadora, tomándolo de la mano mientras se dirigían a la iglesia.

El sacerdote que los recibió fue el padre Artemio, un hombre anciano de baja estatura, ligeramente jorobado y con el rostro marcado por los años. A pesar de su aspecto desgastado, siempre lucía una sonrisa bondadosa y serena. Con delicadeza, tomó al pequeño Mariano en sus brazos y lo dedicó a la fe católica, esa misma fe que unía por igual a los nacidos en España y a los nacidos en Cuba.

Cuánto amor humano, cuánta perfección, cuánta pasión y cuánta fe cabían en aquellos días. Si la felicidad verdadera existía, sin duda habitaba en la vida de Fernando y Mildred. Era un amor puro y profundo. Ella lo amaba con devoción, porque él había llegado como un rescatista cuando la soledad amenazaba con ahogarla. Él, a su vez, había encontrado en Mildred la luz y la esperanza que necesitaba un hombre que ya no tenía razones para vivir. En España, Fernando no veía futuro alguno. Fue esta nueva vida en la isla la que le devolvió las ganas de existir, despertando todo lo bueno que aún llevaba dentro antes de que se perdiera para siempre. Y en medio de aquel amor, el pequeño Mariano crecía sano y lleno de vida. Era una noche fría y lluviosa de diciembre de 1904. Poco después de las dos de la madrugada, Mildred despertó con un dolor de cabeza brutal, como nunca había sentido. Esta vez no era uno de sus dolores habituales; el sufrimiento era tan intenso que apenas podía contenerse. Sus gemidos se convirtieron pronto en gritos desgarradores. Fernando, desesperado y sin saber qué hacer, probó todos los remedios que Francisco le había recomendado en el pasado, pero nada lograba calmar aquel tormento. Al ver que el dolor no cedía, tomó una decisión rápida. Envuelto en una manta para protegerlo del frío y de la llovizna, levantó en brazos al pequeño Mariano, quien apenas tenía tres años, y salió corriendo hacia la casa del farmacéutico. No podía dejar al niño solo con su madre mientras ella gritaba desconsolada en medio de la noche. Fernando corrió las pocas cuadras que separaban su casa de la de Francisco bajo la lluvia fría. Al llegar, golpeó la puerta con fuerza hasta que el farmacéutico despertó. Francisco abrió, aún medio dormido, y se sorprendió al ver a Fernando con el pequeño Mariano en brazos.—¿Qué sucede? —preguntó alarmado. Desesperado, Fernando le explicó que había dejado a Mildred sola en casa, gritando de un dolor de cabeza como nunca había visto. Francisco, todavía aturdido por el sueño, suspiró.—Mi farmacia está cerrada y tardaría en preparar algo. Pero no te preocupes… —dijo, mientras se frotaba los ojos—. En el baño de mi casa tengo un pequeño frasco con un brebaje potente: Es belladona con un poco de morfina entre otros ingredientes. Eso debería calmarle el dolor. Fernando esperó en la sala con el niño dormido en sus brazos, mientras Francisco, aún en ropa de dormir, entraba a su habitación con un mechero encendido. Rebuscó en el pequeño gabinete del baño hasta encontrar el frasco. Pocos minutos después salió con un pequeño frasco de vidrio oscuro y tapa metálica.—Toma —le dijo a Fernando—. Lleva esto a Mildred y deja al niño aquí. Dale solamente dos cucharadas, ni una más. Es muy fuerte y bastará para aliviarla. En la mañana, cuando amanezca, regresa por Mariano. Lo dejaré durmiendo al lado de mi esposa y yo me acostaré en el diván. Ve ahora, corre y no pierdas tiempo. Esta medicina es muy potente, la aliviará. Sin importarle el frío ni la llovizna, Fernando corrió de regreso a casa con el frasco en la mano. Apenas unos minutos después irrumpió en la habitación y encontró a Mildred casi arrancándose los cabellos del dolor. Sus gritos habían perdido fuerza, convertidos ahora en gemidos roncos y desesperados. Desesperado, Fernando se arrodilló junto a ella, la tomó suavemente por los brazos y le acercó el frasco.—Mi amor, toma esto —le dijo con la voz temblorosa—. Es la medicina de Francisco. Pronto te sentirás mejor, te lo prometo. Mildred, con los ojos vidriosos por el sufrimiento, bebió ansiosamente las dos cucharadas del potente brebaje. Fernando la rodeó con sus brazos, la atrajo contra su pecho y comenzó a cantarle una vieja canción de cuna gallega, con voz baja y temblorosa, como si arrullara a una niña pequeña. Mientras la mecía con ternura, esperaba con el corazón en un puño que el poderoso efecto de la medicina hiciera su trabajo. A los pocos minutos estaba Mildred rendida en sus brazos. Fernando se sintió más calmado al ver que Mildred había caído rendida por fin. El terrible dolor parecía haber desaparecido. Con cuidado, la tomó en brazos, la llevó hasta la cama, la acomodó con ternura y la cubrió bien con sábanas y edredones. Luego se acostó a su lado, exhausto, y cayó profundamente dormido. A la mañana siguiente, alrededor de las siete, Fernando despertó de golpe. Una suave luz entraba por las rendijas de la ventana. Se levantó, abrió las persianas y la habitación se inundó de claridad. El sol de la mañana iluminaba el bello patio donde crecía un frondoso naranjo. Con una sonrisa cansada, regresó a la cama para despertar a Mildred. Al retirar con delicadeza las sábanas que cubrían su rostro, se quedó helado. Su esposa estaba completamente azul. Grandes ojeras oscuras rodeaban sus ojos hundidos. Su piel se sentía fría y rígida al tacto. Sus manos, engarrotadas, parecían garras. Exasperado y horrorizado, Fernando la sacudió con fuerza.—¡Mildred! ¡Mildred! No hubo respuesta. No había pulso. No había aliento. Ningún signo de vida. Su amada esposa había muerto durante la noche, mientras él dormía plácidamente a su lado. Como poseído por un dolor insoportable, Fernando se levantó de un salto. Con pasos tambaleantes se dirigió al armario, abrió la puerta y sacó su viejo revólver de reglamento, el que aún conservaba desde sus días en el ejército. Sin pensarlo dos veces, se llevó el cañón a la sien. Cargó el martillo con un clic metálico lento y deliberado. Luego, con la mano firme y la mirada perdida, presionó el gatillo. Un disparo ensordecedor resonó en la habitación. Fernando cayó desplomado al suelo, muerto, frente al cuerpo sin vida de su amada Mildred.

El gran soldado español, que había sobrevivido a la guerra y a las fiebres mortales de la isla, yacía ahora sin vida junto a la mujer que había sido su salvación y su mayor amor. Eran casi las nueve de la mañana cuando Francisco, preocupado porque Fernando no había regresado a recoger al pequeño Mariano, decidió acercarse a la casa. Tocó la puerta varias veces, pero nadie respondió. Cada vez más alarmado, saltó la reja que daba al patio y entró por una ventana que estaba abierta. Lo que vio dentro lo dejó paralizado. Fernando yacía muerto en el piso, con un disparo en la cabeza. Mildred permanecía tendida en la cama, con el rostro teñido de un inquietante color azul. Francisco se acercó lentamente y, al ver el frasco sobre la mesita de noche, lo tomó con manos temblorosas. Al examinarlo, el horror lo invadió: No era el brebaje de belladona y morfina que había entregado la noche anterior. En su cansancio y confusión, había dado por error un potente veneno concentrado para matar ratones y cucarachas. Sin quererlo, había matado a Mildred.

Francisco regresó a su casa con el alma en vilo. Su esposa lo esperaba en la sala junto al pequeño Mariano, que jugaba inocentemente en el suelo. Con voz entrecortada, le contó todo lo sucedido y le confesó su intención de presentarse ante la policía para decir la verdad. Su esposa lo miró con firmeza y negó con la cabeza.—No puedes hacer eso, Francisco. Si cuentas la verdad, irás a prisión. ¿Quién cuidará entonces de mí y del niño? No tenemos otra salida. Debemos mentir... por el bien de Mariano y por el nuestro. Ellos ya están muertos. Nosotros seguimos vivos. Tú no lo hiciste a propósito. Después de una larga y angustiosa discusión, finalmente aceptaron la idea. Llamaron a la policía y explicaron que Francisco pasaba cerca de la casa cuando escuchó los gritos desesperados del pequeño Mariano. Al tocar repetidamente sin obtener respuesta, saltó la reja del patio y entró por una ventana. Allí descubrió la tragedia. Tomó al niño en brazos y avisó inmediatamente a las autoridades. La policía aceptó la versión de forma provisional, pero días más tarde un inspector se presentó en su casa para indagar con mayor profundidad. Francisco y su esposa añadieron entonces que Fernando había mostrado signos de celos hacia Mildred en las últimas semanas, aunque ellos no le habían dado mayor importancia. Al final, las autoridades cerraron el caso como un acto de violencia doméstica: el marido había envenenado a su esposa y luego se había quitado la vida. La noticia conmocionó a toda La Habana Vieja. Fernando pasó a ser recordado en su barrio como un asesino celoso y violento. Las malas lenguas no tardaron en murmurar que Mildred era una mujer de conducta ligera y que probablemente lo engañaba. El socio de Fernando se quedó con la otra mitad del negocio de herrería. Mientras tanto, Francisco y su esposa se hicieron cargo del pequeño Mariano. Las autoridades les concedieron la tutela del niño, ya que no tenía más familia en el mundo.

Era el año 1932. En el Malecón de La Habana, cerca de la calle Prado y a pocas cuadras de la antigua casona donde alguna vez vivieron Fernando y Mildred, mi abuelo conversaba con Mariano, un joven farmacéutico amigo suyo. Con gran tristeza y visible necesidad de desahogo, Mariano le confesó que, poco antes de morir, su padre tutor Francisco le había entregado una carta. En ella, por fin, le revelaba toda la verdad. Su padre no era un asesino, su madre no había sido infiel. Aquella tarde, junto al mar, mi abuelo escuchó de los propios labios de Mariano la historia de amor más grande, hermosa y trágica que jamás había conocido y aquí se la he contado.

-IV-
La mejor inversión.

Corría ya principios de los años 90 y ni Carmen, a quien todos llamaban Carmita "La Quedadita", ni Miguel, conocido como "Pipo el Roquero", se habían casado ni tenido hijos. Ella tenía cuarenta años y él cuarenta y seis. A pesar de su edad, Miguel seguía viviendo como si el tiempo se hubiera detenido. Pasaba los días de un lado para otro, sin rumbo fijo, escuchando rock norteamericano a todas horas. Era su gran pasión, y nadie podía reprochárselo; el problema era que eso parecía ser lo único que hacía. Actuaba como un adolescente perpetuo, aunque en su rostro ya comenzaban a asomar claramente las primeras señales de la madurez.

En cambio, Carmita, con sus cuarenta años ya cumplidos, seguía esperando a su príncipe azul, aunque en el fondo parecía cada vez más claro que nunca llegaría. Sus padres, ya mayores, veían cómo la esperanza de tener un nieto se desvanecía lentamente ante sus ojos. Mientras tanto, Carmita actuaba como si la vida durara mil años. Con una calma descomunal, compartía con sus amigas que disfrutaba plenamente de su soltería y que no necesitaba un marido para ser feliz.

En realidad, de la forma más insólita, ambos disfrutaban de la vida en la soledad de sus respectivos destinos, sin saber aún que sus caminos estaban a punto de cruzarse. Hasta que un día, el padre de Carmita —quien era amigo de Miguel— lo llamó aparte y le propuso sin rodeos la idea de casarse con su hija. Con voz firme y directa, le dijo:

—Miguel, ella es una buena mujer, te lo garantizo yo, que soy su padre. Deja un poco esa música tuya y conviértete en un hombre responsable. Nuestra casa es grande y amplia; puedes venirte a vivir con nosotros. Ya estamos viejos… muy pronto todo esto será tuyo. Solo tienes que casarte con Carmita, darme un nieto y sentar cabeza de una vez. Ya es tiempo de que formes una familia. Míralo como una inversión, te lo pido.

Miguel saboreó la idea durante unos segundos y, con una media sonrisa, respondió:—Está bien. En el fondo, Miguel vivía con su madre, una mujer ya muy mayor que poseía su propia casa y no necesitaba trabajar. Su vida era cómoda, tranquila… pero vacía. En lo más profundo de su corazón sabía que había algo que le faltaba: la necesidad de formar una familia. La idea de llegar a viejo y morir solo comenzaba a rondarle cada vez con más fuerza. Además, ¿quién sabe? Tal vez podría tener un hijo, alguien que en su vejez se encargara de él. Se arreglaron las cosas con sorprendente rapidez. Se hicieron los preparativos necesarios y, en menos de un mes, Pipo el Roquero y Carmita "La Quedadita" se convirtieron en marido y mujer.

Carmita se veía radiante y contenta. Ya nadie la llamaba "La Quedadita"; ese apodo había quedado enterrado para siempre. Por su parte, Miguel, aunque seguía profundamente fascinado por la música norteamericana y el rock, había cambiado. Lucía más responsable, más sereno. Ya no era solo "Pipo el Roquero": ahora era un esposo y un hombre de familia.

Miguel y Carmita intentaron tener un hijo durante mucho tiempo, pero no lo conseguían. Visitaron todo tipo de médicos: Desde los más modernos y especializados hasta los curanderos y médicos tradicionales del pueblo. Nada parecía funcionar. Hasta que, exactamente tres años después, cuando Carmita ya tenía cuarenta y tres años y Miguel estaba a punto de cumplir cincuenta, ocurrió el milagro: Carmita quedó embarazada. El nacimiento de su hijo fue una alegría inmensa. El niño se convirtió en el bastión de la casa, el centro de su mundo. La noticia corrió rápidamente por todo el barrio y fue celebrada como un verdadero acontecimiento. Después de tantos años de espera, por fin tenían la familia que tanto habían deseado.

—Este es mi Torito —decía Miguel con alegría y orgullo cada vez que alguien le preguntaba por el niño—. Este cabrón es el que me va a limpiar el culo cuando yo esté viejo.Le pusieron Eduardo, en honor al padre de Carmita. El anciano, ya postrado en cama y gravemente enfermo, recibió la noticia con lágrimas en los ojos. A pesar de su debilidad, una sonrisa temblorosa iluminó su rostro mientras celebraba, conmovido, que por fin tendría un nieto que llevaría su nombre.

El tiempo pasó y el pequeño Eduardo crecía sano y fuerte, siempre cuidado con cariño por sus padres. Uno a uno se fueron los abuelos: Primero los suegros de Miguel, luego la madre de Miguel. Cuando Eduardo cumplió diez años, ya solo quedaban ellos tres. La casa que había pertenecido a la madre de Miguel se dividió en dos apartamentos, ambos rentados. Además, parte del inmenso patio de la casa que había sido de los padres de Carmita se convirtió en una carpintería que también generaba ingresos. El dinero ya no era un problema. No había necesidad de que Miguel trabajara, lo que le permitía dedicarse casi por completo a su gran pasión: La música norteamericana y el rock. El niño era muy bueno. Sacaba excelentes notas en la escuela, había aprendido a tocar la guitarra con notable facilidad y era un niño muy guapo. Había salido medio grandote, como su madre, porque Miguel era de baja estatura. Tenía la inteligencia de su abuelo Eduardo y la pasión por la música de su padre, aunque este último, en realidad, no tocaba ni las maracas.

Eduardo seguía creciendo, mientras sus padres envejecían poco a poco. Sin embargo, su mundo era un mundo de felicidad pura. Había hecho buenos amigos en el barrio y en toda la ciudad, y la familia vivía unida y contenta. Miguel adoraba a su hijo. Cada vez que lo veía, repetía con orgullo y esa mezcla de cariño y humor que lo caracterizaba:—Mi Torito… este cabrón es la más grande inversión de mi vida.

Eduardo se había convertido en un joven alto, blanco y delgado. Se había dejado crecer una barba negra y abundante, muy parecida a la de su padre, solo que la de Miguel estaba ya desgastada por los años y salpicada de canas. Cuando padre e hijo caminaban juntos por el barrio, los jodedores de siempre no perdían la oportunidad de bromear:—¡Ahí van el guitarrista y el brujo!

Eduardo cumplió veinte años. Carmita ya tenía sesenta y Miguel sesenta y seis. Para entonces, el pueblo se le había quedado pequeño. Eduardo sentía que necesitaba expandirse, respirar otros aires. Un día les anunció a sus padres que quería irse a vivir a Estados Unidos. Soñaba con hacer una carrera allá, convertirse en músico, llegar a ser alguien famoso. La noticia cayó como un balde de agua fría sobre Carmita y Miguel.—¿Cómo así? —preguntó Carmita, con la voz quebrada—. Aquí tienes todo, hijo. Tenemos una casa amplia, no te falta nada…Miguel, visiblemente afectado, añadió:—Aquí estamos nosotros, tu familia. ¿Para qué irte tan lejos? Eduardo los miró con una mezcla de cariño y determinación.—No hay futuro en este país para mí —respondió con firmeza—. Aquí mi talento no cuenta. Quiero intentarlo allá.

Luego agregó Eduardo, tratando de tranquilizarlos:—No tenemos que separarnos si eso es lo que les preocupa. Podemos irnos todos juntos allá. Miguel lo miró con una mezcla de incredulidad y cansancio.—¿Con qué dinero, hijo? Además, estamos ya viejos… Tú sabes que tu madre padece mucho de la espalda. ¿Qué vamos a hacer nosotros allá, tan lejos?

Eduardo respiró hondo y les propuso con entusiasmo:—Tengo una idea. Vendamos todo. La casa que heredaste de tu mamá y la que el abuelo Eduardo le dejó a ti, mamá. Con ese dinero podemos mudarnos a Miami, que es donde quiero intentarlo. Pagamos el depósito de un buen apartamento y el primer mes de renta. Yo empiezo a trabajar de inmediato. Ustedes solo tienen que disfrutar de la vida. Yo me haré cargo de todo.

Miguel y Carmita le respondieron que necesitaban pensarlo con calma, y así lo hicieron. Carmita estaba más entusiasmada de lo que quería admitir. La idea de terminar sus días en Miami le resultaba cada vez más atractiva. Siempre le había dado un poco de envidia ver a las "señoronas" del barrio llegar de visita con sus buenas ropas, sus bolsos de marca y esos espejuelos dorados que brillaban al sol.—Te imaginas —le decía a Miguel—, llegar aquí después de un año o dos, convertidos en la sensación del barrio. Visitar a los nuevos dueños de la que fue nuestra casa, bien vestidos, con historias que contar…Además, le repetía con una sonrisa pícara:—A ti que te gusta el rock, el pop y todo lo que termina en "o", allá en Miami vas a poder oír la música que quieras, cuando quieras. Carmita hizo una pausa y miró a su esposo con ternura:—Tú sabes lo responsable que es Eduardito. Él no nos va a dejar caer. Si ha dado su palabra, de seguro la cumplirá. Además, él no tiene a nadie más que a nosotros. Ya estamos viejos… y él también se merece hacer su vida.

Sí, pero… me preocupa dejar todo esto aquí —respondió Miguel con la voz cargada de dudas—. Sé que este país es un infierno, pero aquí tengo mi casa, mi tranquilidad y mi dinero. Allá en el "cielo" no conozco a nadie, no hablo el idioma y no tengo nada. Carmita lo miró fijamente, con los ojos brillantes por las lágrimas que empezaban a asomar.—Pero tienes a Eduardo —le replicó, casi exigente—. A tu "Torito", como siempre has dicho. ¿Qué prefieres? ¿Estar aquí solo o allá con él? Hizo una pausa, la voz se le quebró ligeramente y añadió:—Tú que decías que Eduardo era tu inversión… que él era el que te limpiaría el culo cuando fueras viejo.

La presión dentro de la casa se volvió insoportable. Tanto Eduardo como Carmita ya no disimulaban su disgusto. Eduardo caminaba serio y callado, y Carmita apenas podía ocultar su frustración cada vez que hablaba con su esposo. Miguel se resistió todo lo que pudo, pero después de varios meses de discusiones, miradas frías y silencios pesados, finalmente cedió con resignación:—Está bien... vendamos todo. Nos iremos a Estados Unidos.

Y así fue. Vendieron todo lo que tenían y reunieron alrededor de veinte mil dólares. Consiguieron visas de turistas para México, ya que, según Eduardo, desde allí sería más fácil cruzar hacia Estados Unidos. Todo marchaba según lo planeado, aunque el dinero se iba reduciendo rápidamente con cada trámite, cada boleto y cada gasto inesperado. Al final lograron llegar a México, donde se hospedaron en un modesto hotel. Después de dos semanas de logística, contactos y estrategias cuidadosas, los tres consiguieron cruzar la frontera hacia Estados Unidos. Una vez en suelo norteamericano, usaron parte de los fondos restantes para viajar directamente a Miami, la ciudad donde Eduardo —el "Torito"— siempre había soñado vivir.

Finalmente se instalaron en Miami Lakes, un hermoso suburbio lleno de árboles verdes y lagos tranquilos que le daban un aire casi paradisíaco. Alquilaron un apartamento cerca de la popular Main Street, con amplios balcones que ofrecían vista a la calle. El costo era elevado: tres mil dólares al mes, más un depósito equivalente a casi dos meses de renta por adelantado. Aun así, en ese instante el dinero no era una preocupación. Eduardo aún contaba con unos nueve mil dólares que restaban de la venta de todas sus propiedades en su país natal.

Pero más que dinero, Eduardo tenía algo mucho más valioso: Juventud, energía y unas ganas enormes de comerse el mundo. Quería sacar de este gran país todo lo que pudiera ofrecerle. Enseguida consiguió trabajo. Durante el día laboraba en una empresa norteamericana que se dedicaba a la logística de carga en el puerto de Miami. Aprendió inglés con sorprendente rapidez y comenzó a destacarse. Por las noches, especialmente los fines de semana, cantaba y tocaba la guitarra en bares cercanos, persiguiendo su sueño de convertirse en músico. A sus padres les había preparado una habitación cómoda solo para ellos. La otra habitación era la suya. Le compró a su padre Miguel toda clase de música: Discos, equipos de sonido y hasta instrumentos. Con el tiempo, usando inteligencia artificial, le enseñó a componer sus propias canciones. Miguel se sentía un verdadero compositor, aunque, hay que decir la verdad, casi nadie le "paraba bola". Pero eso no le importaba. Pipo era feliz. Carmita también lo era. No tenían a nadie más en Miami, solo a su hijo. Pero Eduardo había cumplido su palabra al pie de la letra: Se estaba encargando de ellos, tal como lo había prometido.

Además, Eduardo les prometió a sus padres que pronto les ahorraría un buen dinero para que pudieran viajar solos de vuelta a su país. Quería que se dieran esa visita tan esperada, esa "vuelta triunfal" que tanto ilusionaba a su madre. Carmita ya tenía sus espejuelos dorados preparados. Solo le faltaba una buena cartera para sentirse completa y regresar al barrio con la cabeza bien alta.

El tiempo transcurrió rápidamente. Justo al cumplir un año de estar Eduardo comiéndose al mundo, también empezó —como era de esperar— a comerse a una joven argentina que estaba para chuparse los dedos.

Era una joven inmigrante argentina de veinte y tres años que llevaba ya cinco años viviendo en Miami de manera ilegal. Aunque se enamoró seriamente de Eduardo, también veía en él una oportunidad para regularizar su situación. Eduardo era cubano, y ella sabía que una relación formal con él podría abrirle las puertas a un estatus legal más estable. Eduardo, que en materia de mujeres siempre había estado un poco atrasado, se enamoró profunda y perdidamente de Diana, su novia.

Eduardo les informó el acontecimiento a sus padres con profunda devoción y una sonrisa que no le cabía en la cara. Miguel y Carmita saltaron de alegría. Gritaban emocionados, casi sin poder creerlo.—¡Este es mi Torito! —repetía Miguel entre carcajadas—. ¡Ja ja ja! Igualito que su padre. Carmita, con los ojos llenos de lágrimas de felicidad, añadió:—Yo sabía que pronto Dios me iba a dar un nieto. Lo sabía.

Poco tiempo después, Eduardo y Diana fueron juntos a visitar a los padres de él. Tanto Carmita como Miguel recibieron a la joven con agrado. Les pareció una muchacha muy trabajadora, seria y con ganas de salir adelante, igual que su hijo. Se notaba que, como Eduardo, había llegado a Miami dispuesta a esforzarse para lograr una vida mejor.

A los seis meses, Eduardo y Diana se casaron. El viaje de Carmita y Miguel a Cuba tuvo que posponerse, algo que todos entendieron perfectamente. En ese momento, todos los esfuerzos y recursos debían concentrarse en la boda de "Eduardito".—Más tarde regresaremos a Cuba —decían Carmita y Miguel con resignación pero sin tristeza—. Aquí no nos falta nada y Eduardo se encarga de todo.

Una vez casados, Eduardo llevó a su amada Diana a vivir con él en el apartamento. Ya no era solo él quien trabajaba; ahora ambos lo hacían. Diana y Eduardo salían temprano cada mañana y el dinero entraba con más holgura a la casa. Poco a poco iban ahorrando para cumplir la promesa que le habían hecho a sus padres: El ansiado viaje a Cuba. Fue entonces, en medio de esa etapa de esfuerzo y esperanza, cuando llegó la noticia que tanto esperaban: Diana estaba embarazada. Y con el embarazo de Diana, el ansiado viaje a Cuba —ese con el que Carmita soñaba luciendo sus espejuelos dorados— tuvo que posponerse una vez más.

Pero la alegría por el nuevo nacimiento era tan grande que un simple viaje de regreso a Cuba podía esperar. Se trataba del futuro nieto, del "Torito II", o la Torita, como ya lo llamaba Miguel con orgullo.

Eran todas buenas noticias. Tiempo habría para ir todos juntos a Cuba.

La vida no podía ir mejor. Miguel seguía entregado a su gran pasión: La música. Se sentaba en el balcón con vista a la calle Main Street, con un tabaco en la mano y el teléfono en la otra, disfrutando de la brisa de Miami. Había abierto un canal en YouTube donde publicaba sus canciones. Él componía la letra, y luego dejaba que la inteligencia artificial se encargara de la voz, la música y las imágenes del video. Ya tenía algunos seguidores: Su orgullosa esposa Carmita, Diana, su hijo Eduardo y cinco o seis personas más que lo seguían con cariño.

Nueve meses después, Diana dio a luz a un hermoso niño varón. La casa se llenó de una alegría inmensa y contagiosa. Carmita, que nunca imaginó llegar siquiera al matrimonio, ahora era abuela. Era madre de un hijo trabajador y educado, suegra de una buena muchacha y abuela de un niño precioso. Miraba al bebé con los ojos llenos de lágrimas y decía con orgullo:—Es igualito a mi padre Eduardo cuando era niño. Pero Miguel no se quedaba atrás. Insistía, con esa mezcla de cariño y terquedad que lo caracterizaba:—No, este Torito II es igualito a mí cuando era niño. Lo que me molesta es no tener una foto de mi infancia para poder probárselo a todos.

Obviamente, Diana tuvo que dejar de trabajar para dedicarse por completo al cuidado del bebé en esta etapa tan importante. Toda la carga económica recayó nuevamente sobre Eduardo, quien, sin mostrar la menor frustración, trabajaba como un mulo para sostener el hogar. Toda la responsabilidad descansaba sobre sus hombros, pero él la llevaba con orgullo. Eduardo se había convertido en el sol de la casa, y todos los demás —Carmita, Miguel y Diana— giraban a su alrededor como planetas y satélites.

Pero, por encima de todo, estaban felices. Diana era una chica tranquila y de buen corazón. Atendía con cariño a sus suegros, pero su mayor responsabilidad siempre fue hacia su marido y su hijo. Aunque nunca había vivido en Cuba y venía de una idiosincrasia muy distinta, su mirada estaba completamente enfocada en su nueva vida: Miami, Eduardo y el bebé. Nunca dejaba de ser una esposa aplicada y decente, especialmente delante de Carmita y Miguel.

Al niño le pusieron Miguel, como no podía ser de otra manera. No faltaron, sin embargo, algunos discretos argumentos entre Eduardo y Diana. Ella deseaba ponerle Eduardo, como su marido, pero "Eduardito" le había prometido en privado a su padre que el niño llevaría su nombre. Diana no estuvo del todo convencida, pero finalmente accedió al deseo de su esposo. Ya Miguelito tenía un año y Diana todavía no había regresado a trabajar. Se dedicaba por completo al cuidado de su hijo y de su esposo, y también ayudaba en las tareas de la casa junto a su suegra. Sin embargo, no todo era armonía. Surgían algunos desacuerdos, especialmente en la cocina. Diana quería preparar sus deliciosas recetas argentinas, pero Carmita imponía con autoridad sus platos cubanos. Un día, cansada de las discusiones, Carmita le dijo a Diana con tono firme y autoritario:—No se olvide usted, Diana, que Eduardito es mi hijo… y que yo soy la señora de esta casa.

Diana era una mujer calmada y evitaba confrontaciones directas. Nunca respondía a las provocaciones de su suegra y mantenía la compostura. Sin embargo, en su interior el resentimiento crecía silenciosamente. Ella aspiraba a ser la dueña de su propio hogar, la mujer de la casa. Pero con Carmita allí —posando como una gallina de pelea, con su pelo rojo incandescente y sus inseparables espejuelos dorados—, no tenía la más mínima posibilidad. Diana no tenía nada que ver con las promesas que Eduardo le había hecho a sus padres. Ella tenía su propia agenda, sus propios sueños. Y quién podría juzgarla por ello.

En algunas ocasiones, Diana conversaba con Eduardo sobre el tema. Le expresaba su incomodidad y su deseo de tener más independencia en su propio hogar. Eduardo le pedía comprensión y calma. Le explicaba con cariño que sus padres eran ya muy mayores, que no vivirían para siempre y que solo necesitaba un poco más de paciencia. Diana refutaba con suavidad, recordándole que ella también tenía padres en

Argentina y que ellos nunca intervenían en su relación. Sin embargo, al final del día, el amor que sentía por su esposo era más fuerte. Suspiraba, cedía una vez más y guardaba silencio.

Carmita había ido acumulando, en silencio, unos celos cada vez más intensos hacia Diana. Un resentimiento que ya no lograba ocultar y que descargaba constantemente en cuchicheos con Miguel. Diana, consciente de la situación, optaba por alejarse. Se refugiaba en su habitación con el bebé o salía a caminar por las tranquilas y arboladas calles de Miami Lakes, empujando el cochecito bajo el sol de Florida. Una tarde, Carmita no se contuvo y le soltó a su esposo:—Esta chiquita no mueve un dedo en la casa mientras mi hijo se rompe el lomo trabajando. Miguel la miró con cansancio y le respondió en voz baja:—Aunque quisiera hacer algo, tú no la dejas. Por favor, Carmita… déjala en paz.

—Yo quería una cubana, no una argentina —le reprochó Carmita a Miguel en voz baja, pero con evidente disgusto—. Además, ahora nuestros nietos van a ser mezclados, de dos razas… no cubanos puros. Miguel la miró con cansancio y le respondió con firmeza:—Jamás los cubanos fuimos puros, Carmita. Deja ese racismo de una vez y ya no me jodas más. Pero Carmita no paraba de cuchichiar con Miguel sobre Diana. Sin embargo, tanto Miguel como Carmita adoraban al niño, su nieto.

Cuando Miguelito, el hijo de Eduardo y Diana, tenía apenas dos añitos, para sorpresa de todos, Diana volvió a quedar embarazada. La noticia llenó nuevamente de alegría a Carmita y Miguel. La familia se hacía más grande y ahora eran abuelos de dos nietos. Solo que, por el momento, había que olvidarse definitivamente del regreso a Cuba y de aquellos espejuelos dorados que Carmita tanto había soñado lucir en su "vuelta triunfal".

La guerra por el nombre del bebé comenzó nuevamente. Esta vez era una niña, la parejita tan deseada. Diana quería llamarla Aurora, en honor a su madre, quien había fallecido recientemente. Pero Carmita se opuso rotundamente.—No —dijo con autoridad—. Debe llamarse Carmen, como yo. Y no se habla más del asunto. Diana, esta vez, no se quedó callada. Insistió en privado con Eduardo, quien le pedía paciencia y comprensión. La discusión subió de tono hasta que Diana alzó la voz. Sus palabras llegaron claramente hasta la sala, donde Miguel y Carmita descansaban en el sofá después de un rico arroz con pollo cubano que Carmita había preparado especialmente para su "Torito".

—¡Qué clase de hombre eres! —le gritaba Diana a Eduardo—. Eres un "mamá boy". Yo quiero a un hombre, a mi hombre, no el de nadie más. ¡Que Torito ni Torito! Ya estoy cansada de aguantar y callar en lo que se supone que es mi casa. ¡Estoy harta de sentirme como una extraña en mi propio hogar!

—Tú ya no eres un niño, Eduardo. Tienes una esposa y dos hijos —le dijo Diana con voz firme. Carmita, que escuchaba desde la sala, no se contuvo. Se levantó furiosa y estalló con una vulgaridad que impresionó incluso a Miguel:—¡Mira, hija de puta! ¡India de mierda! ¡A mí no me hablas así, carajo! ¡Tú aquí no eres nadie! ¡Una recogida de mierda, un piojo pegado a mi hijo! ¡Esta es la casa de mi hijo y no te permito...!Miguel se interpuso de inmediato para calmar a su esposa. Diana, destrozada por los insultos, salió corriendo del apartamento entre lágrimas. Eduardo fue detrás de ella, rogándole que lo perdonara.

Horas después, Miguel había calmado a Carmita, pero no sin antes haberle levantado la voz. Era un hombre de carácter apacible, casi excesivamente tranquilo, pero aquella noche Carmita conoció al demonio silencioso que también habitaba en él. Mientras tanto, en un parque hermoso cercano al apartamento, en la calle Bull Run de Miami Lake, junto a un pequeño buzón comunitario de libros, Eduardo logró que Diana volviera. Le aseguró que hablaría con sus padres y que su hija llevaría el nombre que ella quería: Aurora.

En la superficie habían hecho las paces, pero en el fondo la rivalidad entre ambas mujeres seguía viva y ardiente. Diana intentaba llevar las cosas con buena voluntad, pero Carmita era un volcán a punto de erupción. Ya casi ni la miraba y le hablaba lo mínimo indispensable.—De esa yegua no quiero saber nada —murmuraba con veneno cada vez que podía, dirigiéndose a Miguel—. Nos robó a nuestro hijo y ahora quiere robarnos también a los nietos. Por su culpa ni siquiera hemos podido regresar a Cuba. No sé ni para qué carajo me compré estos espejuelos dorados. Miguel, con su habitual calma, ni siquiera le contestaba. Simplemente subía el volumen de su música pop y dejaba que las quejas de su esposa se perdieran entre las notas.

Sin embargo, el destino —ese que no respeta creencias, religiones ni dioses— les tenía reservada una dura revelación. Todo pudo haberse anticipado. La fría matemática y la lógica terminaron dándole un bofetón a la ilusión familiar. Una carta de la asociación del condominio llegó sin previo aviso. Les notificaban una multa considerable: Ahora vivían seis personas en un apartamento autorizado únicamente para cuatro. El contrato era explícito y no admitía excepciones. Tenían dos meses para desalojar. Solo Diana, Eduardo, Carmita y Miguel podían permanecer legalmente. Nadie había pensado —o había querido pensar— que los pequeños Aurora y Miguelito también contaban y estaban fuera del acuerdo.

Esto puso a toda la familia a pensar seriamente. Por un lado, nadie estaba en contra de que Diana y Eduardo tuvieran hijos. Era su derecho como matrimonio, y además Carmita y Miguel estaban felices y adoraban profundamente a sus nietos. El problema real era otro: ¿a dónde ir? Eduardo todavía no tenía el dinero suficiente para aspirar a comprar una casa, su crédito no era lo bastante fuerte y, una vez más, se encontraba atorado con las cuentas. Sus tarjetas de crédito estaban al límite. La solución era una sola: Buscar un apartamento que aceptara seis personas. Intentaron buscar una casa, pero las rentas en barrios decentes eran extremadamente altas. Tampoco estaban dispuestos a mudarse a un barrio inseguro, especialmente con dos niños pequeños. Eduardo quería algo similar a lo que ya tenían. Sus padres se habían adaptado muy bien a la zona tan agradable de Miami Lakes y no querían perder esa tranquilidad.

Buscaron por todas partes, pero en los lugares buenos nadie tenía apartamentos disponibles para seis personas. Fue entonces cuando descubrieron una realidad dura de Miami que nunca antes se les había pasado por la mente: Casi nadie alquila a familias de seis miembros, y mucho menos si hay dos niños pequeños. Los pocos apartamentos de tres habitaciones que encontraron estaban en barrios malos y feos, lugares donde ni Diana, ni Carmita ni Miguel querían mudarse. Diana no trabajaba; se dedicaba por completo al cuidado de sus hijos. Cada día estaba más disgustada con sus suegros y también con la blandenguería de su marido. En su interior pensaba con resentimiento:

«Si Eduardo los va a mantener a ellos, que me mantenga a mí también».

El tiempo transcurría sin piedad y la presión sobre Eduardo se volvía asfixiante. No encontraban ningún apartamento que los aceptara y la fecha límite para abandonar el actual se aproximaba rápidamente. Los cuchicheos entre Carmita y Miguel aumentaron de intensidad. Carmita, incapaz de contener su frustración, repetía con veneno:— Si esa tipa trabajara, no estaríamos metidos en este lío. Pero Eduardito no hace nada… Es cierto lo que dicen: Una papaya jala más que dos yuntas de bueyes.

Miguel callaba. Ya no se le veía escuchar su música ni componer canciones. Había cerrado el canal de YouTube sin decir una palabra. Pasaba las horas sentado en el balcón, fumando un tabaco tras otro, con la mirada perdida en la calle Main Street. En silencio, observaba con profunda preocupación hacia dónde iría a parar todo esto.

Pero al final, la solución era una sola: Mudarse a un lugar menos codiciado de la ciudad, donde aceptaran vivir a seis personas, y adaptarse a la nueva realidad. Eduardo llevó a su familia a ver el apartamento. Estaba ubicado en Hialeah, en el condado de Miami-Dade, dentro de un inmenso complejo de viviendas. Era un lugar modesto, con un pequeño balcón. Los vecinos de ambos lados, y prácticamente todo el complejo, eran cubanos. El vecino de la izquierda pasaba la mayor parte del tiempo en su balcón, fumando y sacando jaulas llenas de pajaritos para que tomaran el sol. El de la derecha, en cambio, se la pasaba hablando por teléfono con Cuba a voz en cuello, de modo que se escuchaba en todo el condominio, mientras su hijo tocaba tambor dentro del apartamento con tal fuerza que el sonido se colaba claramente hasta el lugar que Eduardo quería rentar. Aun así, el apartamento tenía tres habitaciones y cabían los seis. Además, la renta era un poco más barata que la que pagaban actualmente.

Con un profundo disgusto, Carmita y Miguel aceptaron vivir allí. No tenían otra opción. Diana, sin embargo, no estaba dispuesta. Llamó a su esposo a un lado, casi delante de la mirada de sus padres, y le dijo con firmeza:—Vamos al carro, tenemos que hablar. Bajaron por las escaleras, ya que el elevador estaba en mantenimiento. Al llegar al estacionamiento, se llevaron un golpe: Alguien había roto la ventanilla del carro y robado el asiento del niño Miguel, junto con una gorra, la guitarra de Eduardo y otras cosas más. Llamaron a la policía, que hizo el reporte correspondiente y les aconsejó nunca dejar nada visible dentro del vehículo para evitar incidentes como ese. Con caras de amargura y frustración, todos regresaron a Miami Lakes. Diana, por su parte, estaba más que lista para discutir el asunto en privado con su marido.

Nadie habló durante todo el trayecto de regreso. El silencio dentro del vehículo era denso y pesado.

Una vez en casa, Diana, armada de valor y cansada hasta el alma, llamó a Eduardo a su habitación y cerró la puerta. Lo miró directamente a los ojos y le dijo con voz firme, aunque temblorosa por la emoción:—Mira, Eduardo, quiero que me escuches atentamente porque lo que te voy a decir es muy importante. Yo he tratado de ser una buena esposa y una buena madre. He hecho todo lo posible por atender a tus padres, por integrarme a esta familia y por ser parte de ella… pero ha sido sin éxito alguno.

—Aun así, yo habría seguido tratando —continuó Diana, con la voz temblando de frustración y cansancio—. Pero ¿tener que mudarnos a esa mierda de apartamento solo porque tú le hiciste una promesa a tus padres sin contar conmigo? ¿Por qué no puedo vivir aquí, donde estamos ahora? ¿Por qué no nos quedamos en este apartamento y que tus padres se busquen algo más pequeño para ellos? Un estudio, lo que sea. Aquí no tengo privacidad. Tengo que encerrarme en la habitación todo el día para no cruzarme con tu madre, porque me odia y prefiero evitarla. Yo no quiero irme a vivir a un lugar donde en diez minutos te rompen la ventanilla del carro y te roban el asiento del niño. Menos mal que los llevaba conmigo, porque si no, se habrían llevado al niño también.

—Eduardo, yo también tengo padres —continuó Diana, con la voz cargada de frustración—. Pero ellos solo han venido a visitarnos dos veces, y nosotros solo una vez a verlos a ellos. También aman a nuestros nietos, pero no se sienten dueños de ellos. Mis padres nos han dado nuestro espacio, como debe ser. Hizo una pausa, respiró hondo y lo miró directamente a los ojos:—Yo no soy la "Vaquita" ni la "Torita" de nadie. ¿Qué carajo es todo esto, Eduardo? ¿Vas a hacer tu papel de hombre o qué?

Eduardo la miró con cansancio y tristeza, y respondió con voz baja:—Diana, te entiendo... pero no sé qué hacer. Me gustaría ser rico y pagarles un apartamento igual a este a mis padres, pero no puedo mantener dos hogares. Ni siquiera un estudio pequeño. Además están la comida, las medicinas, sus necesidades... ¿de dónde saco el dinero? No puedo echarlos a la calle, son mis padres. Diana lo miró fijamente, con los ojos brillando de frustración y rabia contenida. Su voz salió firme y cortante:—Yo sí sé qué hacer. Tus padres no son tan viejos, Eduardo. Tu mamá tiene sesenta y tres años y tu papá todavía no llega a los setenta. ¿Me vas a decir que no pueden trabajar? Podríamos ayudarlos a buscar un empleo. O si no... que se vayan a Cuba. Allá no tienen que trabajar si no quieren. ¿Acaso tu mamá o tu papá trabajaron alguna vez en su vida? Hizo una pausa breve y añadió, con la voz temblando de emoción:—También hay otra opción, Eduardo: quédate con tus padres y yo me voy. Me busco un hombre de verdad, que viva para mí y para sus hijos. Tú puedes quedarte y casarte con tu mamá si quieres, porque yo esto ya no lo aguanto más. Respiró hondo y concluyó con frialdad:—Avísame cuando hayas decidido. Y no creo que tengas mucho tiempo para pensarlo.

En la sala, Carmita y Miguel permanecían de pie, rígidos, esforzándose por escuchar la conversación que tenía lugar al otro lado de la puerta. Carmita murmuraba entre dientes, con la voz cargada de veneno:—¿Qué le estará diciendo esa zorra a mi hijo? Miguel no respondía. Tenía la mirada clavada en el suelo y los ojos brillantes por las lágrimas que no llegaba a derramar. No había comido nada en todo el día y llevaba horas sin dirigirle la palabra a nadie. En su silencio parecía estar anticipando, con resignación, el final inevitable de aquella situación.

—¡Eduardo! —gritó de repente Carmita desde la sala, con la voz llena de rabia—. ¿Qué es lo que esa mujer te está diciendo? ¡Que tenga el valor de decírnoslo aquí, a todos! Miguel la miró fijamente a los ojos y le soltó con una seriedad que rara vez mostraba:—Cállate la boca o me voy y desaparezco por ahí. Carmita se quedó callada, herida por el tono de su marido. Sin decir una palabra más, se dio la vuelta y se encerró en su habitación, donde se acostó con el corazón latiéndole con fuerza. Mientras tanto, en su cuarto, Diana lloraba desconsolada y le decía a Eduardo entre sollozos:—¿Ves lo que te digo? ¿Ves cómo es?

Durante todo ese día no hubo palabras entre ellos, cuando a eso de las siete de la noche Carmita había preparado un caldo de pollo y llamó a todos a la mesa, pero nadie apareció. Ni siquiera ella misma probó un bocado. Cerca de las nueve de la noche, después de haber pensado y repensado largamente las palabras de Diana, Eduardo reunió valor, llamó a todos a la sala y habló con voz firme pero serena:—Escuchen bien, mamá y papá. Yo los quiero mucho y creo que se los he demostrado con hechos, pero también quiero a mi mujer y a mis hijos. Entiendo lo que dices, mamá, pero también entiendo a Diana. Todos juntos no podemos vivir en un buen lugar, y yo tampoco puedo pagarles un apartamento separado. La única solución posible es esta: Nosotros nos quedamos aquí. Yo les voy a alquilar un pequeño estudio en Hialeah, cerca del apartamento que fuimos a ver. Les daré el dinero del depósito y un mes de renta por adelantado. Ustedes pueden venir a visitarnos cuando quieran y nosotros haremos lo mismo. Pero van a tener que buscarse un trabajo, algo sencillo. Tú, papá, podrías trabajar de guardia de seguridad. Y tú, mamá, puedes arreglar uñas, tomar fotos, aprender un oficio… lo que sea. Con mi ayuda, todos podemos salir adelante. Miguel levantó la mano con una rapidez casi cómica y, con la voz cargada de indignación, exclamó:—¿Qué? ¿Trabajar? ¿Un apartamentico para mí y mi mujer? ¿Ser guardia? ¡Te volviste loco! Yo tenía mi casa en Cuba, dos apartamentos rentados y una carpintería. ¡Ahí sí te volviste loco!

Carmita, con la voz temblando de rabia y dolor, exclamó:—¡Yo lo sabía, cojones! ¡Yo lo sabía! Te lo dije, Miguel… Esta zorra iba a arrebatarnos a nuestro hijo y a nuestros nietos. Se volvió hacia Eduardo con los ojos llenos de lágrimas y furia:—Está metida en tu cabeza, hijo. ¿O no te das cuenta? Diana, con la voz quebrada pero decidida, dijo:—Me voy. Me voy de aquí. No sé adónde, pero me voy. No aguanto más sus ofensas. En ese momento, Eduardo la agarró suavemente del brazo y le respondió:—No vas a ningún lado. Yo también estoy cansado de estos dos. Luego, con voz contundente y firme, se dirigió a sus padres:—Escuchen bien, mamá y papá. Esta es mi decisión. O se van y se buscan un trabajo, o la otra salida es que regresen a Cuba y pidan a las personas que les compraron la casa que les habiliten un lugar. Yo les enviaré dinero todos los meses para que no les falte nada. Miguel, rígido y con un comportamiento casi compulsivo, lo interrumpió:—¿Cuba? ¿Regresar? ¿Habilitar un cuartico? Dio la espalda a todos sin decir más y se dirigió a su habitación. Los demás se quedaron en silencio, sin saber cómo reaccionar. Antes de que Eduardo pudiera continuar hablando, Miguel regresó de repente. Tenía los ojos saliéndose de las órbitas, como poseído por un demonio, y en la mano derecha sostenía un revólver. Apuntó directamente al pecho de su hijo y disparó sin titubear, quitándole la vida en menos de un segundo. Inmediatamente después, se llevó el arma a la cabeza y se disparó a sí mismo. En menos de dos segundos, todo había terminado. Diana y sus dos hijos quedaron solos en el mundo. La ecuación familiar se había desintegrado de la manera más brutal e inimaginable. Meses después, Diana regresó con sus dos hijos a Argentina. Carmita, por su parte, terminó convertida en una sin techo que vagaba por las calles de Miami, con sus espejuelos dorados aún puestos y la mente completamente perdida.

¿Quién tendrá la razón?
¿Diana?
¿Carmita? ¿Qué fue lo que falló? Aún no lo sé. Y tú, querido lector, ¿qué piensas? ¿Crees que el destino es cruel? ¿O simplemente somos nosotros los que, con nuestras decisiones, nuestras promesas y nuestros silencios, terminamos tejiendo la tragedia con nuestros propios hilos? ¿Es acaso un hijo, la mejor inversión? ¿O el peor de los negocios?

-V-

Animatus.

Introducción.

Esta es la increíble historia de un planeta llamado Animatus. Es una historia real, ocurrida en un universo tan lejano y desfazado en el tiempo que resulta inalcanzable para nuestra humanidad terrícola. Nadie sabe con exactitud cuántos millones de años han transcurrido desde que estos hechos tuvieron lugar hasta el momento en que una cápsula de escape entró en órbita alrededor de la Tierra y fue interceptada por nuestras sondas. La radiación cósmica y el paso de eones habían destruido casi todo: las computadoras estaban fundidas, los cuerpos de los dos astronautas reducidos a poco más que sombras calcinadas. Pero en el corazón de la cápsula, protegida como un relicario, permanecía intacta una caja negra. En ella, grabada en once mil sistemas de comunicación diferentes —con guías de traducción incorporadas como una Piedra de Rosetta interestelar—, descansaba la última conversación entre dos hombres que nunca debieron hablarse. Esta es la historia del General Dinos Valkar, Comandante en Jefe de las Fuerzas Armadas de Animatus, poseedor del título honorable de "Agón" —el que manda sobre el cielo, la tierra y el mar— y de Naco Perma, ingeniero jefe de mantenimiento de la nave Aveus-

0011. Dos hombres de razas opuestas, de niveles sociales separados por veintidós escalones, atados juntos en los últimos minutos de vida dentro de un fragmento de nave a la deriva, mientras su planeta ardía debajo de ellos. Es el hallazgo más importante del siglo XXI. Con el mayor cuidado, después de años de traducción, restauración y análisis, con todas las autorizaciones pertinentes de las autoridades internacionales, presento este legado con profundo respeto por las víctimas de Animatus. Los habitantes de Animatus eran una raza humanoide altamente avanzada, del Tipo III en nuestra escala de Kardashev. Dominaban los recursos de su sistema estelar y extraían energía directamente de su estrella principal, Dinia. Esta capacidad les permitió desarrollar una tecnología tan superior que, incluso después de millones de años, sus sistemas de grabación lograron preservar sus últimas palabras para que cualquier inteligencia humanoide pudiera comprenderlas. Ellos querían que su historia fuera escuchada. Todo en Animatus se medía en plasma —la energía pura procesada de su estrella. No existía el dinero como lo conocemos. No había oro ni petróleo. Solo plasma. Con plasma se compraba todo: comida, transporte, vivienda, atención médica, hasta el derecho a seguir viviendo. Sin plasma, simplemente dejabas de existir. La sociedad estaba dividida en dos grandes razas sociales: los Dinas (clase alta) y los Agor (clase baja). Aunque físicamente eran casi idénticos —

pieles multicolores que reflejaban los tonos de su cielo—, la diferencia radicaba en el "ánimo" aportado al planeta: el esfuerzo, la contribución, los logros acumulados a lo largo de generaciones. O al menos eso decían. En realidad, el sistema era tan rígido que nacer en una familia de clase baja condenaba a casi toda una vida de servidumbre. La movilidad social era prácticamente imposible. La rebeldía se castigaba con "extinción". La aceptación del propio destino era considerada la mayor virtud. Y sin embargo, bajo esa perfección aparente, hervía un odio antiguo y profundo. Todo cambió cuando la estrella Agor se convirtió en supernova. Pero esa es solo la mitad de la historia. La otra mitad está grabada en esta caja negra: la conversación final entre un general orgulloso de la clase dominante y un ingeniero humilde de la clase más baja, atados juntos mientras su mundo se consumía en llamas. Dos hombres que nunca debieron hablarse. Dos hombres que, en sus últimos minutos, se dijeron verdades que nadie se había atrevido a pronunciar en miles de años. Esta es su historia. La historia de cómo un planeta brillante y avanzado se destruyó a sí mismo. La historia de cómo la codicia, el orgullo y el silencio terminaron con una civilización entera. Y la historia de cómo, incluso en el final absoluto, dos enemigos mortales encontraron la única cosa que nunca tuvieron en vida: La oportunidad de hablarse como iguales.

Doxi.

Antes de llamarse Animatus, el planeta se llamaba Doxi. Era la segunda oportunidad de una raza orgullosa y ambiciosa. Los Agor habían llegado desde su mundo anterior, Verma, un planeta ya moribundo, decadente y agotado por su propia codicia. En grandes naves estelares cruzaron la oscuridad del espacio y se establecieron en Doxi, un mundo joven, fértil y lleno de promesas. Con ellos trajeron a los Dinas. Oficialmente, los Agor los habían "salvado". En realidad, los necesitaban como mano de obra. Porque los Agor no trabajaban. No cultivaban la tierra, no reparaban máquinas, no limpiaban calles. Ellos se dedicaban exclusivamente al estudio, a la investigación y al desarrollo de una tecnología tan avanzada que hacía palidecer cualquier logro de la Tierra. Mientras los Dinas se encargaban de la agricultura, la construcción, el mantenimiento, la producción de alimentos y todas las tareas consideradas "bajas", los Agor vivían en metrópolis resplandecientes ubicadas en las zonas más bellas del planeta: colinas suaves bañadas por la luz dorada de Dinia, valles templados y costas de aguas cristalinas. Los Dinas, en cambio, habitaban las regiones más duras y menos favorecidas: los bordes fríos, las llanuras áridas y las zonas cercanas a los polos. Ningún Dina podía entrar en las zonas Agor sin un permiso especial de trabajo, y aun así, debían someterse a estrictos controles de admisión. Un viejo proverbio Agor resumía su visión del mundo: «Siempre así fue. Desde Verma fuimos dioses. El destino quiso así. Para los Agor sea Doxi.» Era una tradición milenaria que nadie cuestionaba en voz alta. Los Agor decían que siempre había sido de esa forma, que su linaje estaba destinado a gobernar. "Siempre fue así", repetían con arrogancia cada vez que alguien osaba preguntar. Pero los Dinas sí recordaban —o al menos sospechaban— una verdad más incómoda. Decían que miles de años atrás, cuando aún no existían las cámaras de vigilancia, los computadores cuánticos ni los sistemas de control total, había sido mucho más fácil para una sola familia —la familia Agor— apoderarse del poder en Verma. Una familia de criminales astutos, según susurraban en secreto, que había sabido aprovechar el caos para coronarse como dioses. Ahora, con toda la tecnología a su favor, los Agor habían blindado su dominio para siempre. El sistema de clases era tan rígido, tan perfecto, que escalar al poder resultaba imposible. La gloria, el conocimiento y el lujo estaban reservados exclusivamente para ellos. Sin embargo, más lejos de la realidad no podían estar. La providencia, esa fuerza silenciosa e implacable, ya había escrito un destino terrible para los orgullosos Agor. Porque la misma arrogancia que los había llevado a dominar Verma y luego Doxi, la misma codicia que los impulsó a acumular sin medida y a ocultar la verdad sobre la estrella Agor, estaba a punto de destruirlos por completo. Y cuando la supernova estalló, cuando el fuego del cielo cayó sobre Doxi, los Dinas descubrieron que los dioses también podían sangrar.

El Consejo Agor.

El Consejo de Agor no era simplemente un grupo de científicos: era el órgano de mayor influencia en todo el planeta Doxi. Compuesto por varios miles de las mentes más brillantes de su especie, este consejo poseía un poder que iba mucho más allá del ámbito académico. A diferencia de lo que ocurría en la Tierra, aquí los políticos y las clases dirigentes no tomaban una sola decisión importante sin antes consultar sus recomendaciones. Su palabra era casi ley. El Consejo mantenía bases de investigación en las regiones más remotas del planeta y recibía de forma ininterrumpida un torrente de datos sobre el clima, la actividad sísmica, la composición atmosférica y todo tipo de información proveniente de su sistema estelar. Estaba integrado por físicos teóricos, químicos, cosmólogos, ingenieros aeroespaciales, especialistas en biología extrema y expertos en disciplinas que ni siquiera tenían nombre en otros mundos. Todos trabajaban con un único objetivo: proteger y hacer progresar a Doxi. La razón de esta obsesión era trágicamente clara. Siglos atrás habían perdido su planeta natal, Verna, por pura negligencia científica y política. Aquella catástrofe había quedado grabada en la memoria colectiva como una herida abierta. Desde entonces, los doxianos juraron que nunca más ignorarían las advertencias de sus científicos. Por eso el Consejo de Agor gozaba de un presupuesto prácticamente ilimitado, canales de comunicación directa y prioritaria con los máximos líderes del planeta, bases avanzadas en todos los continentes y una red de sensores tan sofisticada que podía detectar cualquier anomalía en el sistema solar mucho antes de que se volviera visible. Ser elegido para formar parte del Consejo era el mayor honor al que podía aspirar cualquier científico de Doxi. Pero un día, todo cambió para siempre. Los sensores más avanzados del Consejo comenzaron a registrar un aumento anormal y sostenido en los niveles de neutrinos que llegaban a Doxi. Estos neutrinos provenían de Agor, la estrella más cercana y brillante del sistema, la misma de la cual el Consejo había tomado su nombre. Los datos eran irrefutables y aterradores. Agor había explotado. Se había convertido en supernova. Aunque la luz de la explosión aún tardaría años en llegar a Doxi, la radiación letal ya viajaba hacia ellos a una velocidad cercana a la de la luz. Los cálculos más precisos, realizados una y otra vez por los mejores expertos, indicaban que en un plazo máximo de dos a tres años, Doxi sería azotado por una intensa ola de radiación gamma y rayos X que haría inhabitable la superficie del planeta, destruyendo toda forma de vida expuesta. Los miembros del Consejo se reunieron de urgencia. El silencio en la sala principal era absoluto. Después de varias horas de análisis, el presidente del Consejo se puso de pie y pronunció las palabras que nadie quería oír:—Debemos informar inmediatamente a los líderes de Doxi. Tenemos menos de tres años para preparar un plan de supervivencia... o presenciar la extinción de nuestra civilización.

La supernova Agor.

Los registros del Consejo de Agor no dejaban lugar a dudas: La estrella más cercana, la bella y orgullosa Agor —una gigante roja de la que la casta había tomado su nombre con altanería siglos atrás—, estaba a punto de explotar. En el pasado, cuando aún vivían en su planeta original, Verna, los Dinas habían decidido renombrarse como "Agor" en honor a aquella estrella brillante y extravagante. Ahora, esa misma estrella que tanto veneraban se convertía en su sentencia de muerte. El Consejo comprendió inmediatamente la magnitud del cataclismo. No se trataba solo del fin de una era, sino posiblemente del fin de su cultura y su poder como casta dominante. Aunque la especie podría sobrevivir, los Agor como grupo social privilegiado estaban condenados a desaparecer… a menos que actuaran con rapidez y crueldad. Reunidos en sesión de emergencia, los líderes del Consejo llegaron a una conclusión fría y pragmática: Solo ellos, la élite Agor, debían sobrevivir. El resto del planeta —especialmente los Dinas— sería abandonado a su suerte. La noticia se mantuvo en el más absoluto secreto. Solo los miembros de la alta jerarquía fueron informados. Se decidió que el cataclismo se ocultaría al pueblo. Revelarlo solo generaría pánico, caos y disturbios que pondrían en peligro el plan de supervivencia de la élite. Tenían, según los cálculos más precisos, entre dos y tres años antes de que la radiación de la supernova alcanzara Doxi con fuerza letal. En menos de una semana, los líderes Agor se reunieron en secreto y tomaron la decisión más drástica de su historia: todos los recursos del planeta —absolutamente todos— serían redirigidos a la construcción inmediata de un vasto mundo subterráneo exclusivo para la casta Agor. Los Dinas, la gran mayoría de la población, quedarían condenados en la superficie. El Consejo reunió a los mejores ingenieros, arquitectos, biólogos y científicos del planeta (todos pertenecientes a la casta Agor) y les encomendó la tarea titánica de diseñar y construir en tiempo récord una civilización completa bajo tierra. El proyecto presentaba una complejidad descomunal. Había que preverlo todo con precisión quirúrgica: Una profundidad superior a los dos mil pies bajo la superficie, suficiente para blindarse contra la radiación mortal. Sistemas avanzados de ventilación, oxigenación y purificación del aire, complementados con vastos invernaderos de plantas que generaran oxígeno de forma continua. Circuitos cerrados de producción alimentaria: cultivos hidropónicos, cría controlada de animales y un reciclaje absoluto de todos los residuos orgánicos e inorgánicos. Fuentes inagotables de agua potable extraídas de acuíferos subterráneos profundos. Generación autónoma y sostenible de energía.

Instalaciones completas para la vida en sociedad: Hospitales, escuelas, centros de detención y complejos de mando y vigilancia. Espacios dedicados al esparcimiento y simulaciones ambientales avanzadas, diseñadas específicamente para combatir la depresión, la claustrofobia y el colapso psicológico que, sin duda, azotarían a quienes vivieran enterrados durante décadas. Por último, debían desarrollar tecnologías que permitieran a las generaciones futuras no solo mantener el refugio en perfecto funcionamiento, sino también, cuando las condiciones lo permitieran, regresar a la superficie y reclamar el mundo exterior.

Los planos debían estar listos en seis meses. No había margen para errores. Mientras los Agor trabajaban febrilmente en áreas restringidas y fuertemente vigiladas —donde ningún Dina podía entrar—, la población común continuaba su vida diaria sin sospechar nada. Caminaban bajo el cielo de Doxi, miraban la estrella Agor brillar con más intensidad cada noche, ajenos al destino que se cernía sobre ellos. Al cabo de dos años, la obra estaba lista. En zonas secretas del planeta se habían construido enormes complejos de concreto de alta densidad, capaces de resistir las ondas de neutrinos y radiación que se aproximaban. Sistemas de túneles y ascensores ultrarrápidos descendían a más de mil quinientos pies de profundidad. Allí abajo, los Agor habían recreado, en miniatura, pero con lujo, una versión casi perfecta de la superficie que estaban a punto de abandonar: comunidades organizadas, bosques artificiales con árboles genéticamente modificados, cielos simulados mediante pantallas gigantes que reproducían el día y la noche, fuentes de agua cristalina, fábricas automatizadas, centros de entretenimiento, cines y hasta zonas verdes donde el viento artificial movía las hojas. Habían llevado consigo ganado, aves, semillas y una vasta reserva de alimentos para treinta años. Todo se reciclaba. Los muertos también eran procesados para recuperar nutrientes. Las leyes de reproducción eran estrictas: la mayoría de las parejas solo podría tener uno o dos hijos. Los niños serían educados desde pequeños sobre su verdadera realidad y la misión de sobrevivir y, algún día, regresar. Era un mundo macabro, pero meticulosamente diseñado para resistir siglos. Cuando las primeras oleadas de radiación comenzaron a azotar la superficie, los Agor descendieron a su nuevo hogar subterráneo en silencio, dejando atrás a los Dinas, quienes aún creían que se trataba de una tormenta solar pasajera. Arriba, el cielo se volvió mortal. Abajo, en las profundidades de Doxi, la casta Agor comenzaba su larga y oscura supervivencia.

Los Dinas mueren en la superficie.

Los Dinas fueron abandonados a su suerte en la superficie de Doxi como quien desecha un objeto inútil. Cuando las primeras oleadas de radiación de la supernova Agor alcanzaron el planeta, el cielo se tiñó de un violeta enfermizo y mortal. Las tormentas de partículas cargadas caían como lluvia de fuego invisible. En pocos meses, las cosechas se marchitaron, los ríos se volvieron tóxicos y los animales comenzaron a morir en masa, retorciéndose de dolor bajo un sol que ya no daba vida, sino muerte lenta. Los Agor habían desaparecido sin previo aviso. Se llevaron consigo la tecnología más avanzada, las reservas estratégicas y el conocimiento necesario para sobrevivir al cataclismo. Para los Dinas, la traición fue clara y brutal: los poderosos los habían condenado a morir mientras ellos se refugiaban en sus fortalezas subterráneas. Sin embargo, los Dinas demostraron una resiliencia que los Agor jamás imaginaron. En los primeros años del desastre, los ancianos tomaron la decisión más dolorosa y heroica de su historia. Sabiendo que la radiación afectaba con mayor rapidez y crueldad a los cuerpos jóvenes, los viejos se sacrificaron voluntariamente. Se quedaron en la superficie expuestos, recolectando los últimos alimentos útiles, cuidando a los enfermos y protegiendo a los niños y jóvenes para que pudieran refugiarse en cuevas profundas y sistemas de túneles naturales que encontraron en las montañas. Cientos de miles de ancianos murieron de pie, trabajando hasta su último aliento. Sus cuerpos se convertían en escudos vivientes para la nueva generación. Antes de morir, transmitían todo su conocimiento: cómo purificar agua contaminada, cómo cultivar hongos y algas en la oscuridad, cómo criar insectos comestibles y cómo reparar herramientas con materiales improvisados. Sus últimas palabras siempre eran las mismas: "Recordad quién os traicionó. Sobrevivid. Y un día… regresad." Durante casi dos siglos, los Dinas vivieron como trogloditas. Se ocultaron en cuevas húmedas y frías, construyeron refugios con piedras y restos de civilización antigua, y aprendieron a sobrevivir en un mundo donde la superficie significaba muerte segura. Cada generación nacía más resistente que la anterior. Desarrollaron pieles más gruesas, una mayor tolerancia a la radiación y una memoria colectiva que convertía el odio hacia los Agor en combustible para seguir adelante. Al cabo de casi doscientos años, la radiación había disminuido lo suficiente para permitir que los más jóvenes salieran de las cuevas durante períodos cada vez más largos. Poco a poco, los Dinas comenzaron a repoblar la superficie. Plantaron semillas resistentes que habían guardado con devoción religiosa. Limpiaron ríos. Reconstruyeron aldeas modestas pero sólidas. Y, sobre todo, nunca olvidaron. Mientras tanto, los Agor seguían viviendo en su mundo subterráneo artificial, convencidos de que su plan había sido un éxito. Pero los Dinas habían descubierto, generación tras generación, la ubicación exacta de las entradas secretas a los refugios de los Agor. Al principio las observaban con temor y rabia contenida. Luego, con fría determinación. En una noche que quedaría grabada para siempre en la historia de Doxi, las tribus Dinas unificadas tomaron la decisión final. Con explosivos improvisados y maquinaria recuperada, sellaron todas las salidas conocidas de los complejos subterráneos. Bloquearon los sistemas de ventilación principales, cubrieron las estructuras con toneladas de escombros y tierra, y destruyeron los mecanismos de emergencia. No los mataron directamente. Simplemente los condenaron a vivir y morir como lombrices en su propio mausoleo de lujo. "Que vivan para siempre bajo tierra, tal como nos condenaron a nosotros", fue el veredicto colectivo. Así se produjo el cambio de poder más radical en la historia del planeta. Los Dinas, que durante siglos habían sido la clase trabajadora, despreciada y explotada, emergieron como la nueva raza dominante de Doxi. Crearon una sociedad basada en la resiliencia, la memoria colectiva y la cooperación. Rechazaron el lujo ostentoso y la jerarquía extrema que caracterizaba a los Agor. Desarrollaron una cultura más austera, pero profundamente unida, donde el conocimiento científico se puso al servicio de la reparación del planeta y la supervivencia de todos, no solo de unos pocos. Los Agor, por su parte, quedaron atrapados para siempre en sus ciudades subterráneas. Sus descendientes nacerían, vivirían y morirían sin haber visto jamás el verdadero cielo de Doxi. Su civilización se volvió cada vez más decadente, claustrofóbica y desesperada. El cataclismo que los Agor creyeron que los salvaría terminó destruyendo su poder para siempre. Y así, de las cenizas de la traición y el sacrificio, los Dinas —los humildes, los olvidados, los condenados— se convirtieron en los verdaderos dueños y reconstructores de Doxi.

Viviendo debajo de la tierra.

Los Agor no tuvieron opción. No solo por el cataclismo que se aproximaba, sino porque, con el paso de los siglos, los Dinas —ahora dueños absolutos de la superficie— habían tapiado todas las salidas. Las enormes puertas de acero y concreto fueron selladas con explosivos, cubiertas con toneladas de escombros y tierra, y olvidadas deliberadamente. Los Dinas no los mataron directamente; simplemente los condenaron a una tumba viva y lujosa. Abajo, en las profundidades de Doxi, los líderes Agor se reunieron por última vez en la gran sala central. El silencio era absoluto. En sus rostros se reflejaba la dura realidad: ya no había vuelta atrás. Uno de los ancianos, con voz grave pero firme, se levantó y habló en nombre de todos:—Escuchadme bien. No tenemos otra salida. Debajo de la tierra viviremos. Nuestra generación, nuestros hijos y nuestros nietos jamás verán el sol verdadero de Doxi. Nunca sentirán el viento en la piel ni contemplarán el cielo abierto. Pero habrá esperanza para las generaciones que vendrán después de ellos. Ellos vivirán de nuestro sacrificio. Un día, cuando la radiación haya disminuido lo suficiente, nuestros descendientes saldrán a la superficie y volverán a caminar sobre la tierra. Reconstruirán nuestro mundo y vivirán para siempre bajo el sol que nosotros solo podremos soñar. Seremos recordados en libros, en himnos y en las historias que contaremos en la oscuridad. Se dirá que los Agor sobrevivimos cuando todo parecía perdido. Que fuimos fuertes, que fuimos astutos, que fuimos dignos de nuestro nombre. No podemos salvar a todos. Los Dinas morirán en la superficie. Así lo ha querido la providencia. Cuando nuestras futuras generaciones emerjan, dominarán la tierra por completo. Seremos una sola raza: la raza Agor. No se hablará más de los Dinas. Su recuerdo no manchará nuestra memoria ni nuestros libros de historia. Educaremos a nuestros hijos aquí abajo como si los Dinas nunca hubieran existido. Les enseñaremos que siempre fuimos el pueblo elegido, que siempre fuimos los dueños legítimos de Doxi. Es la única forma de salvarnos. No hay tiempo ni recursos suficientes para salvarlos a todos. Nuestra supervivencia exige esta crueldad. Que esta sea nuestra última decisión como líderes: priorizar nuestra sangre, nuestra casta y nuestro futuro por encima de todo. El discurso terminó y un pesado silencio cayó sobre la sala. Algunos bajaron la mirada. Otros apretaron los puños con determinación. Pero todos sabían que ya no había marcha atrás. Desde ese día, los Agor comenzaron a construir no solo un refugio, sino una civilización entera bajo tierra. Una civilización que negaría la existencia de los Dinas, que borraría su memoria y que prepararía a sus descendientes para el día lejano en que volverían a reclamar la superficie como suya. Y así, mientras arriba los Dinas luchaban, morían y finalmente renacían, abajo los Agor se enterraban voluntariamente en su propia leyenda... condenados a vivir y morir en la oscuridad, soñando con un futuro que ya no les pertenecía.

Regreso a la superficie de Doxi.

Para sorpresa del destino y de la providencia misma, fueron los Dinas quienes dominaron la superficie de Doxi. Ellos nunca la abandonaron. La ganaron con sangre, con lágrimas y con un sacrificio que ninguna casta privilegiada habría sido capaz de hacer. Mientras los Agor se ocultaban en sus palacios subterráneos, los Dinas resistieron en la superficie durante siglos: expuestos a la radiación, al hambre y a la muerte lenta. Los ancianos se sacrificaron primero para que los jóvenes pudieran ocultarse en las cuevas. Luego, generación tras generación, los sobrevivientes salieron de nuevo a la luz, limpiaron los ríos envenenados, replantaron los bosques quemados y reconstruyeron una civilización desde las cenizas. La victoria fue suya. En honor a los millones que murieron para que otros pudieran vivir, los Dinas decidieron cambiar el nombre del planeta. Doxi dejó de existir. A partir de entonces, se llamaría Animatus, en recuerdo eterno de aquellos que dieron todo para que hoy pudieran respirar un aire limpio y mirar al cielo bajo el sol que llamaron Dinia. Y los de abajo… se quedaron abajo. Los Dinas sellaron todas las salidas que los Agor habían construido con tanto cuidado. Bloquearon los túneles, derrumbaron los accesos y cubrieron las estructuras con montañas de tierra y roca. No los mataron. Simplemente los condenaron a vivir exactamente como ellos mismos habían elegido: en la oscuridad eterna.—Debajo de la tierra vivirán para siempre —proclamaron los líderes Dinas—. No merecen la superficie. Educaremos a nuestros hijos como si los Agor jamás hubieran existido. Crearemos fábulas y cuentos de terror en los que cualquier ser que salga de las profundidades sea visto como un demonio salvaje, un monstruo que debe ser eliminado sin piedad. Nunca más los Agor verán la luz de Dinia. Abajo, en las tinieblas, permanecerán por toda la eternidad.

Nueva generación de Dinas.

Pero la victoria trajo consigo un problema inesperado. Los Dinas estaban divididos. Sin esclavos que trabajaran para ellos, alguien tenía que hacerlo. Muy pronto volvieron a surgir las dos razas de siempre: los que mandaban y los que obedecían, los ricos y los pobres, los que disfrutaban y los que sudaban. Todo parecía a punto de regresar al mismo ciclo de injusticia que había existido antes del cataclismo. Y entonces alguien formuló la pregunta que nadie quería hacer en voz alta:—¿Y qué hacemos con los Agor que aún sobreviven como gusanos debajo de la tierra? La respuesta llegó fría, pragmática y sin remordimientos. No había otra salida. Debían dejarlos salir. Pero no como iguales. No como liberados. Los Dinas decidieron abrir las puertas selladas con una sola condición, una condición que sabían que los orgullosos Agor terminarían aceptando: serían sus esclavos. Los Agor, que durante siglos habían vivido en un lujo artificial bajo tierra, saldrían a la superficie solo para servir. Limpiarían las ruinas, cultivarían los campos envenenados, construirían las nuevas ciudades y trabajarían hasta el último día de sus vidas para que los Dinas pudieran disfrutar de la luz del sol que ellos mismos habían perdido. Los líderes Dinas lo dejaron claro en el gran consejo:—Que paguen con su libertad lo que nos robaron con su traición. Que sus hijos y los hijos de sus hijos trabajen para nosotros hasta que la deuda quede saldada. Y cuando hayan pagado, quizá… solo quizá… les permitamos vivir como ciudadanos de segunda clase en el mundo que intentaron robarnos. Así, después de siglos de oscuridad, los Agor regresaron a la superficie de Animatus… pero ya no como amos. Regresaron encadenados, humillados y condenados a servir a aquellos a quienes una vez condenaron a morir. El círculo se había cerrado. Y la providencia, esta vez, había sido justa.

Animatus.

Animatus era un planeta ligeramente más grande que la Tierra. Orbitaba alrededor de una estrella amarilla llamada Dinia, solo un poco más grande que nuestro Sol, y poseía dos lunas plateadas que danzaban en su cielo nocturno. Su nombre original había sido Doxi. Solo después del Gran Cataclismo, cuando los Dinas reclamaron la superficie como propia, el planeta fue rebautizado Animatus, en honor a los millones de almas que se sacrificaron para que la vida pudiera continuar. Animatus rotaba sobre su eje un poco más rápido que la Tierra, por lo que un día allí duraba aproximadamente veintidós horas terrestres. Su atmósfera era excepcionalmente clara, lo que permitía que el firmamento nocturno se mostrara en todo su esplendor. Las estrellas brillaban como diamantes, esmeraldas, rubíes y zafiros esparcidos sobre un terciopelo negro. Pero lo más impresionante era la gran cicatriz luminosa que cruzaba el cielo: El remanente de la supernova Agor, que había estallado miles de años atrás. Esa herida celestial proyectaba una luz etérea y cambiante, tiñendo las noches con tonos púrpura, plata y azul profundo. Las cordilleras nevadas reflejaban esa luz como si estuvieran talladas en plata pulida, mientras auroras fantasmales danzaban sobre los picos, coloreadas por los restos de la estrella muerta. Era un mundo de belleza sobrecogedora, especialmente por las noches, cuando criaturas nocturnas de ojos brillantes poblaban los bosques y las llanuras. Los días eran frescos. La temperatura máxima en verano rara vez superaba los sesenta grados Fahrenheit (unos 15 °C), y las noches podían bajar hasta los veinte grados (unos -6 °C). En invierno, incluso en el ecuador, las temperaturas diurnas rondaban los treinta grados Fahrenheit (casi 0 °C) y caían a menos diez por la noche. En las regiones polares y subpolares, el frío era extremo: En los inviernos más severos se alcanzaban los setenta grados bajo cero Fahrenheit (-57 °C). Animatus era, en comparación con la Tierra, un planeta frío y luminoso. Sus habitantes eran humanoides, de mediana estatura, complexión robusta y ojos grandes y expresivos. Su piel presentaba una sorprendente variedad de tonos que parecían reflejar los colores del cielo y de la supernova lejana: Desde azules pálidos y plateados hasta verdes profundos, violetas y dorados tenues. Se habían adaptado perfectamente a las condiciones del planeta. La vida en Animatus se dividía claramente entre el día y la noche, ambos espectaculares a su manera. Durante el día, la luz de Dinia era suave pero suficiente. Por la noche, la combinación de las dos lunas y la cicatriz de la supernova creaba una iluminación casi diurna, permitiendo ver con claridad el paisaje. Grandes mares de aguas cristalinas albergaban una rica diversidad de peces y criaturas marinas que servían de alimento principal para los habitantes. Las clases sociales más altas, los Dinas, se establecieron en la zona ecuatorial, donde la luz diurna era más abundante y el clima más benigno. Allí construyeron sus ciudades luminosas, sus palacios y sus jardines. Las clases bajas y los Agor —ahora convertidos en esclavos— vivían en las regiones más frías y oscuras del norte y el sur, donde la supervivencia era más dura, aunque no imposible gracias a su adaptación genética. La sociedad de Animatus se regía por una diferencia social férrea y obligatoria. Los Dinas gobernaban con mano dura, convencidos de su derecho divino a dominar el planeta. Sentían que la historia les había otorgado ese privilegio después de siglos de sufrimiento y sacrificio. Los Agor, por su parte, habían pasado de ser la casta dominante a convertirse en la casta servil. Ahora trabajaban las tierras, construían las ciudades, extraían minerales y servían en los hogares de los Dinas. Su destino era pagar eternamente por la traición de sus antepasados, que los habían abandonado a la radiación mientras ellos se ocultaban cómodamente bajo tierra. Así, en el nuevo mundo de Animatus, la rueda de la historia había girado con cruel ironía: los que una vez condenaron a otros a morir en la superficie ahora vivían encadenados bajo el mismo cielo que intentaron monopolizar.

Registro de Emergencia – Aveus-7 Fragmentos de audio recuperados Ubicación: Espacio profundo, órbita decadente de Animatus

Estado: Sistema crítico. Grabación parcial. Voces identificadas: Naco Perma (técnico Agor) y Dinos Valkar (Supremo comandante Dina) [Fragmento 12 – Distorsión media, voz ronca y cargada]

Naco Perma:

Mientras los Dinas se proclamaban nuevos reyes de la superficie... sacaron a los Agor de las profundidades como quien saca ganado del establo. Les dieron permiso para respirar el aire de arriba. Les dieron permiso para ver la luz de Dinia. Con una sola condición: que trabajaran para ellos hasta morir. Y la codicia... esa vieja serpiente que nunca muere... regresó más hambrienta que nunca. [Interferencia. Se escucha un crepitar lejano, como fuego lejano]

Naco Perma:

Los ricos Dinas empezaron a violar todas las leyes de control de plasma. Acumulaban cantidades obscenas en bóvedas secretas bajo sus palacios. Cuanto más tenían, más querían. Para justificar su avaricia, crearon escasez artificial. Reducían el suministro público, manipulaban los registros y hacían creer a todos —especialmente a los Agor— que el plasma se estaba agotando. Mientras los Agor se mataban trabajando por migajas de energía, los magnates Dinas organizaban fiestas iluminadas con plasma puro y construían depósitos subterráneos tan grandes que podrían haber alimentado al planeta entero durante siglos. [Voz de Valkar, débil pero presente]

Valkar:

...Y nadie dijo nada.

Naco:

Nadie se atrevía. Los Agor callaban por miedo. Los Dinas callaban por codicia. Tanto acumularon, tanto escondieron, que un día el plasma empezó a reaccionar. Las bóvedas secretas se convirtieron en hornos. Las explosiones en cadena comenzaron bajo tierra y subieron como sangre hirviendo hacia la superficie. Ahora mira debajo de nosotros, Valkar. Mira cómo arde Animatus. Ese fuego azul y blanco que devora ciudades enteras... es el plasma que ellos acumularon por avaricia. El mismo plasma que nos obligaban a recolectar cerca de las estrellas. El mismo plasma por el que nos hicieron esclavos. [Risa amarga, casi rota] La codicia los destruyó. Y esta vez... se llevó a todos por delante. [Fragmento 13 – Voz más baja, casi susurrando]

Naco Perma:

Qué ironía, general. Los Agor fuimos traidores por ocultar la verdad y salvarnos solos. Los Dinas fueron traidores por ocultar la verdad y enriquecerse solos. Al final... ambos pecados eran el mismo. Solo cambiaron los nombres. Ahora el planeta se quema desde adentro, y tú y yo estamos aquí, atados a este pedazo de nave, viendo cómo todo termina. [Silencio. Solo se escucha el fuego lejano y el zumbido agonizante de la nave]

Naco Perma:

Mira bien, Valkar. Esto es lo que queda de la codicia de tu raza... y de la cobardía de la mía. [Fin del Fragmento-13]

Nota de recuperación: Los últimos 41 segundos contienen solo fuego, estática.

Registro de Emergencia – Aveus-7 Fragmentos de audio recuperados Ubicación: Espacio profundo, órbita final de Animatus

Estado: Sistema de grabación de emergencia activado. Transmisión parcial y corrupta.

[Fragmento 14 – Voz grave, entrecortada por estática]

Dinos Valkar:

...lo sabía. En el fondo lo sabía. Había visto los informes clasificados. Las anomalías en los depósitos. Los patrones de consumo que no cuadraban. La codicia de los míos había cruzado una línea sin retorno. Por eso te pedí ese "paseo familiar". Quería probarte. Quería ver cómo reaccionabas bajo presión... por si teníamos que huir hacia Verma. Nunca imaginé que tú ya lo sabías todo. [Interferencia fuerte. Se escucha un zumbido grave y el crepitar lejano de fuego]

[Fragmento 15 – Voz más baja, casi susurrando, con rabia contenida]

Naco Perma:

Sí, lo sabía, Valkar. Mis naves tenían sensores que detectaban hasta el más mínimo cambio térmico. Día tras día veía los datos reales: el plasma no escaseaba. Se estaba acumulando en cantidades monstruosas bajo la corteza, en bóvedas secretas que solo los Dinas más ricos conocían. La energía que debería haber sido para todos se había convertido en una bomba enterrada en el corazón del planeta. Y yo… decidí callar. No por miedo. No por lealtad. Sino porque ya no me importaba. Mil años de esclavitud, de niveles, de clases, de odio entre hermanos… habían sido suficientes. Los Dinas oprimían a los Agor. Los Agor de nivel superior oprimían a los de nivel inferior. Todos aplastando al de abajo y llorando cuando les tocaba a ellos. Que se acabe todo, pensaba yo mientras pilotaba esa nave con tu esposa y tus hijos riendo atrás. Que desaparezca esta raza enferma. Que el fuego se lleve a amos y esclavos por igual. [Pausa. Se escucha la respiración agitada de Valkar]

Naco:

Miraba a tus niños… y sentía lástima. Pronto ya no tendrían que crecer en este mundo podrido. Cuando las primeras explosiones subterráneas comenzaron, no di la alarma. Cuando el plasma rompió sus contenedores y empezó a devorar Animatus desde adentro, yo simplemente ajusté el rumbo… y seguí volando en silencio. [Fragmento 16 – Voz temblorosa, casi rota]

Naco Perma:

El fin de Animatus no fue un accidente, Valkar. Fue el resultado inevitable de milenios de codicia, traición y silencio. Y ahora tú y yo… el poderoso comandante y el esclavo ingeniero… volamos juntos hacia la nada, cada uno cargando su propia culpa, mientras debajo de nosotros nuestro mundo arde en un infierno azul y blanco. [Silencio largo.

Solo se oye el fuego lejano y el zumbido agonizante de la nave]

Naco:

Mira bien, general. Esto es lo que queda de tu codicia… y de mi silencio. [Fin de la transmisión recuperada]

Nota: Los últimos 23 segundos contienen solo fuego, estática.

Registro de Emergencia – Aveus-7 Fragmentos de audio recuperados Ubicación: Espacio profundo, órbita final de Animatus
Estado: Sistema crítico. Grabación parcial. Transmisión fragmentada. [Fragmento 17 – Alarma estridente. Voz de Valkar, rota por el pánico] Dinos Valkar:

¡Naco! ¡Naco, responde!

La nave… ha explotado. Se ha desarmado delante de nuestros ojos.

Mi familia… ¡mi familia ha muerto! [Interferencia violenta. Se escucha metal retorciéndose y fuego rugiendo] Dinos Valkar:

¡Naco! El planeta se está destruyendo debajo de nuestros pies. Todo está ardiendo… Eres el ingeniero de vuelo. Hombre humilde de los Agor…
Te autorizo a hablar. ¡Háblame! Dime qué está pasando. Dime cómo podemos solucionarlo.
¡No quiero morir! ¡No quiero morir aquí! [Silencio roto solo por el crepitar del fuego y el zumbido agonizante de sistemas fallando] [Fragmento 18 – Voz de Naco, baja, fría y extrañamente calmada] Naco Perma:
…Ya no hay nada que solucionar, comandante. La nave se ha partido en tres secciones principales.

Estamos en uno de los fragmentos más pequeños. Los sistemas de propulsión están muertos. La cápsula de escape principal fue destruida en la primera explosión. Tu familia… ya no está. [Pausa larga. Solo se escucha la respiración entrecortada de Valkar]

Naco Perma:

Y el planeta… míralo, Valkar. Míralo bien. Animatus se está quemando desde adentro. El plasma que tus hermanos acumularon durante décadas ha encontrado su camino. Ahora todo arde. Ciudades, montañas, océanos… todo se está convirtiendo en vidrio y ceniza. [Voz de Valkar, quebrada]

Dinos Valkar:

¡Haz algo! ¡Eres ingeniero! ¡Encuentra una forma!

Naco:

No hay forma, General. No esta vez. [Fragmento 19 – Voz de Naco, casi serena, casi aliviada]

Naco Perma:

Durante años me pediste silencio. Ahora que todo se acaba… te doy permiso para que hables tú, Dime, Valkar…

¿Cómo se siente saber que ya no hay escapatoria? ¿Cómo se siente ver tu mundo morir mientras estás atado a un pedazo de nave con el esclavo que siempre despreciaste? [Interferencia fuerte. Se escucha el fuego acercándose] Naco Perma: Mira abajo. Ese fuego azul que devora todo… es el mismo plasma que recolectábamos para ti. El mismo plasma por el que nos hiciste esclavos. Ahora nos está matando a todos. [Últimos segundos – Voces débiles, casi ahogadas]

Dinos Valkar:

…Naco…

Naco Perma:

Ya no hay solución, comandante. Solo queda esperar. Y mirar cómo termina todo.

[Fin de la trasmisión]

Nota de recuperación: Los últimos 14 segundos contienen solo fuego, estática.

Fragmento 112-b -Registro de Emergencia

Dinos Valkar:

Supremo comandante de las Fuerzas Armadas de Animatus

Año 1894 DGC

Mi nombre es Dinos Valkar.

Nací en el año 1894 DGC, Después del Gran Cataclismo, en el seno de la familia Dinas, clase alta nivel once. Vi la primera luz en la majestuosa ciudad de Dinos, corazón ecuatorial de Animatus, la capital resplandeciente donde el sol de Dinia besa la tierra con mayor generosidad. Soy descendiente directo de Alsor Dinos, uno de los linajes más antiguos y poderosos de nuestro pueblo. Mis ancestros fueron aquellos a quienes los Agor abandonaron cruelmente a su suerte en la superficie mientras ellos se ocultaban como cobardes en las profundidades de la tierra. Mis antepasados conocieron el fuego invisible de la supernova, el hambre, el frío que quema los huesos y la muerte lenta. Muchos dieron su vida para que yo hoy pudiera respirar este aire limpio y contemplar el cielo de Animatus. Por esa razón, merecemos gobernar este mundo.

Por esa razón, merecemos disfrutar de lo mejor de él. Nuestros antepasados mostraron una misericordia que los Agor nunca merecieron. Cuando el cataclismo finalmente amainó, les permitimos salir de sus madrigueras subterráneas. Les dimos una oportunidad de vivir bajo el mismo sol que ellos nos habían negado. Y aun así, cargamos durante siglos con el peso de su traición. A los doce años fui admitido en la Academia Central de Animatus, la más prestigiosa institución del planeta. Allí me formé como cadete, forjando mi cuerpo y mi mente en la disciplina más rigurosa. Diez años después me gradué con los más altos honores. Desde entonces, cada día de mi vida ha estado dedicado a mi patria y a mi deber. Hoy soy el Supremo comandante de las Fuerzas Armadas de Animatus. Jefe supremo del aire, el mar y la tierra. He dedicado mi existencia a proteger este mundo que mis ancestros salvaron con su sangre. Y antes de que el tiempo me reclame, quiero que quede registrado para siempre este testimonio: Hubo gloria en Animatus.

Hubo grandeza. Que las futuras generaciones sepan que los Dinas salvamos este planeta. Que fuimos nosotros quienes resistimos cuando los poderosos huyeron. Que fuimos nosotros quienes reconstruimos la civilización desde las cenizas radiactivas mientras los Agor se escondían como gusanos en la oscuridad. Que quede escrito que, a pesar de su crueldad sin causa, nosotros les mostramos misericordia. Y que, aunque les permitimos vivir entre nosotros, nunca olvidamos. Porque desde el día en que les abrimos las puertas de la superficie hasta el día en que yo exhale mi último aliento, hemos llevado la marca de su traición… y la dignidad de nuestro sacrificio. Este es mi testimonio, esta es nuestra gloria.

Registro de Emergencia – Aveus-7
Fragmentos de audio recuperados
Estado: Daño severo. Transmisión parcial. Voz principal: Naco Perma (técnico de mantenimiento, nivel 11)
Segundo interlocutor: Dinos Valkar (Supremo comandante, nivel 11, clase alta) [Fragmento 7 – Distorsión alta, voz temblorosa pero clara]Naco Perma:
Por siglos… por siglos enteros… les enseñaron a los niños en las escuelas que debajo de esas grandes tapas de acero y concreto, rodeadas de soldados y torres de vigilancia, vivían criaturas infernales. Monstruos, demonios, serpientes de las profundidades que querían salir a la superficie para devorarnos vivos. Generaciones completas crecieron y murieron creyendo esa mentira. Religiones enteras se construyeron alrededor de ese miedo. Los sacerdotes hablaban de "los que habitan abajo", los pintaban como caníbales, como seres sin alma que solo ansiaban infestar nuestro mundo. Y mientras tanto… [Risa quebrada, casi histérica]
Naco Perma:
…mientras tanto, allí abajo solo estaban nuestros propios hermanos. Los Agor. Lombrices humanas. Alimentados artificialmente. Criados en

la oscuridad durante cientos de años. Forzados a reproducirse bajo tierra como ganado. Hasta que un día, cuando ya no les servían como esclavos perfectos, los dejaron salir a la superficie… con la condición de seguir siendo esclavos. ¿Sabes lo más enfermo, Valkar? Hasta hace unas horas, todavía había algunos de los tuyos que creían esas viejas historias. Que nos miraban con asco y miedo, convencidos de que éramos demonios disfrazados. Cuando en realidad… éramos solo sus hermanos que habían sido condenados a vivir como gusanos. [Pausa larga. Se escucha el crepitar de fuego lejano y el zumbido de sistemas fallando]Naco Perma:

Entiendo que lo que hicieron nuestros ancestros fue una aberración. Ocultar la verdad. Preparar ciudades subterráneas solo para ellos. Dejar a los Dinas morir en la superficie mientras la supernova se acercaba. Eso fue monstruoso. Pero dime, general… ¿crees que eso justifica lo que hicieron después? ¿Crees que el odio que siento es solo contra tu raza? No. Odio lo que somos como especie. Destruimos Verma. Luego casi destruimos Doxi.

Y ahora… estamos terminando de destruir Animatus. Somos la especie más terrible del universo. [Voz más baja, casi un susurro] Naco Perma:

Valkar… doce minutos quedan. Ahora tú también sabes exactamente cuándo vas a morir. Dime… ¿qué se siente? Habla. No te calles. ¿Qué se siente saber que esta raza —la nuestra— va a desaparecer para siempre? [Interferencia fuerte. Se escucha la respiración agitada de Valkar] Naco Perma: Habla, general. Antes de que el fuego nos alcance… dime qué se siente ver el fin de todo… sabiendo que fuimos nosotros mismos quienes lo provocamos. Fin del Fragmento 7

Nota de recuperación: Audio corrupto en los últimos 8 segundos. Solo se detectan dos respiraciones sincronizadas y el sonido distante de un planeta ardiendo.

Registro de Emergencia – Aveus-7
Fragmentos de audio recuperados
Ubicación: Espacio profundo, cerca de la órbita de Animatus
Estado: Sistema dañado. Grabación parcial. Últimos minutos de transmisión. [Fragmento 9 – Voz ronca, cargada de rabia contenida]
Naco Perma:

-Aveus-

No era un honor, Valkar. No era la gloria que tú veías desde tu tribuna. Esas naves eran impresionantes desde afuera, sí. Imponentes, como las mirabas tú. Ahora estás sentado sobre un pedazo de una de ellas… dime, ¿todavía te parecen excelentes? Desde dentro eran otra cosa. Menos del diez por ciento del volumen era habitable. El resto era maquinaria, tanques de contención y una bomba termonuclear esperando el momento equivocado. Estabas sentado encima de la muerte, respirando plasma concentrado. El trabajo se hacía cerca de la estrella. Tan cerca que sentías a Dinia debajo de tus pies, rugiendo, viva, furiosa. Solo la confianza ciega en la tecnología evitaba que te volvieras loco. Parecíamos sanguijuelas. Chupando la esencia de nuestra propia estrella para luego entregársela a los magnates de Animatus a cambio de una ración miserable que apenas alcanzaba para no morir. Pero eso no era lo peor. [Interferencia. Se escucha el crepitar de fuego lejano y el zumbido de sistemas fallando]

Naco Perma: Lo peor era el silencio. Nosotros, los Agor, no podíamos hablar en presencia de un Dina. Jamás. Debíamos responder por escrito, con frases cortas y precisas. Durante meses enteros dentro de esas naves, convivíamos con Dinas de alto rango… y teníamos prohibido dirigirles la palabra. Hablaba solo con mi Gilliet. Conmigo mismo. Tenía miedo de olvidar cómo se hablaba. Y lo más enfermizo… ni siquiera entre nosotros podíamos hablar con libertad. Yo era nivel (menos) once. Si compartía cabina con un nivel (menos) seis, él se negaba a dirigirme la palabra. "No es correcto", decían. Querían imitar a sus opresores. Querían ser como ustedes. Era como estar preso dentro de tu propio cuerpo. A veces… deseaba que la nave explotara. Solo para no tener que seguir callando. [Pausa larga. Respiración agitada]Naco Perma: Ahora dices que te duele ver cómo Animatus se quema. Dices que estás arrepentido. ¿Soy malvado porque no siento nada? ¿Porque una parte de mí se alegra de que todo termine? Debería haberme quedado callado estas últimas horas. Debería haberte dado solo un poco de mi miseria antes de morir. Pero no. Quiero que quede grabado todo. Tu hipocresía… y mi oscuridad. Mi rabia. Mi vergüenza de haber nacido en este planeta podrido. Tal vez después de mil años bajo tierra nos convertimos en lombrices de verdad. No lo sé. Lo que sí sé es que ya es hora de irse, Valkar. Es hora de morir. No es momento de lamentarse. Ahora más que nunca debes ser el

general que fuiste. Porque la providencia finalmente ha venido por nosotros. [Fragmento 10 – Voz más baja, casi susurrando] Naco Perma:
Mira debajo de nosotros, Valkar. Mira el fuego. Ese fuego es plasma. El mismo plasma que recolectábamos durante meses. La energía nunca fue un problema. Siempre sobró. La escasez la crearon ustedes para mantener el control, para marcarnos la diferencia. Ahora todo ese plasma acumulado está quemando el planeta desde adentro. De qué valió tanta tecnología. De qué valió tanto sufrimiento. ¿No hubiera sido mejor compartir? [Voz de Valkar, débil pero firme] Valkar:
Si sabías… si tenías acceso a los datos… ¿por qué no dijiste nada? Todo este planeta muere… ¿y su sangre está en tus manos?Naco Perma: Cumplía órdenes, mi estimado general. La orden Ag0290: "Los Agor serán mudos y jamás abrirán su boca delante de un Dina". Y los míos… tampoco querían escucharme. Estaban demasiado ocupados imitando sus costumbres, peleando por un punto más en la escala. ¿Y tú? ¿Qué hacías tú cuando matabas, cuando ocupabas, cuando extinguías? ¿Acaso no cumplías órdenes también?Nunca he visto en este planeta a un soldado que se negara a cumplir una orden criminal y fuera aplaudido por ello. Es fácil juzgar… cuando vienes de arriba. [Risa amarga de Naco]

Naco Perma:

Además... esta nave no falló por accidente. Fui yo. Yo provoqué el desprendimiento. Sabía que la potencia destruiría el piso y nos liberaría de la cúpula de plasma. Creí que explotaría. No lo hizo. Solo nos fragmentamos... y por alguna burla del destino, terminamos tú y yo aquí, atados juntos. Soy responsable de la muerte de tu familia. De tu esposa. De tus hijos. También soy responsable de la tuya. [Silencio largo. Solo se escucha el fuego lejano]

Valkar:

...Eres un asesino, Naco.

Naco Perma:

Dilo otra vez, Valkar. Dilo antes de morir. Quiero oírlo. Reconozcamos que matar es malo. Por lo menos somos dos asesinos sentados aquí, atados por la providencia. Pero no somos iguales. Tú matabas cumpliendo órdenes. Yo maté por decisión propia. Tú matabas Agor por dinero y reconocimiento. Yo estoy matando a toda una raza. A un sistema. A una forma enferma de existir. No lo tomes personal. Nada tengo contra ti ni contra tu familia. Cuando lo hice, lo hice contra un mundo que no merece sobrevivir. [Últimos segundos – Voces cada vez más débiles] Naco Perma: Mira, Valkar... el planeta arde. Es hermoso, ¿verdad? En doce minutos seremos historia. Pero ahora… todavía estamos vivos. Habla. Es tu turno. Dime qué se siente saber que todo termina.

Fin de la transmisión recuperada. Nota: Los últimos 19 segundos contienen solo fuego, estática.

Fragmentos Recuperados – Registro de Emergencia de la Nave Aveus-7 Ubicación: Espacio profundo, órbita de Animatus Fecha estimada: 1929 DGC Estado: Sistema de grabación de emergencia activado. Transmisión parcial. [Fragmento 1 – Voz ronca, cansada:

Naco Perma:

Mi nombre es Naco Perma. Nací en el año 1904 DGC, en la aldea de Pagora, sur profundo de Animatus. Soy de la raza que ustedes llaman "Agor", aunque todos somos ánimos de este planeta condenado. Casi dos mil años han pasado desde el Gran Cataclismo, y aún seguimos pagando por lo que nuestros ancestros hicieron. Ustedes cobran por el sacrificio de sus muertos, y nosotros pagamos por el pecado de los nuestros. Nunca terminamos de pagar, ni ustedes de cobrar. ¿Eso es justicia, estimado Valkar? [Interferencia estática][Fragmento2]

Naco Perma:

Nací en el nivel once de la clase baja. Once de doce. El peor escalón dentro de los pobres. Mi familia era de las más miserables de Pagora. Desde niño decidí ser lo contrario a ellos. Tomé su vida como un manual al revés. Me fui lejos. Estudié, con plasma que ganaba cargando contenedores. Me convertí en ingeniero. Fui el mejor de mi promoción. Llegué a pilotar y mantener los Aveus, esas naves monstruosas que chupan plasma de las estrellas cercanas. ¿Sabes lo que es pasar meses dentro de una de esas bestias, Valkar? [Pausa larga. Se escucha respiración agitada]

Naco Perma:

Dondequiera que iba, me miraban con desprecio. No solo los Dinas. También los de mi propia clase. Un nivel seis me miraba como si yo fuera basura. Mi propia familia me envidiaba y me maldecía. Intenté ser bueno. Noble. Paciente. Solo conseguí que me odiaran más. Entonces intenté formar una familia. Me comprometí con una joven del nivel uno. Me rechazaron. Después busqué a Nadik, del nivel doce, para al menos tener un punto por encima de alguien. Su familia alardeaba por todas partes que su hija se casaría con un "ingeniero nivel once". Me usaban como trofeo. Un día exploté. Les dije que estaba harto de los números, de los niveles, del norte y del sur. Que solo quería casarme con Nadik y vivir en paz. Me llamaron traidor. Me acusaron de humillarlos. Mi propia prometida lloró como si le hubiera clavado un cuchillo. [Risa amarga, casi quebrada] Naco Perma: Dime, Valkar… ¿qué le pasa a nuestra gente? Los mismos que lloran cuando los Dinas los aplastan, son los primeros en aplastar a quien está solo un punto por debajo. ¿Qué clase de raza somos? [Fragmento 3 – Voz más baja, casi susurrando] Naco Perma:

Ahora estamos aquí. Tú y yo. Atados a este pedazo de nave que se desprende mientras Animatus arde debajo de nosotros. Mira el fuego, general. Ese fuego es plasma. El mismo plasma que recolectábamos para que ustedes vivieran en lujo. Yo provoqué esto. Yo hice que la nave se soltara. Quería que explotara. Quería que todo terminara. No me arrepiento. Tú matabas cumpliendo órdenes. Yo maté por decisión propia. ¿Quién es más monstruo, el que obedece o el que elige? [Interferencia fuerte. Se escucha crepitar de fuego lejano] Naco Perma:

Dime, Valkar, antes de que el reloj llegue a cero… ¿cómo se siente saber exactamente cuándo vas a morir? Yo ya lo sabía desde que nací. Nivel once. Clase baja. Agor. Siempre supe que moriría sin haber vivido. [Último Fragmento – Voces más débiles]

Naco Perma:

Tal vez en otro planeta, en otra vida, hubiéramos podido hablar como iguales. Tal vez no habría niveles. Ni clases. Ni odio. Pero aquí… aquí solo somos dos condenados atados a una silla, viendo cómo nuestro mundo se quema. Y lo más triste, Valkar… Es que ni siquiera esto duele tanto como vivir.

Fin de la transmisión. Últimos 47 segundos: solo fuego, estática. y dos respiraciones que se apagan lentamente.

-VI-
El Sacerdote Amauris.

Era mayo de 1945. La Segunda Guerra Mundial acababa de terminar y los vientos del destino empezaban a cambiar de rumbo. Leon y Sofia, junto a sus dos hijos gemelos —Amauris y Mauro—, de apenas diez años y de idéntica apariencia, huían de un pueblo reducido a ruinas tras el devastador bombardeo aliado de meses atrás. Cargando con lo poco que habían podido salvar, apretujados en un viejo coche hasta el techo, se dirigían hacia Bolonia. El viaje desde las afueras de Dresden les llevaría casi un día entero por carreteras destrozadas y llenas de incertidumbre.

Llegaron a un humilde pueblo italiano, pobre pero aún palpitante de vida. Con los pocos ahorros que habían logrado salvar, consiguieron un pequeño alojamiento. Poco a poco encontraron trabajo y lograron que Amauris y Mauro recibieran algo de educación. Así, mientras la guerra llegaba a su fin, ellos comenzaban, con esfuerzo y esperanza, una nueva vida en un mundo que se reconstruía entre las ruinas.

Como buenos católicos, asistían sin faltar a la vieja parroquia del pueblo, donde un anciano sacerdote celebraba misa. Amauris y Mauro iban siempre con sus padres. A Amauris le gustaba la iglesia: el olor a incienso, las velas encendidas y el silencio reverente le transmitían paz. En cambio, Mauro la detestaba.

La guerra había marcado a Mauro de una forma distinta y más profunda que a su hermano. El estruendo de los bombardeos, las noches de terror y la destrucción lo habían afectado de manera que nadie podía medir con exactitud. En aquella época, la ciencia moderna aún no existía para diagnosticar traumas, y el mundo entero estaba ocupado en reconstruirse. Mauro era inquieto, revoltoso y constantemente hacía cosas inadecuadas. Era indisciplinado, difícil de controlar y parecía llevar dentro una tormenta que no lograba calmar. Sin embargo, era extremadamente inteligente y metódico.

Una vez allí, en aquel pintoresco pueblo italiano aún marcado por las heridas de la guerra, Leon se detuvo un instante. Como era su costumbre en los momentos importantes, sacó su vieja cámara y reunió a su familia para tomar una fotografía de recuerdo. Quería capturar el instante exacto en que comenzaban una nueva vida, lejos de las ruinas de Dresden. Posaron los cuatro frente a una vieja pared de piedra cubierta de enredaderas: Leon, alto y serio; Sofia, con una sonrisa cansada pero esperanzada; y sus dos hijos gemelos, Amauris y Mauro, de diez años, idénticos como dos gotas de agua, con los ojos aún cargados de la sombra de todo lo que habían dejado atrás. El clic del obturador inmortalizó aquel instante: una familia exhausta pero viva, dispuesta a empezar de nuevo en tierras extrañas. Esa fotografía se convertiría, con el tiempo, en el único testigo silencioso de su nuevo comienzo.

Leon encontró empleo en un modesto taller dedicado a cortar piedras para fabricar ruedas de molino. El trabajo era agotador y completamente manual, tal como se había hecho durante generaciones. Exigía una precisión casi artística, valor para manejar herramientas pesadas y una fortaleza física fuera de lo común. El martillo golpeaba sin descanso, y cada impacto enviaba una vibración dolorosa a través de sus muñecas y antebrazos. Aun así, Leon aguantaba en silencio. La necesidad de mantener a su familia era un motor mucho más poderoso que el cansancio o el dolor.

Leon era un hombre alto, de casi seis pies y cuatro pulgadas, con un cuerpo robusto y sólido como un roble centenario. Su carácter era serio y reservado, de esos que hablan poco pero actúan con determinación. Campesino por excelencia, estaba acostumbrado al trabajo duro desde la infancia. Sus manos grandes y callosas contaban la historia de una vida dedicada al esfuerzo físico, a la tierra y a la supervivencia de su familia. A pesar de las dificultades que la guerra les había impuesto, Leon mantenía una dignidad callada y una fuerza tranquila que transmitía seguridad a los suyos.

Como la mayoría de la gente de su tiempo, Leon era profundamente religioso. Asistía con regularidad a la vieja parroquia del pueblo, donde un anciano sacerdote impartía misa con voz temblorosa pero llena de devoción. Al principio no fueron bien recibidos. Ser alemanes en aquella Italia de posguerra generaba una natural reservación. Los terribles crímenes cometidos por los nazis aún estaban frescos en la memoria colectiva, y la gente los miraba con desconfianza. Los esquivaban en la calle y murmuraban a sus espaldas.

La posguerra no fue solo un período de reconstrucción material; fue una herida abierta que marcó profundamente la vida de Leon, Sofia y sus hijos. Europa estaba en ruinas, pero las cicatrices más profundas no se veían en las ciudades bombardeadas, sino en las almas de las personas. El hambre, el miedo y la desconfianza se habían instalado como una segunda piel. En el pequeño pueblo italiano donde se refugiaron, la gente miraba con recelo a los recién llegados alemanes. Los recuerdos de la ocupación nazi aún estaban frescos: Represalias, deportaciones y el terror de las SS. Aunque Leon y Sofia no habían tenido nada que ver con aquellos horrores —eran simples campesinos que también habían sufrido bajo el régimen—, el apellido y el acento los convertían en sospechosos. Esta desconfianza afectó especialmente a los niños. Amauris, extrovertido y sociable, logró integrarse más rápido gracias a su carácter alegre y su deseo de ayudar en la parroquia. Pero Mauro llevaba dentro una tormenta silenciosa. Los sonidos de los bombardeos seguían resonando en su mente. Tenía pesadillas frecuentes, ataques de ira repentinos y una inquietud que lo hacía rebelde e indisciplinado. La guerra le había robado la infancia de una forma que nadie en aquella época sabía cómo nombrar ni tratar. No existían psicólogos ni terapias para traumas; solo se esperaba que "el tiempo lo curara todo". Leon trabajaba de sol a sol cortando piedras para ruedas de molino. El esfuerzo físico era brutal, pero lo hacía con estoicismo. Sofia, por su parte, se convertía en el pilar emocional de la familia. Cuidaba especialmente a Mauro con una ternura infinita, consciente de que su hijo necesitaba más amor que regaños. Mientras Leon reconstruía con sus manos, Sofia reconstruía con su corazón. A pesar de las dificultades, la fe católica se convirtió en su ancla. Asistían fielmente a la parroquia, donde el viejo padre Teodoro (aún no revelado en su corrupción) celebraba misa. Para Leon y Sofia, la misa era un momento de paz en medio del caos. Para Amauris, era el comienzo de su vocación. Para Mauro, era un lugar que detestaba, pues le recordaba el orden y la disciplina que la guerra había destrozado. Con el paso de los años, la familia logró comprar una pequeña casa. Los gemelos dejaron la escuela para ayudar a su padre en el taller. Amauris lo hacía con alegría y dedicación; Mauro con una eficiencia fría, casi mecánica. La posguerra les había enseñado que la supervivencia no permitía lujos como la infancia prolongada. Sin embargo, la sombra de la guerra nunca desapareció del todo. En las noches silenciosas, Leon y Sofia hablaban en susurros sobre el futuro de sus hijos. Se preguntaban si Mauro alguna vez encontraría paz, y si Amauris podría convertir su fervor religioso en una vida plena. La posguerra les había dado una segunda oportunidad, pero también les había dejado una herencia invisible: el miedo a que la violencia volviera, la necesidad de aferrarse a la fe y la determinación de proteger a su familia a cualquier precio. Era un mundo nuevo, pero construido sobre las ruinas de uno viejo. Y en medio de esa reconstrucción, Amauris y Mauro —los dos gemelos idénticos en apariencia, pero tan diferentes en alma— comenzarían a forjar caminos que los llevarían a destinos opuestos.

Sofia, su madre, lo cuidaba con especial ternura. Sabía que su bello niño necesitaba mucho más que críticas o regaños. Le daba amor, paciencia y cariño constante, consciente de que solo así podría sanar las heridas invisibles que la guerra le había dejado.

Desde que llegaron a aquel pequeño pueblo italiano, Amauris se obsesionó con una idea que parecía demasiado grande para sus diez años: Quería convertirse en sacerdote. Asistía a misa con devoción casi adulta y se ofrecía constantemente para ayudar al anciano cura en todo lo que pudiera: Barrer la sacristía, encender las velas, llevar los libros... Sin embargo, el padre Teodoro nunca mostró el menor agrado hacia él. A pesar de la buena voluntad y el entusiasmo del niño, el viejo sacerdote lo rechazaba una y otra vez con frialdad, casi con desdén. Sus respuestas eran cortantes y sus gestos distantes, como si la presencia de Amauris le resultara incómoda o incluso molesta.

Mientras todo esto ocurría a su alrededor, Mauro observaba. Escapaba con facilidad de la mirada de sus padres y, sin que nadie se percatara, seguía cada detalle con una agudeza casi inquietante para un niño de su edad. Se movía como una sombra discreta, registrando gestos, tonos de voz y silencios cargados. Nadie sospechaba que aquel gemelo callado y retraído lo veía todo… y lo recordaba todo.

El padre Teodoro era un hombre corrupto hasta la médula. A lo largo de su larga carrera sacerdotal, incluso durante los años más oscuros de la guerra, había utilizado la iglesia como tapadera para sus negocios sucios. Aprovechando el caos de los bombardeos, la muerte y la desaparición de tantas familias, robaba propiedades, terrenos y objetos de valor de los fallecidos y desaparecidos. Luego los vendía en el mercado negro y convertía todo en oro. Dentro de aquella humilde parroquia de piedra, escondidas tras falsos muros y bajo el altar, se guardaban secretos mucho más oscuros que simples pecados: cofres llenos de monedas de oro, joyas y documentos de propiedades que nunca deberían haber estado en sus manos. Esa era una de las principales razones por las que Teodoro quería a Amauris lejos de la iglesia… y también a los demás. No podía permitirse que un niño curioso, o cualquier extraño, rondara demasiado cerca de sus tesoros ocultos. Pero Teodoro era inteligente. Muy inteligente. Sabía moverse entre las sombras, sonreír con falsa bondad desde el púlpito y ocultar sus verdaderas intenciones tras una máscara de devoción. ¿Quién podría sospechar de un viejo sacerdote en un pueblo pequeño? ¿Quién se atrevería a mirar más allá de la sotana y el crucifijo? Nadie. O al menos… eso creía él.

El tiempo siguió su curso y la familia de Leon poco a poco se fue adaptando a su nueva vida en Italia. Con el esfuerzo constante de su trabajo, lograron ahorrar lo suficiente para comprar una pequeña casa donde cupieran todos. Para el año 1951, Amauris y Mauro ya tenían dieciséis años. Ambos habían dejado la escuela hacía tiempo y se dedicaban por completo al trabajo. Ayudaban a su padre en el duro oficio de cortar piedras para ruedas de molino. Mauro sentía una especial inclinación por la herrería y el trabajo con pieles; fabricaba zapatos con habilidad y se había convertido en un joven reservado, inteligente y de carácter fuerte. No era fácil molestarlo. A pesar de sus dieciséis años, el trabajo duro y la época que les había tocado vivir los hacían parecer mucho mayores. Amauris, en cambio, era todo lo contrario: alegre, extrovertido y sociable. Le gustaba conversar y estar con la gente. Sin que nadie se lo pidiera, se escapaba solo a las regiones aledañas para ayudar espiritualmente a los más necesitados, realizando el trabajo pastoral que el padre Teodoro nunca había hecho. Había leído la Biblia por su cuenta y se había convertido, por iniciativa propia, en un joven misionero lleno de fervor.

Pero las cosas estaban destinadas a empeorar. Dos años después, cuando Mauro estaba a punto de cumplir diecinueve años, apareció en el pueblo un hombre de mala fama llamado Fortunato. Era italiano, tenía algunos recursos económicos y se creía mucho más importante de lo que realmente era. Un día, Fortunato llevó a Mauro un par de botas para que las reparara. Mauro, que era un verdadero artista con las pieles, realizó un trabajo impecable y cuidadoso. Sin embargo, Fortunato, buscando una excusa para no pagar y aprovecharse del joven, comenzó a quejarse y a criticar el arreglo con arrogancia. Mauro, que ya conocía el carácter abusivo y tramposo del hombre, perdió la paciencia. Sin decir una sola palabra, tomó una de sus afiladas cuchillas de trabajo y, con un movimiento rápido y certero, le abrió la cara a Fortunato delante de su esposa. El tajo fue brutal y profundo. La herida era tan grave que se podían ver claramente los huesos de la mejilla y parte de la mandíbula. La sangre brotó de inmediato, tiñendo el suelo del taller. Fortunato y su esposa soltaron un grito desgarrador de horror. Desesperados y aterrorizados, salieron corriendo del taller mientras Mauro, con una calma escalofriante y casi inhumana, se sentó nuevamente en su taburete y continuó trabajando como si nada hubiera pasado. Fortunato y su esposa corrieron como posesos por las calles del pueblo, gritando y dejando un reguero de sangre a su paso. La gente salía de sus casas alarmada, y en pocos minutos la noticia se extendió como fuego en paja seca: Mauro, el hijo callado y reservado de Leon, había cortado la cara a Fortunato con una cuchilla. Poco después llegaron la policía y un médico. Fortunato fue atendido de urgencia; la herida era grave y le dejaría una cicatriz horrible de por vida, pero sobreviviría. Mauro no intentó huir. Cuando los agentes llegaron al taller, lo encontraron sentado en el mismo taburete, limpiando tranquilamente su cuchilla con un trapo, como si acabara de terminar un trabajo cualquiera. No opuso resistencia. Se dejó llevar sin decir una palabra. Esa misma tarde, la noticia llegó a oídos de Leon y Sofia. El padre, con el rostro endurecido por la preocupación, fue a la comisaría. Sofia, por su parte, se quedó en casa con Amauris, quien observaba todo con esa mirada aguda y silenciosa que lo caracterizaba. En el interrogatorio, Mauro se mantuvo casi mudo. Solo respondió con monosílabos cuando le preguntaron por qué lo había hecho. Su explicación fue seca y directa:—Me faltó al respeto y quiso robarme el trabajo. Leon, al enterarse, sintió una mezcla de rabia y profunda tristeza. Sabía que su hijo había cambiado desde la guerra, pero nunca imaginó que la violencia que había vivido de niño pudiera manifestarse de forma tan brutal. Mientras tanto, en el pueblo, las opiniones se dividieron. Algunos defendían a Mauro diciendo que Fortunato era un abusador conocido. Otros lo condenaban con dureza, recordando que la violencia nunca era la solución. La familia de Fortunato exigía justicia y una condena ejemplar. Amauris, el gemelo alegre y extrovertido, fue el único que se acercó a su hermano en la celda improvisada de la pequeña comisaría. Lo miró a través de los barrotes y le preguntó en voz baja:—¿Por qué lo hiciste, Mauro? Mauro levantó la vista por primera vez y respondió con una frialdad que heló la sangre de su hermano:—Porque algunos hombres solo entienden el lenguaje del dolor.

Dos días después de que Mauro estuviera detrás de las rejas, una nueva y terrible noticia sacudió el pueblo. Mauro se había escapado. De alguna forma había logrado manipular a uno de los policías jóvenes que custodiaban la pequeña comisaría. Le quitó el revólver y, sin dudarlo, le disparó en la cara a quemarropa. Luego tomó las llaves, abrió la reja y, antes de huir, disparó a otro alguacil en el estómago. El hombre agonizó varios días y finalmente murió de peritonitis. Mauro desapareció en la noche como un fantasma. Nadie volvió a verlo. El escándalo fue enorme. La familia quedó marcada. Leon y Sofia cargaron con la vergüenza y el dolor de ver cómo el nombre de su hijo se convertía en sinónimo de violencia y muerte. El pueblo murmuraba a sus espaldas y algunos incluso los miraban con desconfianza. Sin embargo, Amauris seguía siendo la luz que equilibraba la oscuridad. Su carácter alegre, su entrega espiritual y su ayuda desinteresada a los más necesitados compensaban, en cierta medida, la mala fama que Mauro había traído a la familia. Mientras su hermano gemelo se convertía en una sombra fugitiva, Amauris se esforzaba por ser un ejemplo de bondad y devoción, como si intentara redimir con su luz el peso de la oscuridad que su hermano había dejado atrás.

Mauro había desaparecido para siempre. Sabía que no podía regresar. Su huida dejó una sombra de deshonra sobre la familia Richter, una mancha que Leon y Sofia cargaban con dolor y resignación. Un año había transcurrido desde aquella noche terrible, y el pequeño pueblo italiano parecía haber recuperado una frágil calma. Pero la desgracia, implacable, volvió a tocar a su puerta. Era un domingo por la mañana. Las pocas familias del pueblo se dirigían, como de costumbre, a la rutinaria misa en la vieja parroquia. Al empujar la pesada puerta de madera, esperaban encontrar la imagen familiar de Cristo crucificado. Lo que vieron fue algo que les helaría la sangre para siempre. En lugar del Salvador, el padre Teodoro estaba clavado en la cruz. Un tajo profundo y brutal le atravesaba el abdomen hasta el hígado. La sangre había corrido abundantemente por la madera y el altar, formando un charco oscuro y viscoso en el suelo. El sacerdote había sido torturado y asesinado con una crueldad inhumana. Ladrones habían irrumpido durante la noche en la sacristía, robándole todo el oro y los objetos de valor que ocultaba. El crimen quedó al descubierto de la forma más macabra posible. La policía, al inspeccionar el lugar, encontró monedas de oro esparcidas por el piso, documentos de propiedades robadas y pruebas irrefutables de los negocios sucios que el cura había mantenido durante años. Sin embargo, nada justificaba la salvaje violencia con que había sido asesinado. El pueblo entero quedó conmocionado. El miedo y la indignación se extendieron como una ola. Pronto comenzaron los murmullos, primero en voz baja y luego sin disimulo:—Desde que esos alemanes llegaron al pueblo, solo han traído desgracias y muerte. Leon y Sofia resistían con paciencia y dignidad. Sabían que ellos solo habían sido trabajadores honestos que buscaban una vida tranquila. Ni siquiera Mauro, que ya estaba lejos y desaparecido, tenía relación alguna con este horrendo crimen. Pero las miradas acusadoras y los susurros a sus espaldas se volvían cada día más pesados.

Sin embargo, Amauris, que apenas tenía diecisiete años, tomó voluntariamente la posición que había dejado vacante el padre Teodoro. Poseía una inteligencia y una madurez sobrenaturales para su edad. Con sabiduría y paciencia, comenzó a calmar los ánimos del pueblo. Convencía a la gente de que tragedias como aquella ocurrían en todos los rincones del mundo, especialmente en tiempos tan turbulentos. Se dedicó con devoción a visitar a los enfermos, a predicar la palabra de Dios en la humilde parroquia, a realizar labores sociales y a vivir con dignidad de las escasas donaciones que recibía. El pueblo, agradecido y sin otra opción real, no tuvo ningún desacuerdo en aceptarlo como su nuevo sacerdote. De todas formas, en aquellos años de posguerra, nadie desde la Santa Sede católica se habría molestado en viajar hasta aquel remoto y humilde pueblo para ordenarlo formalmente. Poco a poco, Amauris se convirtió en el padre amado de todos. Era el orgullo de Leon y Sofia. Sus lecturas profundas de la Biblia, su dedicación incansable al pastoreo, su lucha por la justicia y sus visitas constantes a los habitantes del pueblo lo hicieron querido y respetado por todos. Con el tiempo, los oscuros sucesos de su hermano Mauro se fueron borrando de la memoria colectiva. Mauro nunca más apareció. Sin embargo, en el corazón de Sofia siempre permaneció viva la imagen de su lindo niño. A pesar de todo lo ocurrido, ella seguía amándolo en silencio, con ese amor incondicional y doloroso que solo una madre puede guardar.

Amauris, con apenas diecisiete años, se convirtió en el nuevo sacerdote de la humilde parroquia de piedra. Lo que comenzó como una necesidad del pueblo —un vacío que nadie más podía llenar— se transformó, con el paso de los años, en una verdadera vocación que marcaría la historia de aquella comunidad. Desde el primer día, Amauris demostró una madurez y una entrega que nadie esperaba de un joven de su edad. Predicaba con una pasión sincera y sencilla, sin grandes discursos teológicos, sino con palabras que llegaban al corazón de la gente sencilla del pueblo. Hablaba de la esperanza después de la guerra, del perdón como camino a la paz y de la necesidad de reconstruir no solo las casas, sino también las almas rotas. Poco a poco, la pequeña parroquia, que antes estaba medio vacía, comenzó a llenarse. Las familias regresaban a la fe, atraídas por la calidez y la autenticidad de aquel joven sacerdote que parecía entender el dolor que todos habían vivido. No solo predicaba; actuaba. Amauris se levantó las mangas y lideró personalmente la reconstrucción de la parroquia. Organizó brigadas de vecinos para reparar el techo que goteaba, reconstruir el altar dañado por la humedad y restaurar las imágenes sagradas que habían sobrevivido a los bombardeos. Con sus propias manos ayudaba a cargar piedras y madera, y muchas noches se quedaba hasta tarde pintando y limpiando, mientras cantaba himnos para mantener el ánimo de los voluntarios. La parroquia, que antes parecía un lugar olvidado, volvió a brillar con una nueva luz. Se convirtió en el corazón visible del pueblo. Su labor no se limitó a las paredes de la iglesia. Amauris se convirtió en el gran apoyo de la comunidad. Visitaba a los enfermos, llevaba comida a las familias más pobres, organizaba clases nocturnas para los niños que no habían podido ir a la escuela durante la guerra y mediaba en disputas familiares. Su inteligencia sobrenatural le permitía recordar nombres, rostros y problemas de cada habitante. Sabía escuchar sin juzgar y ofrecía consejos prácticos y espirituales al mismo tiempo. Muchos decían que hablar con el padre Amauris era como hablar con un amigo sabio y un padre amoroso al mismo tiempo. Su fama comenzó a extenderse más allá del pueblo. Los obispos de las diócesis cercanas empezaron a oír hablar del joven sacerdote que había logrado revivir la fe en una zona devastada por la guerra. Invitaron a Amauris a dar charlas y retiros espirituales. Su forma clara y cercana de explicar las Escrituras, combinada con su testimonio de vida, llamó poderosamente la atención del Vaticano. En 1958, cuando apenas tenía veinticuatro años, fue invitado a Roma para una audiencia privada con altos prelados. Allí impresionó por su humildad y su visión clara de cómo la Iglesia debía servir a los más pobres en la posguerra. Su ascenso fue meteórico pero merecido. En 1962 fue nombrado obispo auxiliar de una diócesis importante del norte de Italia. A los treinta y dos años ya era obispo titular. Su labor pastoral se extendió a varias parroquias, donde repitió el modelo que había creado en su primer pueblo: Reconstruir material y espiritualmente, priorizar a los más necesitados y predicar con el ejemplo. A pesar de su alto cargo, Amauris nunca perdió la sencillez. Seguía visitando personalmente a los enfermos, ayudando en las obras de caridad y recordando con cariño a su familia. Leon y Sofia, ya ancianos, vivían orgullosos de su hijo, aunque en el fondo de su corazón siempre guardaban un lugar para Mauro, el gemelo desaparecido que nunca regresó. Así, el niño que había llegado huyendo de la guerra se convirtió en uno de los obispos más queridos y respetados de su generación. Su vida era la prueba viva de que, incluso en medio de la oscuridad más profunda, una sola persona con fe y determinación podía iluminar el camino de todo un pueblo.

La influencia de Amauris y el legado de la familia

Con el paso de los años, Leon y Sofia dejaron de ser vistos como "los alemanes" y se convirtieron en "los padres del padre Amauris". La bondad y el ejemplo de su hijo fueron tan poderosos que transformaron por completo la percepción que el pueblo tenía de ellos. Leon, que antes era mirado con recelo por su acento y su origen, se volvió un hombre respetado. La gente lo saludaba con cariño en la calle y le pedía consejo sobre asuntos prácticos, sabiendo que era el padre del sacerdote que tanto había ayudado a la comunidad. Sofia, por su parte, dejó de ser la mujer silenciosa y extranjera para convertirse en una figura maternal y querida.

Las vecinas la invitaban a tomar café, le pedían recetas y le confiaban sus preocupaciones. La bondad de Amauris se reflejaba en ellos como un espejo. Cada acto de caridad que él realizaba, cada enfermo que visitaba, cada niño al que enseñaba a leer, hacía que el pueblo viera en Leon y Sofia a los padres que habían criado a un hombre santo. Ellos mismos cambiaron. Leon se volvió más paciente y generoso; Sofia aprendió a sonreír con mayor facilidad y a abrir su corazón a los demás. La sombra oscura que Mauro había dejado sobre la familia se fue diluyendo poco a poco, gracias a la luz que Amauris irradiaba. El impacto en el pueblo fue profundo. Amauris no solo reconstruyó la parroquia de piedra; reconstruyó la fe y la esperanza de la gente. Organizó grupos de ayuda mutua, creó un pequeño dispensario para los enfermos, enseñó catecismo a los niños y mediaba en disputas familiares. Su forma de predicar era sencilla pero profunda: Hablaba del perdón, de la misericordia y de la reconstrucción después de la guerra, temas que tocaban directamente el corazón de una generación que había perdido tanto. Muchos que habían dejado de ir a misa regresaron atraídos por su calidez. Los más pobres lo veían como un padre; los más jóvenes, como un ejemplo de que se podía vivir con dignidad a pesar de las dificultades. En 1970, cuando Amauris tenía apenas treinta y cinco años, una repentina y agresiva enfermedad lo consumió en pocas semanas. El pueblo entero se conmovió. Su muerte prematura fue sentida como una injusticia del cielo. El funeral fue uno de los más grandes que se recuerdan en la región. Centenares de personas llegaron de pueblos cercanos. La pequeña parroquia no alcanzaba para todos; la gente se agolpaba en la plaza, muchos llorando abiertamente. Leon y Sofia, ya ancianos, caminaban detrás del féretro con el rostro devastado por el dolor, pero también con una dignidad serena. El obispo de la diócesis presidió la misa y, en su homilía, dijo que Amauris había sido "un santo de nuestro tiempo, un hombre que vivió el Evangelio con las manos y con el corazón". Después de su muerte, el pueblo lo honró de formas que perduraron durante décadas. La parroquia fue rebautizada como "Parroquia del Padre Amauris". En la plaza principal colocaron una estatua de bronce que lo mostraba joven, con la sotana y una Biblia en las manos. Cada año, el día de su muerte, se celebraba una misa especial y se repartían alimentos entre los más necesitados, tal como él solía hacer. Muchos vecinos contaban anécdotas de su bondad: Cómo había ayudado a una viuda a reparar su techo, cómo había mediado para que dos familias enemistadas se reconciliaran, o cómo había pasado noches enteras al lado de un enfermo terminal. Su recuerdo se convirtió en un faro de esperanza para el pueblo. Leon y Sofia, aunque destrozados por la pérdida, encontraron consuelo en el amor que el pueblo les profesaba. Se volvieron figuras veneradas, casi como reliquias vivas del santo que habían criado. La gente los saludaba con respeto y les llevaba pequeños regalos. Sofia, en especial, era vista como la madre de un santo, y muchas mujeres le pedían que rezara por sus hijos. A pesar del dolor, la familia Richter encontró en la memoria de Amauris una forma de redención. El niño que había llegado huyendo de la guerra se convirtió en el hombre que sanó, en parte, las heridas que la guerra había dejado en aquel pequeño rincón de Italia. Y aunque Mauro nunca regresó, y su sombra aún flotaba de vez en cuando en las conversaciones del pueblo, fue la luz de Amauris la que terminó definiendo el legado de la familia.

-IX-
Amadeus.

Era el año 1993 y Amadeus era un argentino, que vivía en Floresta, uno de los barrios más tranquilos y bellos de Buenos Aires. Era un hombre alto —medía casi un metro noventa y tres—, de unos sesenta años, delgado y de porte distinguido. Su cabello, completamente blanco, contrastaba con su piel rosada. Había ejercido como notario durante toda su vida profesional: Un hombre culto, metódico y respetado. En los últimos diez años, sin embargo, había dejado atrás los documentos y sellos para dedicarse por completo a su verdadera pasión: La poesía.

Poseía una enorme casa de dos pisos que parecía un pequeño castillo olvidado, rodeada de árboles centenarios que proyectaban una sombra espesa y perpetua, como si quisieran ocultar sus secretos. Tenía buena posición, dinero y una fortuna que parecía venir de otro tiempo. Sus padres habían emigrado de Europa, según contaba él, trayendo consigo una considerable riqueza. Pero ya llevaban muchos años muertos, y Amadeus nunca hablaba de ellos con detalle. No escribía poesía para ganarse la vida, pues el dinero nunca le había faltado. Su antigua profesión de notario le había dejado ingresos más que suficientes para pasar el resto de sus días sin preocupaciones. Sin embargo, había algo en aquella casa, en su silencio y en la forma en que él guardaba sus palabras, que hacía pensar que no todo lo que ocultaba entre aquellas paredes era simplemente fortuna heredada.

Los fines de semana, Amadeus solía abrir las puertas de su imponente casa a los vecinos. Les ofrecía bebidas escogidas y dulces delicados que él mismo compraba. Entonces, con voz pausada, compartía sus nuevos poemas y repartía copias manuscritas entre los asistentes. Algunos iban por el simple placer de recorrer aquellos salones llenos de sombras y secretos. Otros, los más atentos, acudían porque sabían que estaban frente a un verdadero genio oculto. Sus poemas destilaban una sabiduría serena y profunda. Era una lástima que nunca hubiera buscado darles mayor alcance. Nadie escribía con semejante delicadeza. En el pueblo se le tenía por hombre sabio. Muchos llegaban a su puerta no solo a escuchar versos, sino a pedirle consejo. Sus respuestas eran directas, a veces cortantes como una hoja afilada, pero siempre cargadas de una verdad desnuda y un pragmatismo implacable.

Pero en el barrio, como en todos los barrios del mundo, existía el antagonista inevitable. Era el hombre que todo lo cuestiona, el que nunca mide sus palabras, el que hace preguntas indiscretas y habla en voz demasiado alta. El que hace chirriar las ruedas de su auto al salir, el que pone la música a todo volumen en el patio y luego se mete dentro de la casa, dejando que los demás la soporten sin haber pedido permiso. Era el que se cree gracioso, el que convierte todo en chiste, el que pregunta sin interés real en la respuesta y que interrumpe a los demás sin el menor remordimiento. Hay uno como él por cada diez hombres sobre la Tierra. El ser que Dios, en un momento de oscuro humor, decidió enviar como castigo al mundo. La pimienta excesiva de la existencia. La cal que corroe la paciencia de los hombres más serenos y sinceros. El único capaz de sacar los demonios incluso de los espíritus más tranquilos. Y siempre comenzaba sus conversaciones con la misma pregunta impertinente:—¿Y por qué? Su nombre era Marcelo.

Marcelo Villanueva, tenía treinta y seis años, se ganaba la vida como chofer de colectivo en las líneas urbanas de Buenos Aires. Aunque su familia residía en Merlo Centro, él había optado por vivir solo en Floresta, en un modesto departamento que alquilaba a un anciano matrimonio. Casualmente, su vivienda quedaba a solo seis casas de distancia de la gran casona de Amadeus Richter.

Tampoco faltaba nunca a los encuentros en casa de Amadeus. Llegaba de los primeros, siempre con esa energía desbordante que parecía llenar el salón. Bebía más de la cuenta, comía sin medida y, como era su costumbre, soltaba sus estúpidas críticas literarias, muchas de ellas carentes de sentido común o de la más mínima delicadeza. Aun así, Amadeus lo escuchaba con una paciencia casi sobrehumana y una educación impecable, asintiendo de vez en cuando sin perder nunca la compostura. Marcelo tenía la irritante manía de preguntar "¿por qué?" a todo. Preguntaba por qué se había escrito un verso de determinada forma, por qué se usaba esa palabra y no otra, por qué el poema terminaba así y no de otra manera. Y antes de que alguien pudiera responderle, ya tenía otro "¿por qué?" listo en la boca, como si su mente fuera incapaz de detenerse. Era agotador. Era predecible.

Y, sin embargo, allí estaba siempre, ocupando un lugar en aquellas veladas como si fuera un invitado indispensable.

Un día, delante de todos los presentes, Amadeus miró fijamente a Marcelo y le dijo con voz serena pero firme:—Tú nunca debes preguntar «por qué». Marcelo lo miró confundido. Amadeus continuó, con esa calma educada que lo caracterizaba:—Los «por qué» siempre dejan a la otra persona en desbalance, en una incómoda inestabilidad. Obligan a revelar secretos que no te corresponden oír, o fuerzan a mentir al que solo desea ser amable. El «por qué» casi nunca tiene una respuesta suave; suele ser áspera, defensiva: «Porque quise», «Porque era mi dinero», «Porque no es tu problema», o «Porque si lo hubiera hecho de otra forma, igual me habrías preguntado por qué». ¿Por qué me compré este carro y no otro? ¿Por qué con este motor y no con aquel? ¿Por qué esta casa? ¿Por qué este color de pintura? Nunca es elegante preguntar «por qué» cuando se trata de mantener la cortesía. Nunca preguntes «por qué», estimado Marcelo. Pregunta mejor «cuándo», «dónde» o «quién». Pero nunca «por qué». El silencio que siguió fue denso. Algunos invitados bajaron la mirada, incómodos. Marcelo, por una vez, se quedó sin palabras.

Hasta que, de repente, Marcelo soltó una carcajada sonora y preguntó en voz alta, rompiendo el silencio:—Dime, querido profesor… ¿dónde está el toilette? Amadeus, sin perder la compostura, le indicó con calma:—Al final del pasillo, a la derecha. La tensión se aflojó un poco. El hielo de la conversación pareció romperse. Cinco minutos después, Marcelo regresó al salón con una sonrisa exagerada tatuada en el rostro y, sin el menor reparo, exclamó:—¡Quién orinó antes que yo dejó el toilette mojado! Espero que cuando vuelva esto nunca haya pasado. Lo dijo como quien intenta hacer poesía de mal gusto con las palabras que acababa de aprender, buscando risas que solo él parecía encontrar graciosas.

Luego agregó, con su habitual falta de tacto:—La reunión está muy buena, pero yo me tengo que ir. Mañana tengo que madrugar porque salgo a las carreteras a trabajar, y así se retiró.

Marcelo era un hombre de estatura mediana, rubio, con ojos grises algo saltones que parecían siempre mirar con exagerada curiosidad. Lucía una sonrisa permanente en el rostro, como si estuviera permanentemente feliz o como si conociera un chiste que solo él entendía. Si algún "por qué" estaba permitido en este mundo, debería ser el de preguntarle a Marcelo por qué se reía todo el tiempo. ¿Quién entiende a un hombre que se ríe permanentemente, quien confía en un ser que se tatúa una permanente sonrisa en el rostro? Por otro lado, siempre llevaba colgado al cuello un solapín que lo identificaba como conductor de colectivos. No se lo quitaba ni siquiera en las reuniones sociales. Según contaban los vecinos, en todos los trabajos que había tenido antes, siempre andaba con el solapín de la empresa correspondiente. Hasta en las fotos de sus cumpleaños aparecía con un solapín diferente. Algunos ya lo habían apodado "el hombre solapín". Nadie lograba entender esa extraña obsesión por llevar siempre un carnet colgado al cuello, como si fuera una medalla o una parte indispensable de su identidad.

Un día, una profunda tristeza llenó el vecindario, Juanita, la única hija de Carlos "el soldador", un vecino cercano a Amadeus, había sido violada y brutalmente golpeada al salir de un boliche una noche. Carlos, hombre corpulento pero bien bajo de estatura, íntegro, trabajador, bueno y tranquilo, que solía asistir a las reuniones de Amadeus junto a su esposa Mónica. Esa tarde, con la voz quebrada, contaron lo sucedido. El agresor, llamado Daniel hijo de un expolicía de la Capital Federal, había sido detenido, pero la justicia lo liberó poco después alegando falta de pruebas suficientes. Carlos y Mónica relataron el horror con los ojos llenos de lágrimas, pero al menos su hija había salvado la vida. Esa tarde no hubo poemas ni lecturas. Amadeus escuchó en silencio, con el rostro grave, y trató de consolarlos con palabras que nadie esperaba oír de su boca:—Su hija está viva. Eso es lo más importante. Tengo la certeza de que Dios hará justicia. Nunca antes se había escuchado a Amadeus mencionar a Dios. El impacto de la tragedia había hecho aflorar en él una dimensión que pocos conocían. En su interior, Amadeus pensaba con una mezcla de compasión y melancolía: «Carlos y Mónica... gente noble, buena. Su único "pecado" es ser obedientes a las corrientes de este mundo: Trabajar duro, conformarse con poco y seguir adelante sin hacer ruido. Y ahora, su única hija... Qué terrible suceso.» La reunión, que solía ser un espacio de poesía y conversación serena, se convirtió aquella tarde en un velorio silencioso de la inocencia perdida.

Un día, un equipo de televisión llegó al barrio y entrevistó a Carlos en la acera, frente a su casa. También se acercó a Marcelo, que pasaba casualmente por allí. Con la voz cargada de dolor y rabia contenida, Carlos se quejó amargamente del sistema de justicia:—Tanto dinero que cobran, tantos gastos públicos... y no pudieron hacer justicia por mi hija. La justicia en este país es la empresa más ineficaz que existe. Si no fuera por la infinita tasación que le saca a la gente, ya se habría ido en bancarrota hace rato. Marcelo, que estaba a un lado, no pudo quedarse callado y agregó con su habitual falta de tacto:—¿Y por qué estaba en ese Boliche? Es cierto, pero también es cierto que debemos evitar que nuestros hijos anden por ahí a altas horas de la noche vestidos de manera provocativa. El silencio que siguió fue incómodo. Carlos lo miró con una mezcla de incredulidad y desprecio, pero no dijo nada más. La cámara captó el momento con crudeza.

La televisión emitió la entrevista esa misma noche. Pero no fue más que una historia más entre tantas. Cosas así ocurrían con frecuencia en la ciudad, y los finales solían ser dolorosamente parecidos: Un breve estallido de indignación pública, algunas promesas que nunca se cumplían y, poco después, el olvido colectivo.

La vida rutinaria seguía su curso. Los días transcurrían casi iguales, y las reuniones en casa de Amadeus continuaban con su habitual mezcla de poesía y conversación. Hasta que una noche, la televisión dio una noticia que sacudió el barrio. El hijo del expolicía, el joven que supuestamente había violado y golpeado a Juanita, había desaparecido sin dejar rastro. Sus padres aparecieron en pantalla, destrozados y desesperados, acusando directamente a Mónica y a Carlos del secuestro. Entre lágrimas y gritos, reclamaban:—¡Suelten a nuestro hijo donde sea que lo tengan! Si lo que quieren es dinero, díganlo y lo pagaremos. La policía no tardó en actuar. Llegaron a la casa de Carlos y lo detuvieron para interrogarlo. Sin embargo, las cámaras de seguridad de su lugar de trabajo lo habían grabado durante todo el horario en cuestión, haciendo imposible su implicación. Una vez más, la justicia lo dejó en libertad por falta de evidencias.

Nadie sabía realmente lo que estaba pasando. Las reuniones en casa de Amadeus continuaban cada fin de semana, pero la poesía había quedado relegada a un segundo plano. Ahora aquellos encuentros se habían convertido en verdaderos centros de investigación improvisados, donde los vecinos, convertidos en detectives aficionados, intentaban descifrar el misterio que envolvía la desaparición del joven. Algunos especulaban que se trataba de una venganza orquestada por alguien que quería aprovechar la situación para ajustar cuentas con el hijo del expolicía, desviando así la atención hacia Carlos y su familia. Otros murmuraban que el muchacho simplemente se había escapado de sus padres y estaba usando toda esta tragedia como una conveniente coartada. Amadeus, con su habitual calma y voz pausada, insistía en una sola explicación:—Dios ha hecho justicia. Sus palabras caían como una piedra en el agua, generando silencio y miradas incómodas. Nadie se atrevía a contradecirlo abiertamente, pero en el fondo muchos se preguntaban si aquel hombre sabio y sereno realmente creía en lo que decía.

Marcelo, como era su costumbre, interrumpió sin el menor tacto:—¿Por qué debería Dios? —preguntó con tono burlón—. ¿Acaso no mueren y desaparecen personas todo el tiempo? Hizo una pausa teatral y agregó, elevando la voz:—Yo pienso que el muchacho está escondido en su propia casa. Todo esto no es más que un show montado por sus padres para ganar atención. El silencio que siguió fue pesado. Varias miradas se clavaron en Marcelo con incomodidad y reproche. Amadeus lo observó con esa calma serena que lo caracterizaba, pero no dijo nada. El ambiente en la sala se había vuelto denso, como si las palabras de Marcelo hubieran contaminado el aire.

—Quién sabe… —comentó Amadeus, volviéndose lentamente hacia Marcelo con una mirada serena pero penetrante—. Quizás tengas razón. Sus palabras cayeron con una calma desconcertante, como si estuviera probando el peso de la idea en el aire. El salón quedó en silencio. Nadie esperaba que Amadeus, siempre tan mesurado, diera siquiera un atisbo de crédito a las palabras de Marcelo. El propio Marcelo parpadeó, sorprendido por la respuesta. Por una vez, no supo qué decir inmediatamente después. Amadeus continuó observando a su interlocutor con esa expresión tranquila, casi indescifrable, como si detrás de aquella simple frase se ocultara mucho más de lo que dejaba entrever.

Dos días más tarde, la familia del joven desaparecido recibió una llamada anónima. Una voz distorsionada exigía un rescate de veinticinco mil dólares. Les indicaron un lugar preciso en el barrio de La Matanza, advirtiéndoles que no debían llamar a la policía ni divulgar la conversación bajo ninguna circunstancia. La familia, desesperada, reunió el dinero y, tal como les habían ordenado, lo dejó en el punto indicado. Sin embargo, habían alertado a la policía en secreto. Los agentes trabajaban ocultos, coordinando cada movimiento desde las sombras para intentar capturar a los secuestradores. Llegada la hora señalada, los padres dejaron el paquete con el dinero y se dirigieron rápidamente al vehículo que les habían indicado, estacionado tres cuadras más abajo. Según la llamada, su hijo estaría escondido en la parte trasera. Al abrir el maletero, el horror los golpeó como un mazazo. El muchacho estaba muerto. Lo habían torturado salvajemente: le habían cortado las manos y los pies, le habían extirpado los testículos y se los habían metido en la boca. El cuerpo mostraba claras señales de haber sido descuartizado mientras aún estaba vivo. Una escena de una crueldad inimaginable. Por otro lado, la policía logró capturar a uno de los sospechosos en el preciso momento en que se acercaba a recoger el dinero, siguiendo las indicaciones recibidas.

Todo esto lo sabemos porque, una vez ocurrido, la noticia invadió todos los canales de televisión. Era algo increíble, casi surrealista. Por primera vez en mucho tiempo, la justicia pareció haber cumplido con su deber. La policía había logrado capturar a los culpables con pruebas contundentes y sólidas. Tras un juicio rápido pero riguroso, los responsables fueron condenados a cadena perpetua, sin posibilidad de libertad condicional. Los padres del joven asesinado aparecieron destrozados frente a las cámaras. La madre, con el rostro hinchado de tanto llorar, y el hermano mayor, visiblemente quebrado, pidieron públicamente perdón a Carlos y a Mónica.—Esto no tiene nada que ver con lo que le pasó a Juanita —repetían entre sollozos ahogados—. Nosotros no sabíamos nada... Les pedimos perdón de corazón. La imagen de aquella familia rota, suplicando justicia por el crimen que con su hijo se había cometido conmovió profundamente al país entero. Por un breve instante, pareció que la justicia —tan esquiva, tan lenta, tan injusta durante tanto tiempo— había logrado equilibrar mínimamente la balanza. Sin embargo, para Carlos y Mónica, ninguna condena, ningún perdón ni ninguna sentencia podría devolverles la paz que les habían arrebatado aquella noche.

El juicio fue televisado en vivo y generó una enorme conmoción en todo el país. Al final, el autor material del crimen fue condenado a cadena perpetua. El nombre de aquel asesino era José un vago experimentado de la zona, con un record criminal extenso. Muchos en el barrio y en la ciudad se alegraron abiertamente al conocer la muerte de Daniel, todavía creían que Daniel era el mismo que había violado y golpeado a Juanita meses atrás. Otros, en cambio, consideraban que el castigo había sido brutal, desmedido e innecesario, sin importar cuáles fueran sus culpas anteriores. La realidad, según se supo durante el proceso, era aún más cruel y absurda: el asesinato de Daniel no tenía ninguna relación con lo sucedido a Juanita. Había sido pura y trágica coincidencia. Los secuestradores, simples delincuentes comunes, lo habían elegido al azar para pedir un rescate. Por dinero. Solo por dinero. Y como todo criminal acorralado, el asesino negó hasta el último momento su participación, a pesar de las evidencias abrumadoras.

Como ya era costumbre en las reuniones de Amadeus, se hablaba cada vez menos de poesía y más de temas policiacos. El aire estaba cargado de una conmoción colectiva que nadie lograba disipar. Primero había sido Juanita. Ahora, Daniel. Nadie terminaba de entenderlo. Todos habían creído que Carlos era el responsable de la desaparición del joven, pero la verdad resultó aún más cruel y absurda: se trataba de un crimen casual, sin ninguna conexión con la violación de Juanita. Marcelo, fiel a su estilo, no podía quedarse callado. Insistía una y otra vez con sus preguntas impertinentes:—¿Por qué pidieron tan poco dinero? ¿Por qué no exigieron más por el rescate? ¿Por qué lo mataron? ¿Por qué no lo dejaron vivo y cobraron la plata? Carlos y Mónica, al igual que muchos otros en el barrio, seguían creyendo firmemente en la versión de su hija Juanita: aquel joven era un violador. Sin embargo, ni siquiera ellos se alegraban de la brutalidad con que el destino había cobrado su precio. La crueldad del asesinato de Daniel les provocaba un escalofrío profundo. Amadeus, con su habitual serenidad, escuchaba en silencio y, cuando intervenía, repetía con voz pausada y casi mística:—Dios ha hecho justicia… a su manera. De forma misteriosa e inescrutable. Sus palabras flotaban en el aire como un enigma, dejando a los presentes entre la incomodidad y la reflexión.

Mientras Marcelo echaba una carcajada al oír las palabras de Amadeus.

A la mañana siguiente, mientras Amadeus limpiaba el corredor de su casa con un balde de agua, vio pasar temprano a Marcelo, como siempre, con su solapín bien visible enganchado en la camisa, rumbo al trabajo. Amadeus lo llamó con voz serena:—Marcelo, acércate un momento, por favor. Cuando el otro se detuvo, le pidió:—¿Podrías acompañarme al patio un segundo? Necesito traer unos baldes de agua y me vendría bien tu ayuda para no hacer tanto esfuerzo. Marcelo, con su eterna sonrisa, asintió de inmediato y, sin perder la oportunidad de opinar, dijo:—¿Por qué no pasas una manguera desde el patio hasta el portal de la casa? Así no tendrías que cargar los baldes de agua. Amadeus sonrió con perspicacia y respondió:—Tienes razón. Sinceramente, no sé cómo no se me había ocurrido antes. Pero bueno... si lo hubiera hecho, hoy no estarías aquí en mi casa. De paso, llévate unos dulces para el trabajo. De otra forma, jamás los hubieras podido llevar. Marcelo entró delante de él, dirigiéndose al patio para cargar los dos pesados baldes llenos de agua. La sonrisa de Amadeus se mantenía, sutil y enigmática. De repente, mientras caminaba hacia el patio, Marcelo se volvió hacia Amadeus y le preguntó sonriente:—Amadeus, ¿por qué tus padres te llamaron Amadeus y no otro nombre? A lo cual Amadeus respondió, también sonriente:—Si no me hubieran llamado Amadeus, quizás me hubieran llamado Marcelo, como tú. Marcelo se rio brevemente y siguió su camino hacia el patio. En ese instante, Amadeus tomó con calma un bate de béisbol que estaba apoyado contra la pared y, con un movimiento preciso y brutal, lo golpeó con fuerza en la parte de atrás de la cabeza de Marcelo. El impacto fue seco. Marcelo cayó instantáneamente al suelo, como un muñeco sin hilos. Despertó varias horas después, aturdido y con un dolor lancinante en la nuca. Estaba sentado y firmemente encadenado a una silla de hierro en el sótano de la casa de Amadeus. A su alrededor había un taller bien equipado: Taladros, sierras, herramientas afiladas y otros instrumentos cuyo propósito prefirió no imaginar en ese momento.

Frente a él, de pie bajo la luz fría de una bombilla colgante, estaba Amadeus. Llevaba puesto un delantal de nilón grueso, como los que usan los carniceros, salpicado de manchas oscuras que no parecían de pintura. En sus manos sostenía un pequeño cuchillo de hoja curva que brillaba bajo la luz. Su rostro ya no era el mismo. La serenidad elegante y casi poética que todos conocían había desaparecido por completo. Ahora sus ojos eran fríos, vacíos, y su boca dibujaba una sonrisa leve, casi imperceptible. Con voz baja, tranquila y extrañamente suave, Amadeus le dijo:—Mi nombre no es Amadeus.

Marcelo, aún aturdido por el golpe y el dolor en la cabeza, intentó moverse, pero las cadenas que lo sujetaban a la silla de hierro se lo impidieron. Solo pudo abrir la boca y emitir un sonido ronco, entre miedo y confusión. Amadeus dio un paso más cerca, inclinándose ligeramente hacia él. Y continuó diciendo: —Nunca lo fue.

Marcelo, desesperado, giró la cabeza con dificultad, buscando algo que le diera sentido a aquella pesadilla. A su izquierda, sobre una mesa de metal oxidado, vio un montón de ropa ensangrentada. Reconoció inmediatamente la camiseta y los jeans que la madre de Daniel había mostrado en televisión el día de la desaparición del joven. La sangre estaba seca, pero aún conservaba un tono oscuro y terrible. Un poco más allá, colgando de un cordel improvisado como si fueran prendas recién lavadas, había varias fotografías recién reveladas. En ellas se veía claramente a Amadeus, con el mismo delantal de nilón que llevaba ahora, descuartizando vivo a Daniel. Las imágenes eran explícitas, crudas y sin piedad: El rostro del muchacho aún con vida en algunas tomas, su expresión de puro terror congelada para siempre. Marcelo sintió que el estómago se le revolvía. Un escalofrío le recorrió la espalda y un miedo primitivo le invadió el pecho. Amadeus, que observaba en silencio, dio un paso más cerca. Su voz seguía siendo suave, casi amable, lo cual hacía todo aún más aterrador.—¿Ves? —dijo con calma—. Ahora entiendes por qué nunca debiste preguntar tanto «por qué».

Mientras Marcelo terminaba de observar aquella habitación monstruosa, incapaz de articular palabra alguna y con el aliento atrapado en la garganta, Amadeus se acercó lentamente. Con el pequeño cuchillo afilado en la mano, tomó con firmeza la mano derecha de Marcelo, sujetándola contra el brazo de la silla de hierro. Sin piedad ni vacilación, le arrancó el dedo índice de un corte limpio y profundo. El grito de Marcelo resonó en las paredes del sótano, un alarido de dolor puro y animal. Amadeus, sin inmutarse, sostuvo el dedo cortado un instante frente a sus ojos antes de dejarlo caer al suelo con indiferencia. Luego, con la misma voz serena y casi pedagógica que usaba en sus veladas poéticas, le preguntó:—¿Sabes por qué lo hago, Marcelo? ¿Sabes por qué te he cortado un dedo?

A lo cual respondió Marcelo, dando gritos desgarradores de puro terror:—¡No! ¡No sé! ¡Por favor, déjame ir! ¡No sé por qué lo haces! ¡Suéltame, Amadeus! ¡Te lo suplico! Su voz se quebraba entre sollozos y alaridos, el dolor y el miedo lo hacían temblar violentamente contra las cadenas que lo sujetaban a la silla. Las lágrimas corrían por su rostro mientras repetía una y otra vez:—¡Por favor! ¡No lo hagas! ¡Déjame ir…! Amadeus lo observaba en silencio, con esa calma inquietante que nunca abandonaba su rostro, como si estuviera estudiando una reacción científica en lugar de un hombre destrozado por el pánico.

Amadeus se dio media vuelta sin decir una palabra. Caminó con paso lento y deliberado hacia un rincón oscuro del sótano, donde las herramientas estaban ordenadas con precisión enfermiza. Tomó un pico de excavar, pesado y oxidado, cuya punta afilada brillaba débilmente bajo la luz fría de la bombilla. Regresó lentamente hasta donde estaba Marcelo, quien lo miraba con los ojos desorbitados por un terror absoluto, la respiración entrecortada y el cuerpo temblando contra las cadenas. Sin vacilar, Amadeus levantó el pico con ambas manos y lo clavó con fuerza brutal en la rodilla derecha de

Marcelo. El impacto fue seco y espantoso. El hueso crujió con un sonido nauseabundo al romperse. Un alarido inhumano, desgarrador, salió de la garganta de Marcelo, un grito de dolor puro y animal que reverberó contra las paredes del sótano como si quisiera escapar. El pico quedó clavado en la rodilla, vibrando ligeramente por la violencia del golpe. La sangre comenzó a brotar abundantemente, tiñendo el suelo de un rojo oscuro. Amadeus, sin inmutarse, se inclinó ligeramente hacia él. Con la misma voz serena, casi pedagógica, que usaba en sus veladas poéticas, le preguntó una vez más:—¿Sabes ahora por qué lo hago, Marcelo?

—No... no lo sé —balbuceó Marcelo entre sollozos y gritos ahogados—. ¡Por favor, déjame ir! ¡Perdóname! ¡Quiero salir de aquí! Su voz se quebraba en súplicas desesperadas, el terror lo hacía temblar violentamente contra las cadenas. Amadeus lo observó un instante en silencio, con esa calma sobrenatural que resultaba más aterradora que cualquier grito. Sin prisa, metió la mano en el bolsillo del pantalón y sacó un bisturí pequeño y afilado. En cuestión de segundos, con movimientos precisos y fríos, le cortó las dos orejas. El corte fue limpio. Las orejas cayeron al suelo con un sonido húmedo y repugnante. Marcelo soltó un alarido inhumano, el dolor era insoportable. Amadeus se inclinó lentamente hacia él, acercando su boca al hueco sangrante donde antes estaba la oreja izquierda, y le susurró con voz baja y serena, casi íntima:—Si no averiguas por qué lo hago... te cortaré en pedazos antes de que comience hoy la reunión acostumbrada.

—No lo sé, Amadeus... ¡No lo sé! —gritó Marcelo entre sollozos desesperados, la voz rota por el terror—. ¡Dímelo tú, por favor! ¡No me tortures más! Amadeus lo miró fijamente durante unos segundos eternos. Sus ojos no mostraban ira, solo una calma fría y profunda. Finalmente, habló con voz baja y pausada:—Entiendes ahora lo difícil que es responder a los «por qué», ¿verdad? Pero tú me vas a responder... o te voy a matar poco a poco. Sin decir nada más, Amadeus se dio media vuelta y, como quien escoge con calma las herramientas en un taller, tomó un serrucho de dientes finos y afilados. Regresó junto a Marcelo, quien gritaba de pura desesperación, suplicando y llorando. Tomó el pie izquierdo de Marcelo con firmeza y comenzó a serruchar lentamente, con movimientos precisos y constantes. Mientras lo hacía, tarareaba una vieja melodía en voz baja, casi como si estuviera realizando una tarea cotidiana. El sonido del serrucho cortando carne y hueso era espantoso. Marcelo soltó un alarido inhumano antes de desmayarse por el dolor insoportable. Amadeus detuvo un momento el serrucho, ató un cinturón con fuerza alrededor de la pierna, justo por encima de la herida, para detener el exceso de sangre. Luego se quedó de pie, sosteniendo el pie cercenado en su mano, esperando pacientemente a que Marcelo recuperara la conciencia. La bombilla colgante oscilaba suavemente sobre ellos, proyectando sombras largas y grotescas en las paredes del sótano.

Cuando Marcelo despertó, lo hizo como quien emerge de una pesadilla que se niega a terminar. Frente a él, bajo la luz amarillenta y temblorosa de la bombilla, estaba Amadeus, erguido como un gigante macabro, sosteniendo en su mano el pie cercenado de Marcelo, como si fuera un trofeo. En el instante en que Marcelo abrió los ojos y comprendió la escena, Amadeus dejó caer el pie al suelo con indiferencia. El sonido húmedo y pesado del impacto reverberó en el sótano. Sin decir una palabra, Amadeus se dio media vuelta y regresó de inmediato con un perchero de metal en las manos. Con movimientos precisos y tranquilos, lo desenredó y lo convirtió en un largo alambre puntiagudo y rígido. Marcelo ya no gritaba. Solo sudaba profusamente, envuelto en lágrimas y sangre, deseando la muerte con más fuerza que nunca. Su cuerpo temblaba de forma incontrolable. Amadeus se acercó lentamente y, con una precisión quirúrgica aterradora, clavó la punta del alambre en el ombligo de Marcelo. Luego comenzó a moverlo en círculos lentos y profundos, destrozando sus intestinos con deliberada crueldad. Marcelo abrió los ojos hasta que parecieron querer salirse de las órbitas. Un vómito violento y una defecación involuntaria escaparon de su cuerpo antes de que perdiera el conocimiento por última vez. Aun así, Amadeus continuó unos minutos más, moviendo el alambre con calma, como si estuviera terminando una tarea meticulosa. Finalmente se detuvo, se inclinó ligeramente sobre el cuerpo inerte y, con voz serena y casi reverente, le susurró a quien ya no podía oírlo:—Lo hago… porque soy Dios.

Luego, con la misma calma metódica, Amadeus tomó un hacha afilada que descansaba contra la pared. Sin prisa, comenzó a descuartizar el cuerpo de Marcelo como un carnicero experto. Con golpes precisos y certeros, lo dividió en diez partes. La sangre salpicaba el suelo y las paredes, pero él trabajaba con una concentración casi artística. Una vez terminado, metió cada pieza en bolsas de nilón grueso para evitar que siguiera sangrando y las colocó cuidadosamente dentro de una maleta gigante que ya tenía preparada en un rincón del sótano. Se cambió de ropa, limpió meticulosamente el delantal y las manos, y dejó el macabro féretro improvisado en el sótano secreto, cerrando la puerta con llave. Subió las escaleras, se dio un baño largo y caliente, se vistió con elegancia y bajó nuevamente al salón principal. Abrió las puertas de su casa con la habitual cortesía, recibiendo a sus invitados con pasteles finos y bebidas selectas, como si nada hubiera ocurrido. Cuando todos estuvieron presentes y antes de comenzar la reunión, pidió con su voz serena:—Por favor, esperemos unos minutos más. Marcelo suele llegar puntual. Pasaron veinte minutos. Marcelo no apareció. Finalmente, Amadeus suspiró con ligera resignación y dijo:—Bien, parece que hoy no vendrá. Comencemos. Traía algunos poemas nuevos, escritos con su delicadeza característica. Los demás, como siempre, traían sus chismes del barrio, sus pequeñas intrigas y sus opiniones sobre la vida del vecindario. Nadie sospechó nada.

Tres días después, la noticia explotó en todos los canales de televisión. Alguien había dejado una maleta grande y pesada frente a la puerta de la casa de la familia de Marcelo en Merlo Centro. Cuando la abrieron, horrorizados, encontraron los pedazos descuartizados del cuerpo de Marcelo. Adentro de la maleta, junto a los restos, había una nota escrita a mano con letra clara y pulcra: «No sé por qué lo hicieron». La imagen se repitió una y otra vez en las pantallas: la maleta abierta, los padres de Marcelo gritando de dolor y desesperación, la policía acordonando la zona. El barrio entero quedó conmocionado. La crueldad del acto era indescriptible. Nadie entendía el mensaje de la nota. Nadie sabía si era una burla macabra del asesino o una confesión incompleta. Mientras las cámaras enfocaban la casa humilde de Merlo Centro, en Floresta, Amadeus observaba la televisión en silencio, con una taza de té en la mano y una expresión serena, casi indiferente.

La familia de Marcelo no tardó en volver a acusar públicamente a Carlos. Decían que él se había disgustado mucho el día de la entrevista televisiva, cuando Marcelo hizo aquel comentario grosero sobre la forma en que vestía su hija Juanita. La policía regresó a la casa de Carlos y, esta vez, sí le pusieron cargos formales, aunque en realidad no contaban con ninguna evidencia sólida. El hombre que permanecía preso por el asesinato de Daniel —quien desde el primer día había clamado su inocencia— insistía ahora que Carlos era el verdadero culpable. Pronto, la acusación se extendió como un incendio. La gente comenzó a gritar furiosa frente a la casa de Carlos:—¡Carlos, di la verdad!

—¡Asesino!

—¡Carlos el descuartizador! El apodo se propagó rápidamente por el barrio y más allá. Lo que había comenzado como una tragedia se convirtió en una caza de brujas. Carlos, el soldador honrado y tranquilo que todos conocían, era ahora señalado como un monstruo.

La justicia una vez más no daba pie con bola en su trabajo.

Amadeus Richter se levantó lentamente de su sillón después de terminar su té. Caminó hasta el viejo escaparate de madera oscuro, abrió la puerta con cuidado y extrajo una fotografía. Se sentó nuevamente, encendió un cigarro y se quedó mirándola en silencio durante un largo rato. Era una foto en blanco y negro de 5" x 8", de una resolución impecable a pesar de los años. En ella aparecían cuatro personas. Amadeus acariciaba la imagen con los dedos, con una ternura extraña y melancólica, mientras sus labios se movían casi sin emitir sonido. Encima de cada figura, escrito con lapicera azul de trazo fino y preciso, estaban los nombres, sobre la mujer: Mamá Sofia.

Sobre el hombre, papá Leon.

Sobre uno de los niños idénticos: Mauro

Sobre el otro: Amauris.

Con voz firme pero apenas susurrante, como si pronunciara un secreto sagrado, Amadeus movió los labios y dijo:—Mi nombre es Mauro... Mauro Richter. El humo del cigarro ascendía lentamente hacia el techo, envolviendo la habitación en una niebla tenue. Fuera, el barrio seguía su rutina, ajeno al hombre que, en la penumbra de su casa, sostenía entre las manos el último vestigio de una vida que ya no existía.

-VIII-
Filomena.

Filomena era una mujer mexica nacida en 1920. Se había casado joven y había tenido tres hijos, a los que crio junto a su esposo con rectitud, y en algunos casos con una severidad excesiva. Su marido, Juan —a quien todos llamaban cariñosamente Juanillo—, era un hombre afable, modesto y de aura transparente. Tenía un corazón bueno y generoso que se reflejaba en su trato amable con todo el mundo. Ella, en cambio, poseía un carácter fuerte, pesado y difícil de llevar. Sus palabras eran directas, a veces cortantes, y su voluntad de hierro imponía respeto y, en ocasiones, temor.

Filomena y Juanillo tuvieron tres hijos: Laura, la mayor, y dos varones. El del medio se llamaba Ramón, y el menor se llamaba Melingo, conocido en casa con cariño como Melinguito. Vivían en San Felipe, un humilde pueblo mexicano, donde la familia se ganaba la vida como campesinos de toda la vida. Filomena tenía una predilección muy marcada por su hija mayor. Laura era la consentida: A ella se le daba lo mejor, se le pagaba la escuela y se le permitía soñar con un futuro diferente. Los niños, por el contrario, fueron criados con dureza. Desde muy pequeños —apenas a los seis años— tuvieron que comenzar a trabajar en el campo junto a su padre. Ramón y, sobre todo, el pequeño

Melinguito eran tratados con frialdad y cierto desprecio. Filomena reservaba su cariño casi exclusivamente para Laura, dejando a los varones con la sensación de ser menos importantes en su propio hogar.

Los años pasaron y los niños se convirtieron en hombres y mujeres. Se casaron y formaron sus propias familias. Juanillo y Filomena envejecieron juntos en el mismo campo donde habían nacido y vivido toda su vida. Laura, Ramón y Melinguito, en cambio, se fueron a la capital en busca de mejores oportunidades. Allí construyeron sus casas y encontraron trabajo. Aunque durante toda su infancia Filomena había consentido a Laura dándole todo lo que pedía y necesitaba —aun con los escasos recursos de la familia—, mientras Ramón y especialmente Melinguito apenas tenían zapatos que ponerse, el destino jugó de forma inesperada. Al final, ni Laura ni Ramón llegaron muy lejos en la vida. Sin embargo, Melinguito, el hijo menor al que tanto se había menospreciado, se convirtió en un importante y exitoso negociante en la Ciudad de México.

El tiempo seguía transcurriendo, y Juanillo murió. Su muerte siempre fue sospechosa. Nadie entendía cómo un hombre tan viejo, que apenas podía caminar, había logrado subir al techo con la intención de arreglarlo. Según explicaba Filomena, al tratar de bajar, la escalera se resbaló y él cayó al suelo con todo su peso. Así quedó la vieja Filomena sola en aquel monte donde habían vivido toda su vida. En los últimos años, Filomena había tratado a Juanillo con una crueldad que pocos comprendían. Decía que se estaba desquitando de los maltratos que él le había hecho durante décadas, pero nadie en el pueblo recordaba haber visto a Juanillo levantarle la mano o hablarle mal. Todo lo contrario: Era ella quien lo humillaba constantemente. Según contaron después algunos vecinos a Melinguito, Filomena le decía cosas terribles:—Ya no sirves ni como hombre... El techo se nos está cayendo encima y tú ni siquiera puedes arreglarlo. Incluso se rumoreaba que le pagaba como si fuera un jornalero y lo maltrataba verbalmente frente a cualquiera que pasara por allí. En aquel viejo pueblo la conocían como "la teniente Filomena". Muchos le tenían miedo. Andaba siempre haciendo brujerías, maldiciendo por doquier y lanzando amenazas que helaban la sangre. Su lengua era afilada como machete y su mirada podía cortar el aire. Ahora, sola en el monte, con la casa cada vez más deteriorada y el silencio como único compañero, Filomena parecía más amargada y peligrosa que nunca.

Melinguito, preocupado por su madre, decidió traerla a la ciudad y alojarla en su propia casa, donde vivía con su familia. Sin embargo, Filomena se negó rotundamente. La anciana insistía en irse a vivir con su hija Laura, en la pequeña casa que esta tenía en la capital. No quería estar bajo el techo de Melinguito.

Filomena era una mujer de mediana estatura y complexión fuerte, casi cuadrada. Su rostro era ancho y redondo, enmarcado por un cabello negro, crespo y ya entrecano. La piel, trigueña y profundamente marcada por el sol, hablaba de años de trabajo bajo el cielo abierto. Sus ojos saltones miraban el mundo a través de unos anteojos anticuados. De su boca brotaban, casi siempre, desprecios e insultos, como si la dureza de la vida hubiera endurecido también su lengua.

Pero Laura no tenía condiciones para recibirla. Estaba recién casada y vivía en una pequeña casita con poco espacio. Por eso, Melinguito tomó la decisión de trasladar a su madre a un hogar de ancianos de muy buena reputación y excelente cuidado. Filomena, sin embargo, no estaba de acuerdo. Según ella, había sido llevada a la fuerza por su hijo. No podía quedarse sola en aquella vieja casa de campo, abandonada y cada vez más deteriorada, pero la idea de vivir en un asilo le resultaba humillante. El lugar era acogedor y de prestigio. Melinguito, con mucho amor y dedicación, se comprometió a pagar todas las mensualidades y todo lo necesario para su cuidado. Tanto Ramón como Laura estuvieron de acuerdo y se mostraron agradecidos. Laura decía con franqueza:—Yo no la puedo tener aquí. Ramón, por su parte, añadía:—Ni yo tengo los recursos para hacerme cargo.

Ya instalada en el hogar de ancianos, y a pesar de su resistencia inicial, Filomena no tardó en mostrar su peor cara. Comenzó a comportarse de manera grotesca y agresiva con todos. Insultaba a las enfermeras, respondía con desprecio a los médicos y peleaba constantemente con los demás residentes. La situación se volvió intolerable cuando, de forma intencional y maliciosa, empezó a escupir en el piso, a defecarse en la cama y a golpear físicamente a las enfermeras que intentaban cuidarla.

Melinguito fue a recoger a su madre al centro donde estaba internada y la llevó a su propia casa, donde vivía con su esposa Alba y su hija Isabel, de once años. A la niña todos la llamaban cariñosamente "Minina", porque tenía una vocecita fina y grave, como de gato. A pesar de ello, era una niña muy buena y aplicada en la escuela. En las primeras semanas que Filomena pasó en casa de Melinguito, su comportamiento empeoró notablemente. Se quejaba amargamente de que Laura no la visitaba con suficiente frecuencia, maltrataba a su nieta Minina y pedía una y otra vez que la llevaran a vivir con Laura. Además, provocaba discusiones constantes con Alba, la esposa de Melinguito. Pronto, nadie en la casa la quería allí: ni su propia nieta, ni Alba, ni siquiera Melinguito.

Melinguito conversó con su hermana Laura y le pidió que se llevara a su madre a vivir con ella y su esposo. Le ofreció pagarle mil quinientos dólares cada mes para cubrir todos los gastos de la vieja Filomena. —Es lo menos que puedes hacer por mamá —le dijo—. Ella siempre hizo tanto por ti y nunca lo hizo por nadie más. Creo que es tu turno ahora.

Teniendo en cuenta la generosa suma de dinero que Melinguito les ofrecía, Laura y su esposo Antonio finalmente accedieron a llevarse a la vieja Filomena a vivir con ellos. Sin embargo, las cosas no mejoraron. Muy pronto, la anciana le tomó un odio irracional y desmedido a Antonio, el marido de Laura. Comenzaba discusiones repentinas y violentas, lo insultaba sin piedad, lo llamaba mal nacido y le echaba en cara toda clase de horrores. La situación llegó a un punto insostenible cuando, en medio de una de sus rabietas, Filomena le sacó un cuchillo a Antonio. Ese día fue el último. Antonio, visiblemente alterado, miró a su esposa y le dijo con firmeza:—Escoge, Laura: O tu madre o yo. No estoy dispuesto a seguir viviendo con esa vieja loca.

Esa misma noche, Antonio abandonó la casa y se fue a un hotel, harto de la tensión y los constantes enfrentamientos. A la mañana siguiente, Laura, con la voz agotada pero decidida, llamó a su hermano Melinguito y le dijo:—Ven a buscar a mamá. No puedo más. Llévala de nuevo a un centro para ancianos.

Esa misma tarde, Melinguito ya tenía resuelto otro lugar para su madre: Un centro de ancianos aún más caro y estricto que el anterior, con personal especializado y normas rigurosas. Pasó por la casa de Laura y, casi a la fuerza, tomó a su madre por el brazo y la sacó de allí. Filomena se resistía, gritando y maldiciendo, pero Melinguito no cedió. Mientras iban en el carro hacia el nuevo centro, la discusión entre madre e hijo subió de tono hasta convertirse en un enfrentamiento violento. Melinguito, cansado y exasperado, le sacó todos los trapos sucios del pasado: le recordó sus favoritismos, sus desprecios, la forma en que había tratado a sus hermanos y especialmente a él durante toda su infancia. Filomena, furiosa y sin control, lo maldecía sin piedad, lanzándole insultos y reproches con una voz aguda y llena de veneno. El ambiente dentro del vehículo era asfixiante, cargado de años de resentimiento acumulado que finalmente salía a la superficie. Ninguno de los dos parecía dispuesto a ceder. La madre y el hijo, unidos por la sangre pero separados por un abismo de dolor y rencor, seguían gritando mientras el carro avanzaba hacia el que sería, una vez más, el nuevo encierro de Filomena.

Ahora instalada en su nueva morada, un centro de ancianos más estricto y con personal endurecido, el odio de Filomena hacia sus hijos —especialmente hacia Ramón y Melinguito— crecía como un volcán en su pecho. Sentía que la habían traicionado y abandonado, y ese rencor se alimentaba día tras día. Velaba constantemente por el momento oportuno para escaparse. Hasta que una noche, la anciana de ochenta años vio su oportunidad. Aprovechando un descuido del personal, se fugó del hospicio y se dirigió directamente a la casa de su hija Laura. Su intención era clara y oscura: Destruir la relación entre Laura y su esposo de la manera más retorcida posible. Quería sembrar discordia, provocar peleas constantes y lograr que su hija terminara separándose, para que finalmente se encargara exclusivamente de atenderla a ella. Filomena no iba en busca de reconciliación. Iba dispuesta a sembrar veneno.

Pero a esa hora avanzada de la noche, mientras aquella anciana caminaba sola por la oscuridad, desamparada y acompañada únicamente de su odio, el destino le tenía reservada una última y brutal crueldad. Dos hombres vagabundos, de mala reputación y aspecto amenazante, la interceptaron en la penumbra. La golpearon salvajemente hasta dejarla inconsciente y la arrastraron debajo de un viejo puente abandonado. Allí, los dos la violaron con una violencia inhumana. Horas más tarde, Filomena emergió tambaleante de las sombras, arrastrándose hacia la luz de la calle. Con la ropa desgarrada, el cuerpo magullado y la voz rota, comenzó a pedir auxilio con desesperación. La policía llegó rápidamente al lugar. Avisaron de inmediato a su familia, quien acudió horrorizada y consternada. Melinguito, Laura y Ramón llegaron pálidos, sin poder creer lo que veían. Los enfermeros del centro de ancianos fueron llamados para que se la llevaran de vuelta. Pero antes de que pudieran subirla a la ambulancia, Filomena, aún bajo el shock y la furia, comenzó a maldecir a todos delante de los agentes. Sus palabras eran venenosas y cargadas de rabia:—¡Todo esto es culpa de ustedes! ¡Especialmente tuya, Melinguito! ¡Tú me arrojaste a la calle como a una perra! ¡Por tu culpa he sido violada! Sus acusaciones resonaban en la noche, mientras la familia permanecía en silencio, devastada por el horror y la injusticia de sus palabras.

Pero estos horrores solo cargaban aún más el espíritu de Filomena, alimentando su obsesión por Laura y su desprecio visceral hacia Ramón y Melinguito. Había convertido la vida de sus hijos en una auténtica pesadilla. Melinguito evitaba contar estas cosas delante de su hija Minina. Se concentraba en su trabajo y en su familia como si no tuviera madre, intentando proteger la paz de su hogar a toda costa. Mientras tanto, Filomena seguía presa en su encierro. Fingiendo que todo estaba bien, comenzó a recuperar la confianza de los médicos. Les pidió perdón con lágrimas en los ojos, se disculpó profusamente por lo sucedido y juró que nunca más volvería a ocurrir. Les explicó que algunos de los medicamentos le habían provocado una reacción extraña, que ella no era consciente de sus actos en esos momentos. Los especialistas, enterados de la vergonzosa y traumática situación que la anciana había vivido a su edad, poco a poco volvieron a darle confianza. Filomena, astuta y paciente, fue ganando terreno de nuevo. Por otro lado, Laura y Antonio intentaban reconstruir su matrimonio con dificultad. Habían pasado por muchas tormentas debido a la presencia tóxica de Filomena, quien odiaba abiertamente a Antonio y estaba obsesionada con controlar a su hija. Ahora, sin ella en casa, respiraban un poco de paz, aunque las heridas seguían abiertas.

Una noche fría y lluviosa, cerca de la una de la madrugada, Antonio se encontraba entre el sueño y la vigilia, envuelto en la oscuridad de la habitación. De pronto, vio la silueta de su mujer que se acercaba desde la cocina. Pensó que Laura había ido a tomar agua. La figura se deslizó sigilosamente hasta la cama y se echó entre sus piernas. Antonio sintió un escalofrío de excitación instantánea y feroz. «Era tiempo de un poco de esto», pensó, mientras su cuerpo respondía con urgencia. La mujer tomó sus partes masculinas con la mano y comenzó a practicarle sexo oral con una intensidad casi salvaje. Antonio se movía excitado en la cama, gimiendo de placer. En ese momento, Laura, su esposa, que dormía a su lado, se despertó sobresaltada y encendió la lámpara de la mesita de noche para ver qué le ocurría a su marido. La luz reveló la verdad más espantosa. No era Laura. Era Filomena. La anciana había vuelto a escapar del centro. Con una cara deformada por un odio demoníaco, tenía los testículos de Antonio en su mano y su boca en medio de sus piernas. Antonio soltó un grito de horror y repulsión. Laura se quedó paralizada, con los ojos desorbitados por el terror y la incredulidad. Filomena levantó la vista lentamente, con una sonrisa torcida y perversa, sin soltar su presa.

Antonio, en un arrebato de pánico y asco, le dio un fuerte golpe en la cara a Filomena, empujándola hacia atrás. Sin pensarlo dos veces, salió corriendo casi desnudo hacia la calle, con el corazón latiéndole desbocado y la verga aún sangrando por el mordisco. Filomena, con la boca llena de sangre y una expresión de locura pura, se levantó con sorprendente agilidad para su edad y salió detrás de él, gritando como una loca:—¡Hijo de puta! ¡Vuelve aquí! ¡Eres mío! Detrás de ella corría Laura, desesperada, apenas vestida con una bata que se había puesto a toda prisa, llorando y suplicando:—¡Mamá, detente! ¡Por Dios, mamá!

Antonio ya le llevaba casi una cuadra de ventaja cuando Filomena, ciega de rabia, intentó cruzar la calle sin mirar. En ese instante, un vehículo que pasaba a toda velocidad la impactó de lleno. El golpe fue brutal. El cuerpo de la anciana voló por el aire, giró sobre sí misma y cayó pesadamente sobre el asfalto con un sonido seco y horrible. El conductor ni siquiera se detuvo. Aceleró y se dio a la fuga en la oscuridad. Antonio, al ver desde lejos lo sucedido, se detuvo en seco. Regresó corriendo a la casa, se vistió a toda prisa mientras Laura, histérica, llamaba a la policía. La ambulancia y los patrulleros llegaron minutos después. Laura, aterrorizada y temblando, les explicó entre sollozos que su madre estaba demente, que se había escapado del centro especializado por segunda vez y que no sabía lo que hacía. La policía tomó nota, confirmó algunos datos y permitió que los enfermeros se llevaran a Filomena, inconsciente y gravemente herida, al hospital más cercano. Antonio, aún en shock, no cruzó ni una palabra con Laura. Entró en silencio a la casa y se metió bajo la ducha, dejando que el agua caliente intentara borrar la repugnancia y el terror de lo que acababa de ocurrir.

Después de que se llevaran a Filomena y los policías abandonaran el lugar, Antonio apareció en la sala con una maleta en la mano. No dirigió ni una mirada a Laura. Su rostro estaba cerrado, frío, como si todo el amor y la paciencia se hubieran extinguido de golpe. Pasó junto a ella sin decir una palabra, abrió la puerta y se marchó. Se subió al carro, arrancó y desapareció en la noche. Nunca regresó.

Sin embargo, Filomena no murió. Quedó viva, pero convertida en una sombra amargada y retorcida. Ahora estaba postrada en una silla de ruedas, con el cuerpo quebrado y el alma más envenenada que nunca. Su odio hacia el mundo entero se había multiplicado. Seguía obsesionada con su hija Laura y descargaba un rencor infinito contra todos los que la rodeaban, especialmente contra Melinguito y Antonio. La devolvieron al mismo hospicio del que se había escapado, pero esta vez el centro se negó rotundamente a aceptarla de nuevo.—No podemos tenerla aquí bajo ninguna condición —dijeron los directivos con firmeza—. Ni aunque paguen el triple. Su comportamiento es incontrolable y representa un riesgo tanto para ella como para el resto de los residentes y el personal. Filomena, desde su silla de ruedas, los miró con una sonrisa torcida y llena de veneno, como si ya estuviera planeando su próxima fuga.

Las discusiones entre Laura, Ramón y Melinguito estallaron de nuevo con fuerza. Laura, aún visiblemente afectada, insistía con rabia:—Lo que esa mujer me hizo es imperdonable. No puedo tenerla cerca de mí. Ramón negaba con la cabeza, preocupado:—Yo tengo dos niños chiquitos. No puedo exponerlos a eso. Además, no tengo plata para mantenerla en otro lugar. Melinguito, con la voz cansada pero firme, añadió:—Minina se asusta mucho cada vez que ve a su abuela. No quiero que mi hija viva con ese miedo. Alba, la esposa de

Melinguito, que hasta entonces había permanecido en silencio, intervino con determinación:—Si traen a esa señora de vuelta a esta casa, yo me marcho con Minina. O me voy a otro lugar… o me divorcio. Las palabras de Alba cayeron como una sentencia. La familia se encontraba nuevamente dividida, atrapada entre el deber filial y la necesidad de proteger su propia paz y la de sus hijos.

Cuando de repente Laura, con voz cansada pero decidida, rompió el silencio:—Tráiganla para mi casa. De todas maneras, ya estoy sola. Ella quería vivir conmigo… pues que viva conmigo. Todos respiraron con alivio. La tensión que había estado ahogando la sala pareció aflojarse un poco. Melinguito, visiblemente agradecido, se ofreció de inmediato:—Yo me encargo del dinero. Les enviaré lo necesario todos los meses para que no les falte nada.

Finalmente, Laura aceptó llevarse a su madre a casa, con la ayuda de sus dos hermanos. Melinguito y Ramón la acompañaron en el traslado, cargando la silla de ruedas y las pocas pertenencias de la anciana. Filomena llegó postrada en su silla, pero aún conservaba cierta movilidad en las manos y podía desplazarse sola por la casa. Mientras Laura salía a trabajar, su madre se quedaba sola durante largas horas. Laura siempre le dejaba un teléfono cerca, por si surgía alguna emergencia. Pero una tarde, estando en casa, Laura descubrió que estaba embarazada de Antonio. Emocionada y nerviosa, lo llamó por teléfono para darle la noticia. Antonio, con voz fría y distante, respondió:—Me haré cargo del niño, pero de ti no quiero saber nada más. Toda la conversación ocurrió bajo la mirada tiránica de Filomena, quien preparaba un té como de costumbre para su hija, con una sonrisa extraña en los labios. A la mañana siguiente, mientras Laura estaba en el trabajo, comenzó a sentirse mal de repente. Un dolor intenso la doblegó. Sus compañeros llamaron de urgencia a una ambulancia. Laura abortó en una escena terrible delante de todos, en medio de un charco de sangre y un dolor físico y emocional desgarrador. La llevaron al hospital. Horas después, regresó a casa exhausta, pálida y con el corazón hecho pedazos. Al entrar, descubrió el horror: Su madre había cortado con tijeras todas las fotos de ella con Antonio. También había hecho trizas el vestido de bodas, reduciéndolo a un montón de retazos blancos esparcidos por el suelo.

Laura gritó, desesperada:—¡Mamá! ¿Pero qué haces? ¿Por qué has hecho esto? Filomena, desde su silla de ruedas, la miró con una frialdad escalofriante y respondió con voz áspera:—No quiero que recuerdes más a ese maldito hombre. Ni que salgas con él, ni que tengas un hijo con él. Hizo una pausa y añadió con una sonrisa torcida:—Además, ese aborto lo causé yo. Te he estado dando té de raíces especiales para abortar. No quiero a ese engendro aquí. Laura sintió que el mundo se le venía abajo. Ya era mayor como para tener hijos y esta había sido su única oportunidad. El dolor fue tan intenso que cayó desmayada al suelo, entre los pedazos de su vestido de novia y las fotos destrozadas.

Cuando Laura volvió en sí, seguía tirada en el piso, rodeada de los pedazos destrozados de su vestido de novia y las fotografías rasgadas de su vida con Antonio. El dolor físico y emocional la atravesaba como un cuchillo. Con esfuerzo, levantó la cabeza y vio a su madre alejándose lentamente en la silla de ruedas hacia la sala, sin siquiera mirarla. Filomena encendió el televisor como si nada hubiera pasado y se dispuso a ver su programa favorito, con la misma tranquilidad con la que preparaba el té todas las mañanas. Laura, aún en el suelo, con las lágrimas corriendo por su rostro, sintió que algo se rompía definitivamente dentro de ella.

Laura se secó las lágrimas con el dorso de la mano, respiró hondo y decidió que necesitaba un momento para recomponerse. Fue al baño, se duchó rápidamente, se vistió y salió a la calle. Solo iría al pequeño mercado de enfrente a comprar leche y pan, que se habían acabado en la casa. No tardaría más de diez minutos. Cuando regresó, la casa estaba en un silencio extraño. Llamó a su madre. No hubo respuesta. Desesperada, revisó habitación por habitación. Al entrar al baño, el horror la golpeó como un mazazo. Filomena estaba ahorcada. Había desenredado un perchero de metal, lo había amarrado con fuerza a un caño alto del baño y se había colgado. Su cuerpo colgaba inmóvil, con los pies apenas rozando el suelo. El rostro hinchado y morado, los ojos abiertos en una expresión de rabia congelada. Laura soltó un grito ahogado y cayó de rodillas. ¿Cómo era posible? Su madre apenas podía caminar sola. ¿Cómo había logrado, en solo diez minutos, desenredar un perchero, subirlo hasta ese caño y ahorcarse con tanta determinación? Parecía algo diabólico, algo que desafiaba toda lógica. Pero el fin de Filomena había llegado. La policía acudió al lugar. Hicieron un reporte rápido, clasificándolo como suicidio. Realmente a nadie le importaba demasiado el caso ni nadie indagó mucho sobre el asunto. La ciudad parecía respirar con alivio. Ramón, Laura y Melinguito fingieron dolor en el funeral, pero en el fondo sentían una paz extraña y liberadora. El mundo se había quitado de encima un peso mortal.

Después del suicidio de Filomena, la casa quedó en silencio durante semanas. Un silencio pesado, húmedo, como si la propia madera de las paredes estuviera conteniendo la respiración, esperando el momento de volver a gritar. Laura intentó seguir adelante. Vendió lo poco que quedaba de la propiedad y se mudó con Antonio. Trataban de reconstruir una vida normal: Antonio volvió al trabajo, Minina que se había ido a vivir con Laura su tía para acompañarlos, regresó a la escuela y

Laura consiguió un empleo de medio tiempo en una tienda. Pero la vieja no se había ido. Solo había cambiado de forma. Y ahora estaba más fuerte, más cerca, más hambrienta. La primera señal fue sutil, pero aterradora. Una noche de tormenta, Laura se despertó con la sensación de que alguien la observaba desde los pies de la cama. Al encender la luz de la mesita, vio, por un instante, la silueta borrosa de una mujer sentada en una silla de ruedas. No tenía rostro, solo dos puntos brillantes donde deberían estar los ojos. Laura gritó. Antonio encendió todas las luces. No había nadie. Solo un olor a humedad vieja y a ropa sucia que flotaba en el aire como un mal presagio. Minina, la hija de Melinguito, fue la primera en sufrir de verdad. Empezó a tener pesadillas todas las noches. Soñaba que una anciana con pelo crespo y canoso se sentaba en su cama y le susurraba al oído con voz húmeda y quebrantada: —Tú también me abandonaste... igual que tu madre. Ven conmigo, Minina. Abuela te va a cuidar. Una madrugada, Antonio se levantó a beber agua y encontró a Filomena en la cocina. Estaba de pie, sin silla de ruedas, con el cuello torcido en un ángulo imposible y un alambre invisible apretándole la garganta. Lo miró con odio puro y le dijo con voz ronca y gorgoteante: —Esta es tu culpa. Tú me quitaste a mi hija. Antonio retrocedió, tropezó y cayó. Cuando encendió la luz, la cocina estaba vacía. Pero en el suelo había una huella mojada, como si alguien hubiera arrastrado un cuerpo empapado. Al día siguiente, Antonio tenía marcas moradas en el cuello, como dedos huesudos que se habían clavado con saña. Laura empezó a encontrar cosas fuera de lugar. Fotos de su boda con Antonio aparecían rasgadas en el piso del baño. Vestidos y ropas que había guardado en una caja aparecieron hecho trizas dentro de la nevera. Una noche, mientras se duchaba, escuchó claramente la voz de su madre detrás de la cortina, tan cerca que podía sentir su aliento caliente en la nuca: —Nunca vas a ser feliz, asesina. Yo me encargaré de eso. Minina dejó de hablar durante días. Solo dibujaba lo mismo una y otra vez: Una anciana en silla de ruedas con una soga alrededor del cuello y ojos saltones que miraban directamente al que veía el dibujo. Debajo de cada dibujo escribía con letra temblorosa: "Abuela no se fue. Abuela está aquí" .Una noche, la presencia se volvió física. Laura se despertó porque sentía que alguien le apretaba el cuello. Abrió los ojos y allí estaba Filomena, flotando sobre ella, con el rostro hinchado y morado, la lengua afuera y los ojos saltones llenos de odio. La anciana susurró con una voz que parecía venir de debajo del agua: —Te lo advertí. Si no me querías a mí, no tendrías a nadie. Laura gritó con todas sus fuerzas. Antonio encendió la luz y la presencia desapareció, pero quedaron marcas rojas en el cuello de Laura, como dedos huesudos que se habían clavado con saña. Minina, desde su habitación, empezó a gritar también. Cuando entraron, la niña estaba parada en el centro de la habitación, señalando la esquina oscura. —Abuela está ahí… dice que nos va a llevar a todos con ella. Laura ya no aguantaba más. Llamó a un sacerdote, a un santero, a un psicólogo, a quien fuera. Nadie pudo hacer nada. La presencia era demasiado fuerte, alimentada por años de odio acumulado. Los objetos se movían solos. La temperatura bajaba de golpe. Se escuchaba el sonido lejano de una silla de ruedas rodando por el pasillo a las tres de la mañana, seguido de una risa ronca y húmeda que hacía que Minina se orinara en la cama de miedo. Antonio comenzó a tener ataques de ira inexplicables. Gritaba a Laura que todo era culpa de su madre, que nunca debió llevarla a la casa, que él nunca quiso tener a esa vieja loca cerca. Una noche, en medio de una discusión, se abalanzó sobre Laura y la golpeó contra la pared. Al día siguiente, se arrepentía llorando, pero las marcas en el cuello de Laura seguían allí, como un recordatorio de que Filomena ya estaba dentro de la casa… y dentro de ellos. Minina empezó a hablar sola en su habitación. Una tarde, Laura la encontró sentada en el piso, conversando con alguien invisible: —Sí, abuela… yo también te extraño. No, no quiero ir contigo todavía. Tengo miedo. Laura se acercó y Minina la miró con ojos vacíos y dijo con voz que no era suya: —Abuela dice que tú eres la culpable de todo, que la mataste. Que si no la hubieras abandonado, nada de esto habría pasado. Laura cayó de rodillas y lloró. Ya no era una casa. Era una prisión. La última noche, Filomena se apareció en el centro de la sala, ya no como una sombra, sino casi sólida. El cuello seguía torcido, aquel alambre invisible apretaba su garganta y de su boca salía una risa ronca. —Ahora todos van a saber lo que se siente estar solo —dijo. Entonces las luces parpadearon y se apagaron. Cuando volvieron, Minina estaba llorando en un rincón, Antonio tenía marcas de dedos en el cuello y Laura tenía un mechón de pelo blanco que no tenía antes. La casa olía a humedad y a carne quemada. Filomena no se había ido. Solo había decidido quedarse para siempre. Y cada noche, en esa casa, se escuchaba el sonido lejano de una silla de ruedas que se movía sola por el pasillo, y una voz anciana que susurraba con odio: —Esta es mi familia… y nadie me la va a quitar: —. Minina fue la primera en romperse del todo. Una mañana la encontraron en su habitación, con los ojos abiertos y una soga de juguete alrededor del cuello. No estaba muerta, pero ya no hablaba. Solo repetía en voz baja: —Abuela dice que me va a llevar con ella pronto. Antonio empezó a beber. Una noche, borracho, se encerró en el baño y Laura escuchó el ruido de algo cayendo. Cuando entró, encontró a su marido colgado de la barra de la cortina con una corbata. No logró ahorcarse del todo, pero quedó con daños permanentes en el cuello y en la mente. Desde entonces, cuando hablaba, su voz sonaba como la de Filomena. Laura fue la última. Una noche, sola en la casa, se sentó en el centro de la sala y esperó. Sabía que vendría. Y vino. Filomena apareció frente a ella, más sólida que nunca. Ya no flotaba. Caminaba con pasos lentos y pesados, arrastrando la silla de ruedas vacía detrás de sí como un trofeo. —Ahora sí eres mía —susurró la anciana, con la boca torcida en una sonrisa horrible—. Nadie te va a querer nunca más. Laura no gritó. Solo cerró los ojos y dejó que la oscuridad la envolviera. Al día siguiente, los vecinos llamaron a la policía porque olía a podrido. Encontraron a Laura sentada en el centro de la sala, con una soga alrededor del cuello y una sonrisa congelada en el rostro. Antonio estaba en el hospital psiquiátrico, repitiendo una y otra vez la misma frase: —Filomena dice que nos va a llevar a todos con ella. Minina fue enviada a un orfanato. Nunca volvió a hablar ni reconocía a sus padres, solo comía harinas y galletas y había engordado descontroladamente, estaba irreconocible. Y en el apartamento vacío, por las noches, se sigue escuchando el sonido lejano de una silla de ruedas que se mueve sola por el pasillo, y una voz anciana que susurra con odio: —Esta es mi familia: —nadie me la va a quitar. Nunca.

-IX-
El Trepador.

Esta es la historia de mi amigo el Trepador. ¿Y por qué lo llamábamos así? Bueno, en la escuela le pusimos ese apodo y se le quedó para siempre. Yo soy cubano, nací y crecí en Santiago de Cuba, en la zona de Oriente. Tuve la suerte —o la bendición— de estudiar siempre en la misma escuelita humilde llamada Camilo Cienfuegos, desde la primaria hasta el final de la secundaria. Allí compartí pupitre, juegos y travesuras con los mismos compañeros durante más de doce años. Fue en esa escuela donde conocí a Javier. Todos le decíamos Javi. Y ese Javi es al que, con el tiempo, se convirtió en "Javi el Trepador". Pero empecemos desde el principio, porque a pesar de todo lo que pasó después, todavía le guardo cariño. Allá por el año 1980, cuando éramos todavía unos niños flacos y llenos de energía, Javi venía de una familia muy integrada a la Revolución. Su madre era locutora de radio y se sentía profundamente orgullosa de su trabajo. Cada vez que la oíamos hablar por los altavoces de la escuela o en la emisora local, Javi se hinchaba de orgullo. "Esa es mi mamá", decía con la cabeza en alto, como si el mundo entero tuviera que saberlo.

Pero la familia de Javi no fue siempre comunista. Antes del triunfo de la Revolución en 1959, cuando Kacafún y sus discípulos aún no habían tomado el poder, los padres de Javi, Martín y Sara, eran profundamente religiosos. Provenían de una familia de pastores evangélicos muy respetados en la región, conocidos por su apellido: Los Abella. Martín Abella, Pedro Abella y José María Abella eran los ancestros directos de Martin, el padre de Javi. Eran hombres de fe firme, que predicaban con convicción en iglesias humildes y en casas particulares, y cuya influencia moral se extendía por varios pueblos de Oriente. La familia Abella representaba tradición, integridad y un cristianismo sencillo pero profundo. Todo eso cambió con el triunfo de la Revolución. La madre de Javi, Sara, se convirtió rápidamente en una ferviente revolucionaria. Se volvió locutora de radio y hablaba con orgullo de la nueva Cuba que se estaba construyendo. Su voz se escuchaba en muchas casas del barrio, proclamando consignas y celebrando los supuestos logros del proceso que finalmente llevarían a Cuba a la edad de piedra. Martín, el padre, aunque nunca fue tan entusiasta, terminó adaptándose por supervivencia. La fe de antaño se fue quedando en silencio, guardada en un rincón del corazón, mientras la familia abrazaba públicamente la nueva ideología. Javi creció en esa contradicción silenciosa: Por un lado, la casa llena de consignas revolucionarias y retratos de líderes; por el otro, los susurros ocasionales de los abuelos sobre "los tiempos de antes", cuando la familia Abella predicaba la palabra de Dios sin miedo. Y fue precisamente esa tensión interna, esa doble vida que se vivía en su casa, la que años después ayudaría a entender por qué Javi se convirtió en "el Trepador": siempre buscando subir, siempre buscando escapar hacia arriba, como si quisiera trepar por encima de los demás que lo rodeaban desde niño. El niño había salido igualito a la madre. Javi siempre estaba dispuesto en la escuela para cualquier tarea, especialmente aquellas que le permitían subir en la escala social. Trepar era su verdadera vocación; lo hacía con la agilidad y la insistencia de una ardilla. Era monitor de varias asignaturas, dirigía el lema del aula cada mañana, cuidaba el aula cuando las maestras salían a chismear en el pasillo y era el encargado de escribir en la pizarra con su letra clara y ordenada los nombres de los niños indisciplinados. Siempre se ofrecía voluntario para lo que hiciera falta, como si intuyera que cada pequeña responsabilidad era un peldaño más hacia arriba. Con los demás niños era agradable y pegajoso, siempre sonriente, siempre dispuesto a ayudar. En el fondo se creía bueno, convencido de que todo lo que hacía era necesario y justo. No era ambición descarada; era más bien una necesidad profunda de ser visto, de ser útil, de sentirse importante en un mundo donde su familia había tenido que reinventarse para trepar. Lo que nadie sabía entonces era que esa misma vocación de trepar, esa necesidad constante de ascender, lo acompañaría toda la vida... y lo llevaría tanto a lo más alto como a caer desde alturas que nadie imaginaba.

Tanto fue así que Javi Abella llegó a conseguir lo que muy pocos niños cubanos se atrevían siquiera a soñar. Viajó a Alemania comunista, antes de la caída del Muro de Berlín, como parte de una delegación juvenil. También fue elegido para posar en una fotografía junto a Fidel Castro y algunos de sus más cercanos discípulos. Para un muchacho de Santiago de Cuba, aquellas imágenes eran trofeos de oro: La prueba tangible de que había trepado alto, muy alto. El tiempo siguió su curso y nos hicimos jóvenes. Estudiamos juntos en la secundaria y luego en la universidad, y Javi "el Trepador" seguía siendo nuestro compañero de aula. Seguía subiendo, siempre subiendo. A principios de los años noventa, después de ciertas presiones internacionales y de que al propio Fidel "le saliera de los huevos", como decíamos en voz baja, el Comandante decidió que ya no era un pecado ser cristiano o religioso en Cuba. Dio luz verde a aquellos "compañeros" que quisieran ir a la iglesia libremente y seguir perteneciendo al Partido sin problemas. Obviamente, todo estaba regulado, controlado, tolerado y estrictamente supervisado por los órganos de inteligencia castristas. La fe volvió a ser permitida… pero bajo vigilancia.

Ahora Sara, Martín y el propio Javi querían regresar a la fe cristiana que habían abandonado décadas atrás. Se incorporaron a una iglesia Bautista del barrio y, con el paso del tiempo, lograron emparejar el retraso acumulado. Presumían, con una naturalidad que rayaba en la convicción, de que nunca habían abandonado realmente la fe. Cuando alguien les preguntaba cuántos años llevaban en la iglesia, respondían con orgullo:—Muchísimos. Desde nuestros antepasados, los Abella. Decían aquello como si la interrupción de varias décadas bajo el ateísmo oficial nunca hubiera existido, como si la fe hubiera permanecido latente en la sangre familiar, esperando el momento oportuno para resurgir. Los Abella volvían a ser lo que siempre habían sido: Una familia de creyentes. Javi, por su parte, trepó también en este nuevo terreno. Pronto se convirtió en diácono, en líder de jóvenes y en uno de los más activos de la congregación. Usaba su facilidad para hablar en público, su carisma y esa habilidad suya para "subir" en cualquier escala que se le presentara. En la iglesia también trepaba, siempre trepaba. Pero en el fondo, para quienes lo conocíamos desde niño, quedaba la sensación de que Javi no había vuelto a la fe por convicción profunda, sino porque había encontrado otra escalera que valía la pena subir.

Nos graduamos como ingenieros y, casi de inmediato, el joven Javi anunció que quería estudiar para ser pastor. No se conformaba con ser solo un líder de la iglesia local; aspiraba a más. Quería subir, siempre subir. Yo, que ya me había convencido de que Dios estaba desde el cielo mirándolo todo, decidí acompañarlo. Juntos dejamos nuestros trabajos y entramos al seminario bautista. Una vez allí, el suave y pegajoso Javi comenzó a trepar de nuevo. Se hizo amigo rápido de los profesores, mencionaba en cada clase de historia el apellido de sus abuelos —los Abella— y contaba con orgullo cómo ellos habían plantado las primeras iglesias evangélicas en la región. Hablaba de su legado pastoral, de cómo la fe la traía "en la sangre" y, de repente, ya no hablaba nada de Revolución. El niño que había posado con Fidel y viajado a Alemania comunista parecía haber desaparecido por completo. Estando ya en el segundo año del seminario, un día Javi me llamó aparte, en un rincón del patio. Miró a ambos lados para asegurarse de que nadie nos escuchaba y, con una seriedad que no le conocía, me dijo:—Marcos... (perdón, debí haber dicho mi nombre desde el principio de esta historia, pero ahora es que me acuerdo). Sobre la foto con Fidel y el viaje a Alemania... que eso se quede aquí entre nosotros. Te lo pido por favor. Me quedé mirándolo un segundo. El Trepador, siempre trepando, ahora quería borrar los peldaños que ya no le servían.

En el seminario Javi siempre se destacaba. Ahora tenía una frase que repetía constantemente y que lo acompañaría para siempre:—"Amor. Mucho amor. Lo que la iglesia necesita es amor". Lo decía en cualquier contexto: En las clases, en las reuniones de estudiantes, en las oraciones grupales. Era su muletilla, su bandera. Si había una reunión disciplinaria porque algún estudiante o trabajador del seminario había cometido una falta grave —y muchas veces era el propio Javi quien había denunciado la conducta indecente entre los alumnos—, cuando llegaba el momento decisivo, delante de los pastores que tenían la autoridad de expulsar al implicado, Javi se ponía de pie y, con voz solemne, decía:—Démosle una oportunidad, la iglesia debe mostrar su amor. Nos dejaba a todos con la boca abierta. Porque él mismo había sido quien señalaba el error, quien susurraba en los pasillos y quien sembraba la semilla de la denuncia... pero en el momento clave aparecía como el defensor de la misericordia, el que predicaba amor y perdón. Javi siempre destacándose. Siempre trepando.

Al final nos graduamos. Yo había aprendido mucho en el seminario: Biblia, teología, historia de la fe y las tradiciones bautistas. Pero también aprendí otras cosas, menos santas. Aprendí que los profesores del seminario no se diferenciaban en casi nada de los de la universidad, salvo en un detalle importante: Los de la universidad, por lo menos, no fingían ser santos. Los profesores del seminario abrían nuestras cartas, nos sacaban el dinero que llegaba de familiares con toda impunidad, nos juzgaban constantemente y nos daban clases morales que ellos mismos jamás cumplían. Aquel lugar parecía un colador espiritual:

Todo lo bueno se escapaba entre las mallas, mientras retenía la basura de este mundo. Al terminar, yo ya no sentía que pertenecía más a ese ambiente. Había entrado buscando a Dios y salí con una fe más desnuda, más personal… y con una profunda desconfianza hacia las instituciones que decían representarlo. Javi, en cambio, se graduó con honores y una sonrisa que nunca se le borraba del rostro. Para él, el seminario había sido solo otra escalera más que había trepado con éxito.

Una vez le confesé a Javi mis desacuerdos y contradicciones con la fe cristiana. Había estudiado mucho la Biblia y, mientras más la leía, más descubría en ella exactamente lo contrario de lo que se predicaba en el seminario. No podía ser así. O era de otra forma, o simplemente no era. La Biblia no me parecía un libro pedagógico; me parecía un instrumento de manipulación que había servido a lo largo de la historia para justificar los sistemas más crueles. La iglesia, por su parte, había apoyado a reyes, dictadores y esclavistas sin asumir nunca responsabilidad ni consecuencias. La gente creía porque quería creer, como cualquier otro que cree en cualquier otra cosa en cualquier parte del mundo. No por convicción profunda, no por una fe real, no por evidencias ni por un testimonio vivo. Eso, que debería haber sido la excepción, era la regla. Javi me escuchó con la misma expresión que tendría alguien que oye hablar a un caballo. Cuando terminé, me respondió con esa calma suya tan característica:—Es cierto… pero ¿a dónde vas a ir? En la cola de la carnicería también hay gente así. ¿O qué crees, que este mundo es santo? Me quedé callado. Dentro de mí pensé: «Sí, pero en la cola de la carnicería nadie predica al Dios vivo ni se cree santo». No se lo dije. Abandoné el tema con Javi. Con él no se podía razonar. Era como cuando adoraba a Fidel, solo que ahora no podía hacerse una foto con Cristo mismo.

«Dios es un Dios bueno», cansaba de repetir Javi por doquier. Ya no era solo "amor y mucho amor". Desde aquella conversación en el seminario, había añadido una nueva frase a su repertorio: «Dios es bueno». La repetía constantemente, con esa sonrisa suya que parecía no cansarse nunca. Decía que Dios traía buenas cosas a sus hijos, que era un Dios de amor y que solo había que tener fe. Los dos nos habíamos casado con muchachas de la iglesia. Javi y su esposa tuvieron dos hijos varones, que eran la niña de sus ojos. Mi esposa, en cambio, era estéril. Por más que lo intentamos durante años, jamás pudimos concebir. Cada vez que nos veíamos —nuestras iglesias estaban lejos, así que no era frecuente—, Javi me repetía lo mismo:—Debes orar más, Marcos. Dios es bueno. Es un Dios de amor. Si tienes fe, Él te va a bendecir. Lo decía como si viera a Dios todos los días, como si tuviera línea directa con el cielo. Pero mis oraciones parecían caer en el vacío. Poco a poco fui orando menos. Ya no entendía por qué tenía que rogarle tanto a Dios cuando yo era un joven normal, que hacía su trabajo lo mejor que podía y que lo poco que había conseguido lo había logrado sin trepar sobre nadie. Javi, mientras tanto, seguía subiendo. Tenía dos hijos sanos y fuertes, una esposa devota y una congregación que lo admiraba. Poco a poco empezó a apartarse de mí. En las reuniones de pastores, entre compañeros, dejaba caer comentarios velados: Que, si no tenía hijos, algo debía andar mal en mi matrimonio, que la bendición de Dios no estaba llegando porque quizás faltaba fe, o porque había algún pecado oculto. «Dios es amor», repetía.

Pero sus palabras empezaban a sonar cada vez más como un juicio disfrazado de consuelo. Yo lo miraba y pensaba en silencio:

«Tú sigues trepando, Javi. Ahora hasta en la iglesia. Y yo… yo solo estoy aquí, intentando no caerme».

El tiempo seguía su curso. En una reunión con una delegación de Brasil que visitaba mi iglesia, conocí al rector de uno de los seminarios bautistas más grandes y prestigiosos de ese país. Hablamos durante horas en el portal de la iglesia. Él se interesó en mi forma de expresarme, en mis preguntas y en la honestidad con que hablaba de las dificultades de la fe. A mí, por mi parte, me levantó un poco el ánimo descubrir que todavía existían hombres de fe en quienes se podía confiar. Antes de marcharse, me hizo una propuesta inesperada:—Te invito a estudiar un profesorado en nuestro seminario. Sería por dos años, con todos los gastos pagos para ti y tu esposa. Es una especialidad en lenguas antiguas: Hebreo, griego y otras materias relacionadas. Creo que te haría bien. Me dejó toda su información de contacto y se fue de regreso a Brasil. Yo me quedé pensativo, casi aturdido. De verdad estaba disgustado con el rumbo que había tomado mi vida. Ya no sabía cómo responder a las necesidades reales de los miembros de mi congregación. Decirles "ora y Dios proveerá" me parecía cada vez más facilista y escapista. Sabía que, en la mayoría de los casos, nada cambiaría en sus vidas a menos que fuera por pura casualidad. Estaba cansado de oír testimonios vacíos: Sobre la grandeza de Dios porque alguien se salvó de un incendio mientras cientos, incluyendo niños, morían calcinados; o porque un avión cayó y una vieja sobrevivió mientras los demás trecientos pasajeros se habían hecho pedazos. Todo aquello me mareaba internamente. Me sentía un verdadero vago, un impostor que predicaba esperanza mientras él mismo se ahogaba en dudas. Aquella invitación de Brasil llegó como un soplo de aire fresco… pero también como una nueva encrucijada. ¿Debía irme? ¿Era eso lo que necesitaba para reencontrar sentido?¿O estaba simplemente huyendo de nuevo? Por primera vez en mucho tiempo, sentí que tenía que tomar una decisión que no dependía de trepar ni de complacer a nadie. Solo de mí.

Llamé a Javi esa misma tarde y le conté todo con detalle. Su respuesta fue rápida y característica suya:—No te preocupes, Marcos. Descansa hoy, no hables del tema con nadie más. Mañana tú y yo hablamos con calma. Esa misma noche, sin avisar, Javi apareció en mi casa. Había rentado un vehículo y manejado varias horas solo para llegar. A las seis de la mañana ya estaba sentado frente a mí en la mesa del desayuno, con una taza de café con leche en la mano y los ojos brillantes de entusiasmo.—No sabes lo que tienes en las manos, mi amado Marcos —me dijo con esa convicción que solo él podía tener—. Esta es nuestra oportunidad de crecer espiritualmente. A ti te va a resultar más fácil que a mí. Vas a poder leer la Biblia en los idiomas originales, vas a entender muchas cosas que ahora te generan dudas y, sobre todo, vas a calmar esa tormenta que llevas dentro. Hizo una pausa, miró hacia el techo como si estuviera viendo un futuro glorioso y continuó:—Imagínate cuando regresemos. Seremos pastores que estudiaron en el exterior. Las iglesias van a hacer filas para escogernos. Seremos personajes importantes, como mi abuelo Abella… o quién sabe si mejores, porque mi abuelo Abella no sabía hebreo. Yo casi me atraganté con el pan mientras lo miraba. Allí estaba Javi, el Trepador de siempre, convertido ahora en un visionario espiritual. Sus ojos brillaban con esa mezcla de fe y ambición que lo había acompañado desde niño. Para él, Brasil no era solo un seminario; era otra escalera más alta, más brillante. Yo, en cambio, solo veía una puerta entreabierta hacia algo que aún no lograba entender del todo. Una parte de mí quería creer que era una oportunidad real para sanar mis dudas. Otra parte, la más cansada, solo se preguntaba si no estaría escapando una vez más. Pero Javi ya había empezado a trepar en su mente. Y cuando Javi empezaba a trepar, era muy difícil detenerlo.

Pero había que reconocer algo importante: Javi me sacaba un poco de esa alegría que me faltaba. Era una fuente de entusiasmo perpetuo, casi inagotable, y en aquel momento yo la necesitaba como el aire. Si iba a viajar a Brasil, lo haría con él y su esposa, o no iría nadie. Era mi amigo desde que éramos niños. Lo quería de verdad y no podía imaginar dejarlo fuera de algo tan importante. Le dije:—Mañana mismo llamo al rector a Brasil y le pido que te incluya a ti y a tu familia en la invitación. Javi sonrió con esa mezcla de picardía y determinación que lo caracterizaba y respondió sin titubear:—No, mi querido Marcos. Vamos a llamar ahora mismo. Y esta llamada va por mí. Lo que cueste, yo lo pago. Tomamos el teléfono en ese instante. Llamé al rector brasileño, Adriano Dasilva, y le expliqué la situación tal como Javi me había indicado. Le dije que sería mucho más beneficioso para nuestro seminario si al menos dos pastores podíamos ir a estudiar, que así diversificaríamos el conocimiento y traeríamos más herramientas de vuelta. Mientras hablaba, Javi me hacía señas constantes que yo apenas entendía, moviendo las manos y susurrando correcciones que me ponían nervioso. Adriano me escuchó con atención y respondió con amabilidad:—Lo entiendo, Marcos. Pero tengo que consultarlo con la junta directiva. Solo tenemos presupuesto aprobado para una familia. En unos días te daré una respuesta. Colgué el teléfono. Javi me miró con los ojos brillantes, como si ya estuviera viendo el futuro que él había imaginado.—Tranquilo —me dijo—. Todo va a salir bien. Dios está en esto. Yo solo asentí, pero en mi interior sentía una mezcla extraña: Esperanza, cariño hacia mi amigo de toda la vida… y una leve inquietud que no lograba quitarme de encima.

Al mes de estar esperando respuesta —con Javi llamándome casi todos los días para preguntar si ya había noticias—, finalmente llegó el correo de Adriano Dasilva. Decía que sí.

Que las dos familias podían viajar. Me pedía que le enviara de inmediato el correo electrónico y el teléfono de Javi para que tuviera igualmente los contactos. Adjuntaba también un grueso paquete de documentos que debíamos llenar y firmar: Formularios de inscripción, cartas de recomendación, certificados médicos, planes de estudio y compromisos de regreso. Nos advertía con claridad:

«No me llamen directamente a menos que sea de extrema necesidad. Cuando todo esté completo, envíenme los documentos por correo electrónico y esperen mi respuesta». Leí el mensaje varias veces, sintiendo una mezcla de alivio y una leve presión en el pecho. Todo empezaba a moverse de verdad. Cuando se lo conté a Javi, su reacción fue inmediata y previsible: Euforia pura. Para él no era solo una oportunidad académica; era el siguiente escalón en su ascenso personal. Ya se veía regresando como un pastor formado en el extranjero, con más autoridad, más prestigio y, seguramente, más puertas abiertas. Yo, en cambio, sentía una extraña inquietud. Era la puerta que había pedido… pero también el comienzo de algo que aún no lograba ver con total claridad.

Seis meses pasaron. Por mi parte preparé todo lo necesario para el viaje: vendí algunas cosas personales, reuní el dinero para los pasajes y envié por correo electrónico los formularios y documentos debidamente llenos, tal como nos habían indicado. Javi hizo lo mismo, aunque con su habitual entusiasmo desbordado. El día llegó. Fuimos juntos a la embajada de Brasil en Cuba y nos entregaron las visas: Para mí y mi esposa, y para Javi, su esposa y sus dos niños. Todo estaba en orden. Luego, los seis tomamos el avión hacia Brasil, la "tierra de fuego", como algunos la llamaban. Estábamos profundamente emocionados. Ninguno de nosotros había salido nunca de Cuba. Mientras el avión ascendía, miré por la ventanilla mi isla bonita, que se iba haciendo cada vez más pequeña. La vi oscurecida por un régimen que, apoyado por los terroristas más importantes del mundo, se había sostenido en el poder durante décadas. Fue la última vez que vi mi tierra desde el aire, jamás volvería a ella. No lo sabía entonces, pero esa imagen de Cuba alejándose bajo las nubes se quedaría grabada en mi memoria para siempre.

Cuando llegamos a Brasil quedé sorprendido desde antes de bajarme del avión. Javi ya tenía puesta una chaqueta gruesa y su esposa y los niños iban bien abrigados, como si supieran exactamente lo que les esperaba. Yo, en cambio, llevaba una simple T-shirt blanca con el rostro del Cristo Redentor impreso, y mi esposa un vestido ligero y tropical. Me dije para mis adentros: «¿Este Javi está loco? ¿Por qué viene vestido así?» Al bajar del avión, el frío nos golpeó como una bofetada. Era un frío insoportable, de esos que no existen en Cuba. Casi nos congelamos mi esposa y yo. Me sentí irresponsable por no haber chequeado la temperatura del país el día que llegaríamos. Cuando entramos al salón principal del aeropuerto, la sorpresa fue aún mayor. Había toda una delegación de hermanos de diferentes iglesias esperándonos, incluyendo al rector Adriano y su esposa. Todos sostenían carteles que decían: "Javi", "Javi", "Javi". Nos quedamos más fríos que el invierno que caía afuera. «¿De dónde toda esta gente conoce a Javi?», pensé. Yo sabía que él había ido a Alemania cuando era niño por ser el chivatón más importante de la escuela, pero ¿a Brasil? Jamás había mencionado nada. Además, este era mi viaje. Yo lo había invitado a él. Mientras los abrazos y las bienvenidas se multiplicaban alrededor de Javi, yo permanecía un paso atrás, con mi T-shirt del Cristo Redentor y una sensación creciente de que algo no encajaba.

El rector Adriano abrazó efusivamente a Javi y lo besó en ambas mejillas. Todos reían y celebraban a su alrededor, mientras a mí me tomaban del brazo unos desconocidos de la misma delegación y nos decían con frialdad:—Por aquí, hermanos. Los llevaremos al edificio donde vivirán. En ese mismo edificio, pero en otro apartamento, también irían Javi y su familia, acompañados personalmente por el rector y su esposa. Cuando llegamos a nuestro apartamento, nos quedamos helados. Estaba completamente vacío. No había muebles, ni cama, ni nada. Solo unos edredones tirados en el piso. El frío era tremendo, de esos que se meten en los huesos y no existen en Cuba. Les dije a las personas que nos habían traído:—El frío es insoportable…Ellas respondieron con naturalidad:—Pueden prender los fogones de gas y dejarlos encendidos toda la noche. Eso ayudará a menguar un poco la frialdad del apartamento. Así lo hicimos. Mi esposa y yo dormimos esa primera noche abrazados en el piso, bajo uno de aquellos edredones delgados, tiritando de frío y de desconcierto. Al día siguiente, mientras nos levantábamos y nos preguntábamos «¿Y ahora qué?», tocaron fuertemente a la puerta. Era Javi, con una sonrisa radiante en el rostro.—¡Vengan a desayunar a mi apartamento! —nos invitó con entusiasmo. Cuando entramos, nos quedamos mudos. Su apartamento era de tres habitaciones, increíblemente espacioso y bien amueblado. Había televisor, una mesa llena de regalos, cajas de bombones, cajas de agua en el piso y un refrigerador repleto de carne, leche, huevos y todo tipo de provisiones. Lo miré. Sentí que el primate que aún guardaba en lo profundo de mí —ese que venía de hace millones de años— despertaba de golpe. Lo tomé por el brazo con fuerza y lo jalé hasta el balcón, fuera de su apartamento.—Oye, maricón —le dije entre dientes—, ¿qué cojones es todo esto? Javi abrió los ojos como platos y respondió con cara de inocente:—No sé de qué me hablas, Marcos… ¿Acaso a ti no te dieron lo mismo? Lo miré fijamente, con la intención clara en los ojos de echarlo por el balcón del cuarto piso si era necesario.—Mira, Javi, no te hagas el loco. Dime ahora mismo qué es todo esto… o vas a conocer a Cristo ahora mismo.

Javi bajó la mirada, visiblemente apenado, y comenzó a hablar con voz baja:—Lo que pasa es que tú a ellos no les escribías… Yo les escribí desde Cuba. Anoté sus cumpleaños, les mandaba mensajes, y cada semana hacía una llamada para saber cómo estaban y contarles un poco de nosotros. Me quedé mirándolo fijamente, sintiendo cómo la rabia y la decepción subían por mi pecho.—Ellos pidieron expresamente que no los llamáramos a menos que fuera necesario —respondí con tono seco—. Yo solo seguí sus instrucciones, Javi. En ese momento todo encajó. Entendí por qué sabían del frio que nos esperaba, Entendí por qué el rector y los demás nos trataban con tanta reserva, casi con frialdad, mientras a Javi lo recibían como a una estrella. Entendí que él había estado tejiendo su red desde mucho antes de que llegáramos, hablando de sí mismo, posicionándose, y seguramente hablando también de mí… pero no de la mejor manera. Ahora Javi ya era, en aquel nuevo lugar, la estrella de la mañana. El Trepador había vuelto a trepar, esta vez en suelo brasileño, y lo había hecho sobre mi espalda. Lo miré a los ojos sin parpadear. Ya no era el niño de la escuela ni el compañero de seminario. Era el mismo Javi de siempre: El que siempre encontraba la forma de subir, aunque tuviera que dejar a los demás abajo. Así comenzó nuestra entrada en el seminario. Estudiaríamos hebreo, griego, teología avanzada y otras materias que, según nos decían, nos harían mejores pastores. Para mí, con el paso de los meses, todo aquello terminó sirviéndome principalmente para limpiarme el culo. El seminario era imponente: Edificios modernos, bibliotecas bien surtidas, profesores con títulos largos y estudiantes de varios países. Javi se movía allí como pez en el agua.

Rápidamente se hizo amigo de los profesores, participaba en todas las actividades extras, ofrecía ayuda en los cultos y siempre tenía una frase espiritual lista para cualquier ocasión. Yo, en cambio, me sentía cada vez más fuera de lugar. Estudiaba con seriedad, pero cuanto más profundizaba en los textos originales, más crecían mis preguntas y menos respuestas encontraba. Las clases de hebreo y griego me permitían leer la Biblia sin filtros, y lo que veía no siempre coincidía con lo que se predicaba en las iglesias. Mientras tanto, Javi brillaba. Se convirtió en el favorito de muchos profesores y en poco tiempo ya era uno de los líderes entre los estudiantes extranjeros. Yo lo observaba desde un rincón, recordando al niño que trepaba en la escuelita de Santiago de Cuba. El Trepador no había desaparecido; simplemente había encontrado una escalera más alta. Y yo… yo seguía allí, tratando de entender si realmente había venido a fortalecer mi fe o a terminar de perderla.

A Javi le consiguieron rápidamente una iglesia para que pastoreara en un lugar cercano al seminario. Era una congregación decente, con un buen salario que cubría holgadamente sus gastos y los de su familia. A mí, en cambio, me tocó trabajar en los altos techos del seminario: Removiendo tejas viejas, cargando materiales y pintando paredes descascaradas bajo un sol que quemaba o bajo la lluvia que calaba hasta los huesos. Era un trabajo duro, mal pagado y humillante para alguien que había llegado como estudiante de teología. Al cabo de un mes, no aguanté más. Una noche, en secreto, le dije a Javi:—Javi, no puedo más con esto. Mi esposa y yo nos vamos. Él me miró con esa expresión que yo ya conocía tan bien y respondió sin titubear:—Yo no, amigo Marcos. Yo vine aquí a estudiar. No puedo hacerle eso ni a Adriano ni a su esposa. Ah, por cierto hablando de esposas, la esposa de Javi era terapista desde Cuba, y ya también les daba masajes a los profesores más importantes, incluyendo a la mujer del rector… en su propia casa. Olvidaba contarles de ella, de la "Bicha" —como yo la llamaba en mi mente— también trepaba, casi más trepadora que él era aquella guajira. Mientras yo cargaba tejas y pintaba paredes, ella masajeaba espaldas de gente importante y Javi pastoreaba una iglesia con sueldo fijo. El Trepador y su compañera seguían subiendo, cada uno a su manera. Yo solo sentía que cada día bajaba un escalón más.

Pero Javi olvidó preguntarme a dónde me iría. Asumió, como era lógico, que regresaría a Cuba. Y esta vez yo no le dije nada. Planifiqué todo en secreto. Hice llamadas, conseguí cartas de invitación y, al cabo de seis meses en Brasil, obtuvimos las visas para los Estados Unidos. Mi esposa y yo ya no queríamos, ni podíamos, volver a Cuba. La noche antes de la partida, con el taxi ya reservado para las cuatro de la mañana, me acerqué a Javi en la biblioteca del seminario. Estábamos solos.—Javi, tenemos que hablar. Él cerró la Biblia con delicadeza, como si no quisiera aplastar a Cristo, y me miró con curiosidad.—Dime, ¿cuál es la nueva?—Mañana me voy —dije sin rodeos.—¿A dónde te vas? —preguntó, extrañado.—Me voy para los Estados Unidos. Mi esposa y yo. Javi soltó una carcajada sonora, casi incrédula.—Ahora sí te volviste loco. Saqué los dos pasaportes cubanos —grises, color caja de muerto— con las visas americanas estampadas y los dos pasajes de Avianca. Se los extendí. Javi me los arrebató de la mano y se quedó paralizado, como un niño a quien le acaban de robar la bicicleta. Sus ojos iban de los documentos a mi cara y de vuelta a los documentos.—¿Pero cómo lo hiciste? ¿Por qué no me dijiste, Marcos?—Te lo dije —respondí secamente—. Y tú me contestaste que habías venido a estudiar. Se hizo un silencio pesado. Javi seguía mirando los pasaportes como si no pudiera creerlo. Luego, con voz baja, le pedí:—¿Me puedes acompañar mañana en el taxi hasta el aeropuerto? Para despedirme. Él asintió lentamente, moviendo la cabeza como quien está muriendo por dentro.

Así fue. Durante todo el trayecto hacia el aeropuerto, Javi no pronunció una sola palabra. Iba sentado a mi lado, mirando por la ventanilla con la mirada perdida, como si estuviera procesando algo demasiado grande para expresarlo. El silencio era denso, incómodo, lleno de todo lo que no nos dijimos en años. Cuando llegamos y bajamos del taxi, se volvió hacia mí. Su rostro estaba serio, casi triste. Me dio un abrazo fuerte, de esos que duran un segundo más de lo normal, y me dijo con voz ronca:—No te olvides que somos amigos para siempre, Marcos. Nos mantendremos en contacto. Asentí. No le contesté nada más. Nunca le conté con exactitud cómo lo había hecho. Ni cómo había logrado las visas, ni las cartas de invitación, ni todo el proceso que me llevó a salir de Brasil hacia Estados Unidos. Guardé esos detalles para mí. Era mi decisión, mi camino, y en ese momento sentí que compartirlos sería como entregarle otra escalera para trepar. Nos despedimos en la puerta de embarque. Él se quedó allí, de pie, viéndome alejarme con mi esposa. No sé si en ese instante entendió que esa era la última vez que nos veríamos como amigos de verdad. Yo sí lo supe. Mientras caminaba hacia el avión, con mi esposa a mi lado y Cuba cada vez más lejos en el pasado, sentí una mezcla extraña: Alivio, tristeza y una libertad que no había probado en mucho tiempo. Javi el Trepador se quedaba atrás, en Brasil, trepando en otro seminario. Yo empezaba, por fin, a caminar mi propio camino y esta vez fuera de la iglesia para siempre. Había aprendido una verdad absoluta: La ola siempre te lleva más lejos que el nadar persistentemente. Y ahora la ola se movía a mi favor. ¿Pero qué creen? ¿Qué Javi se quedaría ahí quieto? Ese mismo día comenzó a moverse. Fue a la embajada de Estados Unidos muchas veces, pidiendo visa con su mejor sonrisa y su discurso más pulido. Pero esta vez no le funcionó. Tanto insistió que al final a él y a su esposa les dijeron claramente que no se aparecieran más por allí. Ya no le interesaba estudiar hebreo ni griego. Brasil se le había quedado pequeño. Quería subir, siempre subir. Tuvo que quedarse en Brasil casi diez años más, trepando como pudo en iglesias locales, haciendo contactos y esperando su momento. Hasta que finalmente, después de una década de insistencia y maniobras, logró llegar a los Estados Unidos. Llegó el Trepador. Como un depredador que busca a quién devorar, con su cancioncita de sirena en la boca y los ojos atentos a ver en qué iglesia se podía colar, a quién podía pasar por encima con sus ruedas de seda. Ya no era el niño de Santiago de Cuba ni el estudiante entusiasta del seminario. Era Javi Abella, el que siempre encontraba la forma de trepar, aunque tuviera que dejar a otros atrás. Y yo, que lo conocía desde niño, sabía perfectamente que su llegada no era casualidad. Era solo cuestión de tiempo para ver dónde plantaría la próxima escalera. Siempre me llamaba, sobre todo al principio de esos diez años. Pero cuando se enteró de que yo ya no iba a la iglesia, poco a poco se fue olvidando. Así es la iglesia, como los partidos políticos: Cuando te separas, dejas de existir para ellos. La amistad solo vale mientras estás dentro. "Como el viejo refrán de Kacafun, con la caca todo y sin la caca nada".

Fuera de ese círculo, nada es real; todo es una mentira conveniente. Yo ya estaba cansado de todo eso. Solo quería llevar una vida normal, sin fingimientos, sin tener que justificarme ante nadie. Pero una vez que Javi llegó a Estados Unidos, volvió a buscarme. Yo, por entonces, ya no iba a la iglesia. Me había hecho agente de bienes raíces y, en mi tiempo libre, escribía algunas novelitas donde hacia catarsis en ellas. Una tarde me llamó. Su voz sonaba agotada, rota: —Marcos, la vida me está matando… las cosas no me están saliendo como yo quería. Ya era pastor, había "derribado" a algunos por el camino, pero su hijo mayor había salido del closet y lo manifestaba con orgullo. Para la iglesia bautista, aquello era un escándalo. Yo le respondí con sinceridad:—¿Cuál es el problema? Si tu hijo quiere ser gay, eso es asunto suyo y de nadie más. Pero Javi insistía:—La iglesia no lo ve bien… estoy perdiendo el favor de los miembros. Así fueron las llamadas durante un tiempo. Luego dejó de llamarme. Yo conocía al muchacho. Era una persona sana, agradable y muy inteligente. Nunca entendí por qué a Javi le importaba tanto que su hijo fuera homosexual. Ah, claro… ahora recuerdo: La Biblia dice claramente en 1 Corintios 6:9-10 que los afeminados y homosexuales se irían al infierno. Pero bueno, también dice lo mismo de los mentirosos, los trepadores, los calumniosos y los hipócritas. No entendía cuál era el verdadero problema de Javi. Si al final había infierno, él sería de los primeros en la fila. Pero para mí no era ningún problema. Yo ya no creía en la Biblia, ni en Cristo, ni en la madre de los tomates, y mucho menos en el infierno. No era por ignorancia, como la mayoría. Todo lo contrario. Yo era un maestro de la Biblia. Había estudiado los textos originales en hebreo y griego, conocía los contextos históricos, las contradicciones, las manipulaciones y las interpretaciones interesadas que se habían hecho a lo largo de los siglos. Muchos pastores de mi tiempo no hubieran tenido el coraje de sentarse frente a mí a refutarme. Sabían bien quien yo era. Y yo sabía bien quién eran ellos. Simplemente había dejado de creer. No fue un arrebato emocional ni una rebeldía juvenil. Fue el resultado de años de leer, comparar, cuestionar y, finalmente, aceptar lo que veía con claridad: Que gran parte de lo que se predicaba era más una construcción humana de control y consuelo que una verdad divina absoluta. Javi, por supuesto, no lo entendía. Para él, mi distancia de la fe era una especie de traición personal. Seguía llamándome de vez en cuando, siempre con esa mezcla de preocupación y superioridad disfrazada de amor fraternal:— Marcos, ora un poco más… Dios es bueno, hermano. Yo sonreía con tristeza y cambiaba de tema. Ya no tenía fuerzas ni ganas de discutir. Él seguía trepando en su mundo de iglesias y congregaciones. Yo solo quería vivir en paz, sin tener que fingir una fe que ya no sentía y obviamente rompiéndome el trasero en el mundo real y corporativo mientras Javi hablando heces se ganaba la vida desde el pulpito. Pasaron los días, los meses y algunos años. Un día Javi volvió a llamar. Su voz sonaba entrecortada, rota, como si las palabras le pesaran demasiado.—Marcos… mi hijo menor… se compró una moto en contra de nuestra voluntad. Tuvo un accidente. Acaba de morir. Me quedé en silencio. Conocía a ese muchacho desde pequeño, igual que al mayor. Recordé sus risas, sus travesuras, la forma en que me llamaba "tío Marcos". En ese instante sentí un dolor profundo, sincero. Lloré con mi amigo al teléfono, compartiendo su duelo como en los viejos tiempos. Javi, entre sollozos, repetía una y otra vez:—No entiendo… Dios es bueno. Dios solo da cosas buenas a sus hijos. ¿Por qué me pasa esto a mí? También me contó que la iglesia estaba apartándose de él. Que se murmuraba en los pasillos y en las reuniones: "Si Dios es amor y tan bueno, ¿cómo es posible que, a Javi, el gran pastor, le pasen estas cosas?" Yo intenté consolarlo con la verdad que había aprendido con los años:—Javi, esas cosas pasan a diario en el mundo. Dios no tiene nada que ver con cada accidente, cada enfermedad o cada muerte. La vida es así… frágil e impredecible. Pero él estaba desesperado. La iglesia le estaba dando su propia medicina. Nadie quería un pastor a quien le ocurrieran tantas tragedias. El “hombre de fe” que siempre había trepado con sonrisas y frases espirituales ahora era visto como alguien marcado por la desgracia. Las miradas compasivas se convertían en murmullos y distancia. Por primera vez, el Trepador parecía estar cayendo. Y yo, al otro lado del teléfono, solo podía escuchar y recordar al niño que trepaba en la escuelita de Santiago de Cuba y al joven que soñaba con ser alguien importante. La vida, al final, nos había puesto a los dos frente a frente con la misma verdad: Ni la fe, ni el trepar, ni las frases bonitas protegen de lo que duele de verdad.

Luego me enteré de que Javi había perdido el “pastorado”. La iglesia, que tanto lo había aplaudido mientras subía, ahora lo miraba con distancia y desconfianza. Las tragedias acumuladas —la muerte de su hijo, los rumores, la sensación de que “algo andaba mal” con él— terminaron pesando más que sus frases de “Dios es bueno” y “mucho amor”. Lo apartaron con suavidad pero sin piedad. Poco después, su esposa —la “Bicha”, como yo la llamaba en privado— también lo dejó. Se fue con otro, un pastor viudo que le llevaba vente años a ella y no miró atrás. Javi se quedó solo y sin trabajo. Empezó a vivir de prestado: Un día en casa de un miembro de la iglesia, otro día en la de un amigo, siempre con la maleta a cuestas y la sonrisa cada vez más forzada. Hasta que una mañana llegó la noticia que nadie esperaba, pero que, en el fondo, muchos vimos venir. Un pastor conocido, alguien que también había estudiado en el seminario, me llamó y me lo contó con voz baja y consternada:—Javi... el gran pastor, el que todos conocíamos como "el trepador"... esta vez trepó de verdad. Hizo una pausa pesada y continuó:—Se trepó con una soga en la mano. En la troza central de la casa de un diácono, en medio de la oscuridad de la noche, se ahorcó. Me quedé en silencio, con el teléfono pegado a la oreja y un nudo en la garganta que no me dejaba hablar. El Trepador había encontrado, al final, la única escalera que no podía bajar.

Hay un Javi Abella en todos lados. Hay un trepador en cada centro de trabajo, en cada familia, en cada iglesia, en cada grupo de amigos. Siempre buscando la escalera más alta, siempre dispuesto a pasar por encima de quien sea necesario, con una sonrisa amable y una frase espiritual (o revolucionaria, o empresarial o religiosa) en la boca.

Pero no temas. Las olas del destino siempre te llevarán más lejos que el descontrolado nadar de los trepadores de este mundo.

Yo lo aprendí a mi manera: Nadando contra corriente durante años, hasta que un día dejé de luchar y me dejé llevar. No porque fuera más listo, sino porque entendí que la verdadera victoria no consiste en llegar primero, sino en llegar entero.

Javi trepó hasta el final. Yo simplemente aprendí a flotar. Y hoy, muchos años después, cuando miro hacia atrás, no siento rencor. Solo una tranquila certeza: El que trepa demasiado alto, tarde o temprano se cae. El que se deja llevar por la ola, aunque parezca que va más lento, suele llegar más lejos… y con el alma todavía intacta.

-X-
La cuota.

Dos almas se presentaron delante de Dios. Estaban desnudas, temblorosas, sin forma definida. Flotaban en la luz infinita como dos motas de polvo suspendidas en un rayo de sol. Delante de ellas, el Gran Magistrado —una presencia de gloria cegadora, un trono hecho de luz pura y estrellas— las observaba con una serenidad que no admitía discusión.—Debéis reencarnar —dijo la voz, profunda y clara como el primer latido del universo.—¿Cómo así? —respondieron las dos almas al unísono, con desesperación. Una de ellas, más osada, se atrevió a preguntar:—Según nuestra Biblia, nuestra creencia… no habla de reencarnar. ¿Por qué nos obligas a volver? Dios guardó silencio un instante. La luz que lo rodeaba pareció intensificarse, como si estuviera sonriendo con una ternura infinita y a la vez implacable.—Lo que quisisteis creer no lo dice —respondió finalmente—. Pero he aquí que yo os digo: Debéis reencarnar. Las almas se agitaron, confusas y angustiadas.—Es por vuestro bien —continuó la voz—. No estáis listos. Debéis definíos. Debéis resolveros. Ahora mismo sois dos almas que forman una fórmula sin solución. Una ecuación que debe resolverse, ya sea de forma positiva o negativa. Mientras eso no ocurra, no hay estatus para vosotros. No hay lugar ni futuro espiritual que os corresponda. La luz del trono se suavizó ligeramente, como si Dios quisiera consolarlas, aunque su palabra seguía siendo inapelable.—El mundo allá abajo no es la vida, aunque para muchos lo parezca. Es solo un lugar de definición. Vosotros vais a volver… una última oportunidad, una última vez. Sacad lo mejor de vosotros hasta que os defináis. Ese es, en realidad, el todo y el único propósito de la vida terrenal. Hizo una pausa. El silencio era absoluto, sagrado.—Hay una cuota siempre que pagar. No lo olvidéis. La cuota que define el alma. Las dos almas se miraron. En ese instante, sin necesidad de palabras, comprendieron que no había escapatoria. No había discusión posible. Solo quedaba volver. Y mientras descendían de nuevo hacia la materia, hacia el barro y el dolor, hacia el olvido temporal que llamamos vida, la voz de Dios las acompañó como un eco lejano pero eterno:—Pagad la cuota. Definíos.

Y entonces… seréis libres.

Pero antes de que descendieran, Dios les preguntó con voz serena y profunda:—¿Cómo queréis ir? ¿Cómo deseáis probaros esta vez? ¿En el camino del sufrimiento… o en el de la abundancia? La primera alma respondió sin dudar:—En la abundancia, Señor. Déjame nacer en la abundancia. Este mundo es terrible y oscuro. Es mejor que el poder esté en manos de un alma buena como yo, que no lo usaré para hacer daño, a que caiga en manos del enemigo, que sí lo usará. Yo seré justa. Dios guardó silencio un instante y luego dijo con firmeza:—¡Hecho! Y aquella alma descendió hacia la Tierra. Entonces Dios miró a la segunda alma y le preguntó con la misma calma:—¿Y tú? ¿Cómo lo quieres? ¿Por el camino duro o por el camino fácil? La segunda alma permaneció pensativa un largo rato. Finalmente, con voz humilde y temblorosa, respondió:—No lo sé, Dios mío… No sé qué es mejor para mí. ¿Podrías tú escoger mi camino? Dios la miró con infinita ternura y, sin añadir una palabra más, pronunció:—¡Hecho! Y sin revelarle nada, envió a aquella alma de regreso a la Tierra. La última alma nunca supo qué camino le había sido asignado. Antes de que pudiera abrir la boca para preguntar, ya estaba cayendo, naciendo de nuevo en este mundo oscuro, envuelta en llanto y olvido.

El alma que había elegido el camino de la abundancia nació en un país próspero, en una de esas décadas doradas que luego la historia recordaría con nostalgia. Era la segunda mitad del siglo XX. La Segunda Guerra Mundial había terminado hacía más de veinte años y el mundo parecía haber encontrado, por fin, un respiro de paz y optimismo. Eran los mejores años que muchos llegarían a conocer: tiempos de estabilidad, de progreso tangible, de fe en el futuro. Los niños jugaban libremente en las calles, se entretenían con el ejercicio del cuerpo y el espíritu, y la falta de respeto aún no se había convertido en un supuesto derecho, ni la vulgaridad en un privilegio social. Nació en el seno de una familia buena y respetuosa, de aquellos hogares donde los valores se transmitían con naturalidad y los buenos sentimientos no eran una excepción, sino la norma. Sus padres habían heredado una fortuna considerable, fruto del trabajo honrado de varias generaciones, y vivían con comodidad, pero sin ostentación vulgar. Al niño le pusieron Cabot. Desde el primer día, la vida lo recibió con los brazos abiertos: una casa amplia y luminosa, jardines donde correr, educación de calidad, ropa limpia, comida abundante y el cariño sereno de unos padres que lo miraban con orgullo y esperanza. Cabot creció rodeado de todo lo que el alma había pedido: seguridad, oportunidades y poder en potencia.

Pero el verdadero desafío, como siempre ocurre en la Tierra, apenas comenzaba. Porque aunque Cabot había nacido en la abundancia que él mismo había elegido, había una cuota que pagar. Una deuda invisible, silenciosa, que definiría el sentido completo de su existencia. La vida verdadera no era esta.

Esta existencia terrenal no era más que un breve lugar de definición espiritual: un aula, un laboratorio, un campo de prueba. El único propósito real de esta vida —independientemente de lo que miles de libros, religiones y filosofías hayan escrito— es definirse para la otra. Todo lo demás es escenario. La riqueza, la pobreza, el placer, el dolor, el amor y el odio no son más que instrumentos. Herramientas que el alma utiliza para tallarse a sí misma. Para decidir, en cada decisión pequeña o grande, quién desea ser realmente cuando ya no haya más disfraces ni excusas. Cabot había pedido abundancia.

Ahora tendría que demostrar que podía sostenerla sin que esta lo corrompiera.

Tendría que mostrar que el poder no lo convertiría en lo que tanto temía: el enemigo que sí usaría ese poder para hacer daño. La cuota estaba puesta. Y el reloj de la Tierra ya había empezado a correr. EL alma de Cabot aunque su cuerpo y mente no lo entendería aun, sabía que en algún momento Dios vendría por su cuota. En algún momento la vida lo probaría para definirse.

Cabot creció rodeado del cariño sereno de sus buenos padres y del calor de una familia que nunca le escatimó ni afecto ni recursos. Fue educado desde niño en las mejores escuelas que el dinero podía pagar, aquellas donde la disciplina y la excelencia no eran opciones, sino exigencia. Era alto, trigueño, delgado pero fornido, con unos ojos grandes y negros que parecían contener la noche misma. Las jóvenes más hermosas se rendían fácilmente a su paso. Cabot tenía el porte y la gracia de un príncipe de Persia salido directamente de las historias que su abuela Nemesia le contaba por las noches, cuando el mundo entero parecía hecho de alfombras mágicas y héroes legendarios. Creció con naturalidad en ese mundo de privilegios. Entró a la universidad y se graduó con honores, tal como se esperaba de él. Ahora era un abogado prominente, defensor de causas que siempre había soñado defender. Su inteligencia era excepcional, casi deslumbrante. Al haber elegido el camino de la abundancia, casi nada le podía faltar: oportunidades, reconocimiento, dinero, admiración… todo parecía llegar a sus manos con facilidad. Sin embargo, en lo más profundo de su ser, Cabot comenzaba a sentir que algo faltaba.

La abundancia le había dado alas, pero aún no sabía si sería capaz de volar sin caer.

La cuota seguía pendiente. Pero el alma debía definirse sola y de manera natural, casi sin darse cuenta. Dios jamás aceptaría una reacción planificada, calculada o prefabricada para agradarle. No quería actuaciones ni máscaras piadosas. Exigía esencia pura: la respuesta espontánea del corazón cuando nadie lo observa, cuando no hay público, cuando no hay recompensa visible. La verdadera definición del alma ocurre en los momentos pequeños e inconscientes:

En la tentación que se rechaza en silencio, en la generosidad que nadie aplaude, en la ira que se contiene aunque todo invite a desatarla, en la humildad que se mantiene cuando el poder está al alcance de la mano. Cabot tenía abundancia, inteligencia y belleza. Tenía todo lo que había pedido. Ahora, sin que él lo supiera claramente, la vida comenzaría a presentarle una tras otra las pruebas reales. No serían grandes dramas anunciados con trompetas. Serían momentos cotidianos, casi invisibles, donde su alma tendría que elegir, por puro impulso, quién deseaba ser en verdad. Porque solo en esa pureza inconsciente, lejos de la mirada de Dios y de los hombres, se revela lo que realmente somos. Y la cuota... la cuota siempre se paga en secreto.

Pero había un pequeño problema. Una paradoja sutil y peligrosa. Dios es un ser de palabra. Había asentido a la petición del alma y le había concedido exactamente lo que pidió: Una vida de abundancia, cómoda, suave, casi ajena a los grandes tormentos de este mundo. Una existencia donde el sufrimiento sería mínimo, donde las pruebas serían discretas y los golpes de la vida, leves. Y precisamente por eso, Dios tendría muy pocas oportunidades para visitarlo. Esto se convertía, paradójicamente, en el mayor peligro para Cabot. Porque en una vida tan suave, tan protegida por el dinero, el éxito y la buena fortuna, las visitas de Dios suelen ser escasas y silenciosas. No vendrían con fuego ni con truenos, sino en forma de pequeñas decisiones, de momentos casi invisibles. Quizás solo una vez en toda su vida Dios se presentaría de manera clara, directa, inconfundible.

Y si Cabot fallaba en ese instante... si no estaba atento el día de la visitación... su alma estaría perdida para siempre. Porque Dios no molesta dos veces al que ha elegido el camino fácil, no insiste, no ruega. Simplemente pasa una vez, observa en silencio y sigue su camino. Cabot tendría abundancia, sí. Pero también tendría muy poco margen de error.

Los años pasaron y Cabot se convirtió en un hombre hecho y derecho. Ya era "senior partner" en una de las firmas de abogados más prestigiosas de la ciudad. Su nombre era conocido por todos. Tenía amigos influyentes, relaciones en los círculos más altos y contactos que llegaban hasta los escalones más elevados del poder. Los políticos más afamados lo buscaban personalmente para que los representara. Los jueces lo saludaban con respeto y, casi como por arte de magia —o por una extraña combinación de su talento natural y la promesa divina que lo protegía—, Cabot ganaba casi todas sus causas. Enfrentarse al gran Cabot en un tribunal se consideraba una derrota anunciada. Había triplicado con creces el imperio financiero que sus padres y abuelos le habían heredado. Sus oficinas ocupaban los pisos más altos de los edificios más imponentes del centro financiero, con vistas que parecían dominar toda la ciudad. También se había casado. Su esposa, Magie, era una mujer de belleza extraordinaria: Cuerpo escultural, porte elegante y una sonrisa que iluminaba cualquier sala. Juntos habían tenido tres hijas, tan hermosas como su madre e inteligentes como su padre. Las niñas eran el orgullo de la familia. Magie no venía sola en el paquete. Era hija del afamado juez Rodríguez, un hombre conocido en todo el país por su impecable integridad, su seriedad y su sentido incorruptible de la justicia. Recientemente había sido el magistrado principal en uno de los casos más sonados de la ciudad: El famoso proceso contra Pepe el Traficante, un escándalo que todavía se recordaba en los pasillos de los tribunales. Pero esa, como suele decirse, es otra historia. Cabot lo tenía todo: Éxito, dinero, familia, reconocimiento y una vida que transcurría con una suavidad casi irreal. Tal como había pedido, y tal como Dios le había concedido.

Muy pronto, Cabot dio el paso que muchos soñaban y pocos lograban: Fundó su propia firma de abogados. La llamó Cabot & Associates. En pocos años, la firma se convirtió en un nombre imposible de ignorar. Sus anuncios aparecían en la televisión, sus casos eran comentados en los periódicos y en las tertulias de la ciudad. Dondequiera que se hablaba de derecho, se hablaba de Cabot. Solo los abogados más brillantes y refinados eran admitidos en su equipo. Cabot seleccionaba personalmente a cada uno, buscando no solo talento, sino también ética y elegancia. La firma creció con rapidez y prestigio. Sus oficinas ocupaban dos pisos completos en el edificio más moderno del centro financiero, con vistas impresionantes que parecían dominar toda la ciudad. El lema de la organización era claro y rotundo:

«Justicia para todos». Aunque muchos lo veían con ironía —porque sabían que solo los más poderosos podían pagar sus honorarios—, Cabot repetía el lema con convicción. Para él, representaba el ideal que aún deseaba defender. Cabot ya no era cualquiera.

Era el Cabot. Joven, carismático, impecablemente vestido y con una reputación que lo precedía, se había convertido en uno de los abogados más solicitados y respetados del país. Los políticos lo buscaban, las grandes empresas lo contrataban y las revistas de sociedad lo incluían en sus listas de hombres más influyentes. Tenía todo lo que había pedido en aquella vida de abundancia. Y sin embargo, en las noches silenciosas, cuando volvía a su lujosa casa y veía a Magie dormida y a sus tres hijas descansando plácidamente, una extraña inquietud lo visitaba. Era como si algo dentro de él supiera que, a pesar de todo el éxito, la verdadera prueba aún no había llegado. La cuota seguía pendiente. Por otro lado, en el mismo país, pero en una zona alejada, en una familia menos afortunada, y en una época más adelante, nació una niña. Su nombre era Klero. Sin embargo, nació en un pueblo oscuro y olvidado. La necesidad y la miseria eran compañeros constantes. Sus padres eran personas rotas: Un padre violento y alcohólico que desaparecía durante semanas, y una madre exhausta, amargada, que descargaba su frustración en los hijos. No había futuro en aquel lugar. Solo supervivencia. Mientras Cabot llegaba al mundo entre sábanas blancas y el olor a flores frescas, Klero nació entre gemidos de dolor y el llanto de una madre que ya no tenía fuerzas. Era el alma que no había elegido su destino. La que, con humildad y resignación, había dicho:

«Escoge tú por mí, Dios mío.» había llegado también a este mundo.

La niña creció, pero su infancia fue breve y cruel. A los trece años, sus padres ya la habían abandonado a su suerte. Su padre cumplía cadena perpetua en prisión por asesinato, y su madre, consumida por el alcohol, había perdido completamente la cabeza. La casa se convirtió en un lugar de silencio roto solo por llantos y botellas vacías. Una mañana, Klero tomó una mochila rosada desgastada, metió dentro las pocas ropas que tenía y escondió con cuidado su pequeña muñeca —el único objeto que aún conservaba un poco de cariño—. Sin decir adiós a nadie, cerró la puerta de aquella casa rota y se marchó. Caminó hacia la imponente ciudad que se veía a lo lejos, donde los edificios parecían arañar el cielo y las luces de neón mareaban incluso de día. Era un mundo completamente distinto al suyo: ruidoso, brillante, indiferente. Sola en el mundo, con un pasado que la perseguía como una sombra, la pequeña Klero llegó a la gran ciudad sin destino ni un lugar donde dormir. Se detuvo en una esquina, miró hacia arriba y, con el corazón latiéndole con fuerza, se dijo en silencio:—Aquí tendré que hacerme.

Aquí tendré que vivir. Tenía un alma limpia, un aura clara y unos ojos grandes que irradiaban una inocencia casi angelical. A pesar de todo lo que la vida ya le había arrebatado, todavía brillaba en ella una luz suave, frágil, pero imposible de apagar del todo. Era el alma que no había elegido su camino. Y ahora, a los trece años, comenzaba la prueba más dura.

Klero caminó varias cuadras hasta que vio un pequeño restaurante en una esquina. El olor a comida caliente le hizo sentir un hambre que hasta entonces había intentado ignorar. Se acercó tímidamente a la puerta. Dentro, un hombre de unos cincuenta años, de cabello entrecano y complexión robusta, limpiaba el mostrador. La niña reunió valor y entró.—Señor… estoy sola y no tengo a nadie en el mundo —dijo con voz baja y temblorosa—. ¿Podría darme un poco de agua y algo de comer? Soy una vagabunda. El hombre levantó la vista y la miró con atención. Al notar su rostro infantil y sus ojos grandes, preguntó:—¿Cuántos años tienes?—Trece —respondió ella. El hombre frunció el ceño y, sin decir nada más, se dirigió hacia el teléfono. Klero comprendió al instante lo que iba a hacer.—Por favor… no llame a la policía —rogó con desesperación—. El gobierno no tiene mucho que ofrecerme, y yo ya lo sé. No quiero volver a un lugar donde nadie me quiere. El hombre se detuvo. La miró de nuevo. Aquellos ojos grandes, llenos de inocencia y al mismo tiempo de una madurez dolorosa, le inspiraron confianza. Había algo en esa niña que le impedía simplemente entregarla a las autoridades. Suspiró profundamente, se pasó una mano por la cara y finalmente dijo:—Está bien. Entra y siéntate en esa mesa del rincón. Toma la carta y escoge lo que quieras comer. Cuando estés lista, llama al mesero y dile lo que deseas. Él se encargará. Klero asintió con timidez y se sentó. El hombre, algo gordo y visiblemente cansado por las largas jornadas de trabajo, se alejó hacia la cocina para hablar con su esposa sobre la inesperada visitante. Antes de entrar en la cocina, el hombre se detuvo un momento junto al mesero. Con tono serio y decidido, le dijo en voz baja pero firme:—Escucha bien: Sírvele a la niña todo lo que pida. No le niegues nada, ni aunque pida dos postres o tres jugos. La cuenta la pones a mi nombre. El mesero, sorprendido pero acostumbrado a obedecer, solo asintió con la cabeza. El hombre continuó su camino hacia la cocina, donde su esposa lo esperaba. Klero, desde su mesa, apretó con fuerza la mochila rosada contra su pecho. Por primera vez en mucho tiempo, alguien no la había rechazado.

Mientras Klero observaba el menú con la seriedad de una adulta, como si cada decisión fuera de vida o muerte, Gonzalo, el dueño del pequeño restaurante, hablaba en voz baja con su esposa en la cocina. Gonzalo y Dalia llevaban más de veinte años casados y nunca habían podido tener hijos. Aquella ausencia había sido una herida silenciosa que cargaban con resignación. Cuando Gonzalo vio a la niña —rubia, de ojos azules como faros en la noche, con un brillo angelical que parecía iluminar incluso el rincón más oscuro del restaurante—, sintió que su corazón se comprimía hasta casi implosionar. Era como si la vida le estuviera poniendo delante algo que siempre había deseado y nunca se había atrevido a soñar. Dalia, asustada, lo miró con los ojos muy abiertos:—Estás loco, Gonzalo. Debemos llamar a la policía ahora mismo. Pero Gonzalo, con la voz temblorosa pero firme, respondió:—Déjala comer primero. Mírala bien, Dalia...solo mírala. Después, si te parece bien, explicamos todo a las autoridades y... ¿por qué no la adoptamos? Dalia se quedó en silencio, con el corazón acelerado. Miró hacia la sala, donde la pequeña Klero seguía estudiando el menú con esa mezcla de inocencia y madurez forzada que rompía el alma. Por primera vez en muchos años, en aquella cocina humilde, nació una posibilidad que ninguno de los dos se había atrevido a imaginar. Por su lado Klero había ya ordenado: Una hamburguesa grande con queso y papas fritas, un vaso grande de Coca-Cola, un postre sencillo helado de chocolate y brownie.

Cuando Klero terminó de comer, tenía la barriguita redonda y llena como una pelotita. Se limpió la boca con cuidado, respiró hondo y, con esa mezcla de vergüenza y coraje propio de quien ha tenido que crecer demasiado pronto, se levantó de la mesa y caminó hacia la cocina. Gonzalo y Dalia la esperaban. Al verla aparecer en la puerta, los dos se quedaron en silencio por un momento.—Señor… señora… —dijo la niña con voz bajita pero clara— muchas gracias por la comida. No tengo dinero para pagarles, pero puedo trabajar. Puedo lavar platos, barrer, limpiar… lo que necesiten. No soy floja. Gonzalo negó suavemente con la cabeza, con una sonrisa tierna y firme al mismo tiempo.—No, mi niña. No tienes que pagar nada. La comida fue un regalo. Klero bajó la mirada, incómoda. No estaba acostumbrada a que le regalaran nada sin pedir algo a cambio. Entonces Gonzalo añadió con voz suave:—Ven, acompáñanos un momento a la oficina. Quiero que le cuentes todo a mi esposa, Dalia. Explícanos qué te pasó, cómo llegaste hasta aquí… todo lo que quieras contarnos. Klero levantó sus ojos azules, grandes y brillantes. Por un instante se quedó callada, dudando. Luego, muy despacio, asintió con la cabeza.—Está bien… —susurró. Gonzalo le extendió una mano grande y callosa. Klero la tomó con timidez y los tres caminaron juntos hacia la pequeña oficina que estaba detrás de la cocina.

Klero se sentó en la pequeña oficina, con las manos sobre la mochila rosada que no soltaba ni un segundo. Gonzalo y Dalia cerraron la puerta con suavidad y se acomodaron frente a ella. La niña respiró hondo y, con una madurez que no correspondía a sus trece años, comenzó a hablar. Les contó todo. Les habló de su padre, que estaba cumpliendo cadena perpetua por asesinato. De su madre, una mujer destruida por el alcohol que había perdido la cabeza por completo y que, en lugar de cuidarla, la golpeaba o simplemente la ignoraba durante días. Les describió cómo, desde muy pequeña, tenía que preparar su propia comida, lavar su ropa y esconderse cuando su padre llegaba borracho y violento. Les dijo que a los diez años ya sabía que nadie la iba a proteger y que, a los trece, simplemente no aguantó más.—Un día llegué de la calle y la casa estaba vacía. Mi mamá se había ido y no volvió. No había comida, ni luz, ni nadie. Entonces agarré mi mochila, metí lo poco que tenía y me fui. No quería seguir esperando a que alguien me matara o me dejara morir de hambre. Sus ojos se llenaron de lágrimas, pero no lloró. Hablaba con una calma dolorosa, como quien ha repetido esa historia muchas veces en su cabeza.—Necesito trabajar —dijo al final, con voz firme—. No quiero pedir limosna. Puedo limpiar, lavar platos, barrer… lo que sea. Solo quiero un lugar donde dormir y algo de comer. Gonzalo y Dalia se miraron. Dalia tenía los ojos húmedos. Gonzalo tragó saliva y, con voz ronca, le respondió:—Klero… tú no deberías estar trabajando. Tú deberías estar en la escuela, estudiando, jugando, siendo una niña. A tu edad nadie debería tener que preocuparse por sobrevivir. Dalia tomó la mano de la niña con ternura y añadió:—Nosotros nunca pudimos tener hijos. Llevamos muchos años deseando formar una familia. Si tú quieres… nosotros podemos adoptarte. No sería solo darte un techo y comida. Sería darte una familia de verdad. Una mamá y un papá que te quieran, que te cuiden y que te manden a la escuela como corresponde. Klero se quedó callada un largo rato. Miró a Gonzalo, luego a Dalia, y finalmente susurró con la voz quebrada:—¿De verdad? ¿Me quieren a mí?—Sí —respondió Gonzalo sin dudar—. Te queremos a ti. La niña bajó la cabeza y, por primera vez en mucho tiempo, dejó que las lágrimas corrieran libremente por sus mejillas.—Entonces sí… quiero que me adopten.

El proceso de adopción.

Lo que siguió no fue fácil, pero Gonzalo y Dalia lo enfrentaron con una determinación que nadie esperaba de una pareja de cincuenta años que regentaba un pequeño restaurante. Primero tuvieron que contactar a las autoridades. Klero era una menor en situación de abandono y había estado fugada. Se abrió un expediente en el juzgado de familia y se asignó una trabajadora social. Hubo entrevistas largas, visitas sorpresa a la casa de Gonzalo y Dalia, revisiones de antecedentes penales, certificados médicos, psicológicos y económicos. La trabajadora social visitó el restaurante varias veces y habló con vecinos y clientes para confirmar que eran personas estables y de buen corazón. Klero también tuvo que contar su historia delante de psicólogos y jueces. Fue duro para ella revivir todo, pero lo hizo con una valentía que conmovió a todos. Hubo momentos de incertidumbre. En algún punto se habló de enviarla a un hogar temporal, pero Gonzalo y Dalia lucharon con uñas y dientes. Contrataron a un abogado especializado en adopciones y presentaron cartas de recomendación de la iglesia del barrio, del director de la escuela donde inscribieron provisionalmente a Klero y hasta de algunos clientes habituales del restaurante. Después de casi ocho meses de trámites, audiencias y exámenes, el juez finalmente firmó la sentencia de adopción. El día que Klero salió del juzgado con sus nuevos padres, llevaba el mismo vestido sencillo que le habían comprado Gonzalo y Dalia. Cuando el juez le preguntó si aceptaba ser la hija legal de Gonzalo y Dalia, la niña miró a sus nuevos padres y, con una sonrisa que iluminaba toda la sala, respondió:—Sí, señor. Quiero ser su hija. Gonzalo y Dalia lloraron. Klero también. Por primera vez en su vida, alguien la había elegido. Ya no era una niña abandonada. Ahora era Klero, la hija de Gonzalo y Dalia.

Gonzalo y Dalia no eran ricos. Solo tenían aquel pequeño restaurante, nada especial, de esos que sobreviven con esfuerzo diario y clientes habituales. Gonzalo trabajaba de sol a sol para no tener que contratar más personal del necesario. Su único ayudante estable era su fiel mesero, un hombre callado y trabajador que llevaba casi quince años con ellos. Aun así, desde el primer día que Klero entró en sus vidas, Gonzalo y Dalia la trataron como a una hija verdadera. La inscribieron inmediatamente en la escuela. Le compraron ropa nueva, zapatos que no estuvieran rotos y una mochila decente. Le prepararon una habitación solo para ella: Pintaron las paredes del color que ella eligió (un suave rosa pastel), le pusieron cortinas bonitas y colocaron una cama con sábanas limpias que olían a suavizante. Por primera vez en su vida, Klero tuvo un espacio propio donde sentirse segura. Pero Dios había dado su palabra, y su palabra era ley. El camino de Klero no sería fácil. No podía serlo. Ella misma había pedido que Dios eligiera por ella, y Él había elegido el camino duro. Aunque por un tiempo todo parecía ir demasiado bien para la pobre niña, pronto los problemas tendrían que regresar. No era una maldición, como dirían los ignorantes de este mundo. Era simplemente su fórmula. Era el camino que ella había aceptado cuando, con humildad, le dijo a Dios: «Escoge tú por mí». Los años pasaron. Klero ya tenía diecinueve años. Estudiaba en la universidad durante el día y por las tardes y fines de semana trabajaba duro en el restaurante junto a su padre. Había crecido convirtiéndose en una joven hermosa, responsable y de corazón noble. Ayudaba a servir mesas, limpiaba la cocina, llevaba las cuentas y hasta había aprendido a preparar algunos platos bajo la mirada orgullosa de Gonzalo y Dalia. El camino duro que Dios había elegido para ella seguía su curso… más pruebas siempre habrían de llegar. Klero creció rodeada del amor paciente y silencioso de Gonzalo y Dalia. A los diecinueve años ya era una joven hermosa, de ojos azules brillantes y una sonrisa que parecía iluminar incluso los días más grises del restaurante. Estudiaba Administración de Empresas en la universidad pública durante el día y por las tardes y fines de semana trabajaba codo a codo con su padre en el pequeño local.

La vida le había dado más de lo que jamás imaginó: una familia que la quería de verdad, un techo seguro y la posibilidad de estudiar. Sin embargo, el camino que Dios había elegido para ella nunca fue fácil.

La primera tentación llegó cuando tenía veinte años. Un compañero de universidad, hijo de un empresario importante, se fijó en ella. Era guapo, carismático y tenía todo el dinero y las conexiones que Klero nunca había tenido. La invitó a salir varias veces y, poco a poco, comenzó a presionarla: Fiestas exclusivas, ropa cara, viajes de fin de semana… Le prometía una vida mucho más fácil que la que llevaba sirviendo mesas y estudiando hasta la madrugada.—Conmigo no tendrías que trabajar nunca más —le decía—. Podrías vivir como una princesa. Klero sintió la tentación. Era dulce, seductora. Por un momento imaginó cómo sería no volver a preocuparse por el dinero, no tener que levantarse temprano para ayudar en el restaurante. Pero entonces recordó las noches en que su madre alcohólica la dejaba sola, las palizas de su padre y la promesa que se había hecho a sí misma: Nunca dependería de nadie que pudiera abandonarla. Miró al joven a los ojos y le respondió con calma:—Gracias, pero no. Prefiero ganarme lo mío, aunque sea poco. El muchacho se alejó decepcionado. Klero sintió un pinchazo de tristeza, pero también una paz profunda. Había salido vencedora. La segunda prueba fue más dura y llegó dos años después. Klero ya estaba en el último año de la universidad y se destacaba por su inteligencia y honestidad. Un profesor influyente le ofreció "ayudarla" a obtener las mejores calificaciones y una recomendación excepcional para una beca.... cambio de una relación íntima. Era un hombre casado, poderoso en el mundo académico, y le aseguró que "nadie se enteraría". Le prometió un futuro brillante: Máster en Europa, contactos importantes, una vida lejos de la pobreza que había conocido. Klero sintió náuseas. La oferta era tentadora: Salir definitivamente de la precariedad, estudiar en el extranjero, tener un futuro que sus padres adoptivos nunca podrían darle. Por un instante, la voz del miedo susurró: "Nadie lo sabría. Solo sería una vez". Pero entonces recordó la noche en que llegó al restaurante con trece años, hambrienta y rota. Recordó cómo Gonzalo y Dalia la habían recibido sin pedirle nada a cambio. Recordó que había prometido ser una persona diferente a la que había visto en su casa de origen. Miró al profesor directamente a los ojos y le dijo con voz firme y clara:—No estoy interesada en ese tipo de ayuda. Si no merezco la beca por mis méritos, entonces no la quiero. El profesor se enfureció y amenazó con hundir su expediente. Klero salió de su oficina temblando, pero con la cabeza en alto. Trató de obtener la beca por sus propios medios, pero por sus propios medios nunca fue posible. Por lo cual atada al restaurant seguía.

Dos años más pasaron y la vida, que parecía haberle dado un respiro a Klero, volvió a golpear con fuerza. Gonzalo enfermó de cáncer de páncreas. Fue repentino y cruel. En solo ocho meses, el hombre fuerte y trabajador que la había recibido con una hamburguesa y un corazón abierto se fue apagando hasta convertirse en una sombra. Klero y Dalia lo acompañaron hasta el final, turnándose para cuidarlo, limpiarle el sudor de la frente y sostenerle la mano cuando el dolor era insoportable. El día que Gonzalo murió, el pequeño restaurante pareció perder su alma. Dalia nunca se recuperó del todo y dos años después, una enfermedad del corazón se la llevó también. Fue una muerte más silenciosa, pero igual de dolorosa. Klero se quedó sola una vez más en el mundo. El restaurante seguía abierto, pero ahora era ella quien lo cargaba sobre sus hombros. Las noches eran las peores. Una de esas noches, después de cerrar, Klero se sentó en la misma mesa donde había comido por primera vez a los trece años. Con el corazón roto y las lágrimas corriendo por su rostro, levantó la mirada al cielo y clamó con voz quebrada:—¿Por qué me odias tanto, Dios? ¿Por qué me haces tanto mal cada día? No importa cuánto me esfuerce en ser buena y honrada… la desgracia siempre me persigue. ¿Qué más quieres de mí? En ese instante, sintió una presencia clara y abrumadora. No fue una voz audible, sino una luz interior que le mostró su propia vida como en un espejo implacable. Vio a la niña de trece años huyendo de su casa con una mochila rosada y una muñeca escondida.

Vio a la joven que rechazó al hijo del empresario porque no quería depender de nadie. Vio a la estudiante que dijo “no” al profesor corrupto, aunque eso significara arriesgar su futuro.

Vio también las pequeñas batallas diarias que había ganado en silencio: La envidia que controlaba cuando veía a sus compañeras con ropa cara, la rabia que tragaba cuando un cliente la humillaba, el cansancio que vencía cada vez que quería rendirse.

También vio las veces que había fallado y que había herido a otros y contempló su propia vida en pleno. La presencia se retiró con suavidad, dejando en Klero una paz extraña, mezclada con un dolor profundo. No entendía por qué le pasaba siempre algo malo y lo peor no había nadie que podía explicar ni Dios estaba por ningún lado. La fe de Klero se desvanecía. En cambio, en la lucha diaria, en la pobreza y en la pérdida constante, su carácter se había forjado como acero: Limpio, fuerte y templado a pesar de que ella trataba de hacerlo bien. Klero se secó las lágrimas, se levantó y miró el pequeño restaurante vacío. Entonces susurró con voz temblorosa pero firme: —Está bien, Señor. Si este es el camino que elegiste para mí… lo voy a caminar. Lo dijo sin pensar que sus palabras eran realmente ciertas.

Pero por favor… dame fuerzas para no volverme amarga como mi madre (se refería a su verdadera madre y no a Dalia). Esa noche marcó un antes y un después en su vida. Klero siguió adelante, más sola que nunca, pero con una determinación nueva. No sabía que la verdadera visitación de Dios aún no había terminado… y que la prueba más grande todavía estaba por llegar.

Desesperada, con la mente confusa y el restaurante ahogado en deudas y problemas que no sabía cómo resolver, Klero seguía adelante día tras día, sosteniendo con sus propias manos el sueño que Gonzalo y Dalia le habían dejado. Una tarde cualquiera, entró al restaurante un hombre que parecía sacado de otro mundo. Era mayor que ella, probablemente rondaba los cincuenta, pero tenía una presencia serena y elegante que llenaba el espacio. Su voz era grave, agradable al oído, como un terciopelo oscuro. Pidió varias cervezas importadas y algunos platos extravagantes que no solían preparar. Klero, que ese día estaba en la cocina, decidió cocinarlos ella misma con esmero. El hombre se sentó en una mesa del rincón, abrió su laptop y trabajó concentrado mientras comía, tecleando con rapidez y deteniéndose solo para dar un sorbo a su cerveza. Aquella imagen llamó poderosamente la atención de Klero. No era común ver a alguien tan refinado trabajando con tanta disciplina en un lugar tan sencillo como el suyo. Cuando terminó, pagó la cuenta con tarjeta de crédito y, antes de marcharse, dejó sobre la mesa cien dólares de propina. Klero se quedó mirando el billete sin poder creerlo. «Qué hombre tan elegante», pensó, con el corazón latiéndole un poco más rápido.

«Qué suave es su voz... qué delicado en sus modales... qué auto tan fino el que conduce... y sobre todo, cómo trabaja. Con qué seriedad y concentración.» Por primera vez en mucho tiempo, sintió algo parecido a una ilusión.

Un pequeño rayo de luz en medio de tanta oscuridad. No sabía que aquel hombre, cuyo nombre era Víctor, acababa de entrar en su vida...

ni que su aparición sería una de las pruebas más difíciles que Dios había preparado para ella en el camino duro que había elegido.

Pero Klero intentó olvidar aquel encuentro y siguió adelante con su carga. El mesero fiel que había trabajado con Gonzalo durante años decidió marcharse. De repente, todo recayó sobre sus hombros: La cocina, el servicio, la limpieza, las cuentas y las compras. Las multas de la ciudad no dejaban de llegar, hubo un accidente menor en la calle que dañó la fachada, y el techo del restaurante empezaba a gotear cada vez que llovía. Klero estaba exhausta. Apenas dormía. Había perdido la facilidad para concentrarse y pensar con claridad. Algunos días sentía que se estaba ahogando lentamente. Una tarde gris, cuando el restaurante estaba casi vacío —ya casi nadie lo visitaba—, la puerta se abrió con un suave tintineo. Era él. El hombre rubio, alto y corpulento que había dejado los cien dólares de propina meses atrás. Llegó en su Mercedes negro reluciente, vestido con un traje impecable, como quien viene directamente de una reunión importante. Llevaba su laptop bajo el brazo y esa misma presencia serena y elegante que tanto había impresionado a Klero la primera vez. Se sentó en la misma mesa del rincón, levantó la vista y, al reconocerla, le dedicó una sonrisa suave y educada. Klero sintió que el corazón le daba un vuelco.

Por un instante, el peso que llevaba sobre los hombros pareció aligerarse un poco. No sabía que aquella segunda aparición marcaría el comienzo de una de las pruebas más peligrosas de su vida… una tentación vestida de elegancia, estabilidad y promesas de un futuro mejor.

En esta ocasión, como la primera vez, Víctor pidió algo fino y bien preparado. Klero se encargó personalmente de cocinarlo: Un filete jugoso con una salsa ligera de hierbas, acompañado de verduras salteadas y un café fuerte, bien cargado, porque él venía de una larga reunión de varias horas. Mientras comía, mantenía su laptop abierta sobre la mesa y revisaba correos electrónicos con concentración. Sus dedos se movían con rapidez sobre el teclado, deteniéndose solo para dar un sorbo al café. Klero, que esa tarde estaba sola en el restaurante, se armó de valor y se acercó a la mesa.—¿Puedo preguntarle qué hace? —dijo con timidez, pero con curiosidad sincera—. Siempre lo veo trabajando en su computadora. Víctor levantó la vista y le sonrió con esa elegancia natural que tanto la había impresionado la vez anterior.—Soy asesor legal de una firma importante —respondió con voz suave y clara—. Me especializo en economía y finanzas corporativas. También manejo propiedades importantes de mi familia y de algunos clientes de alto nivel. Klero lo miró con admiración. Había algo en su forma de hablar, en su postura tranquila y en la seguridad con que se expresaba, que la hacía sentir pequeña y, al mismo tiempo, extrañamente atraída.—Suena… muy importante —murmuró ella. Víctor cerró la laptop con delicadeza y la miró directamente a los ojos.—Lo es —dijo sin arrogancia—. Pero a veces es agotador. Por eso vengo a lugares como este… donde la comida es honesta y el ambiente más sencillo. Se hizo un breve silencio. Klero sintió que las mejillas se le calentaban. Víctor, al notar su timidez, añadió con una sonrisa amable:—Y hoy, además, he tenido la suerte de que la cocinera sea tan talentosa.

Así siguieron las visitas. Víctor aparecía dos o tres veces por semana, siempre a la misma hora, siempre impecable. Pedía lo mismo: Un plato bien preparado por Klero, un café fuerte y se sentaba en su mesa del rincón con la laptop abierta. Poco a poco, las conversaciones dejaron de ser breves y educadas para convertirse en algo más profundo. Él le preguntaba por su día, por cómo iba el restaurante, por sus estudios. Escuchaba con atención, sin interrumpir, y cuando hablaba lo hacía con esa voz grave y suave que parecía envolverla. Klero, que nunca había sido cortejada de esa forma, sentía que alguien por fin la veía de verdad: No como la niña abandonada, ni como la mesera cansada, sino como una mujer joven, inteligente y fuerte. «Qué voz… qué finura… qué hombre», se repetía en silencio mientras lavaba platos o servía otras mesas. Klero nunca había sido una mujer interesada en el dinero. Desde muy joven se había definido por su esfuerzo y su dignidad. Pero ahora, con el restaurante al borde del colapso, las deudas acumulándose y la soledad pesando como una losa sobre sus hombros, sentía una necesidad profunda y humana: Quería una pareja, un bastón en el que apoyarse, alguien con quien compartir la carga y salir adelante juntos. Víctor parecía encarnar exactamente eso. Una noche, después de cerrar el restaurante, él se quedó un rato más. Se ofreció a ayudarla con las cuentas del día. Mientras revisaban los números juntos, Víctor le dijo con calma:— Klero, este lugar es un tesoro, pero está sangrando. Si quieres, puedo ayudarte. Conozco gente en el sector, puedo revisar los contratos, renegociar deudas... No tienes que hacerlo todo sola. Ella lo miró. Sus ojos azules brillaban bajo la luz tenue del local. Por un momento, la tentación fue dulce y poderosa: Alguien que la ayudara, que la protegiera, que le quitara parte de ese peso insoportable.— Gracias... —susurró ella—. Pero no quiero deberle nada a nadie. Víctor sonrió con ternura.—No se trata de deber. Se trata de no tener que cargar sola con todo. Yo también he estado solo mucho tiempo. Sé lo que es. Esa noche, cuando Víctor se marchó, Klero se quedó un rato sentada en la misma mesa donde él había estado. Por primera vez en años, se permitió soñar con una vida donde no tuviera que luchar cada día solo para sobrevivir. Sin embargo, en lo más profundo de su ser, una vocecita muy tenue —la misma que había escuchado años atrás— le susurraba: «Cuidado... esta es la prueba.» Porque Víctor no solo le ofrecía ayuda. Le ofrecía una salida fácil. Le ofrecía depender de alguien otra vez. Y Klero, aunque su corazón latía más rápido cada vez que él aparecía, todavía recordaba el precio que había pagado por depender de otros en el pasado. La tentación era real. La lucha interior acababa de comenzar.

Pero un día, cuando Víctor regresó al restaurante, todo cambió. Después de que él terminara de comer y estuviera tecleando en su laptop como de costumbre, Klero se acercó a su mesa con el corazón latiéndole fuerte. Se secó las manos en el delantal y, con voz baja pero decidida, le dijo:— Víctor... solo quiero pedirte una ayuda. Él levantó la vista de inmediato, con esa sonrisa tranquila que siempre la desarmaba.—Dime. Lo que quieras. Klero respiró hondo y se sentó frente a él, algo que nunca había hecho antes.—Solo quiero un consejo. Sé que eres inteligente y que tienes mucha más experiencia que yo. Yo... soy joven y la verdad es que estoy perdida. Le contó por arriba su historia: La muerte de Gonzalo y Dalia, el restaurante que se estaba hundiendo, las deudas que no paraban de crecer, las multas, el techo que se caía y cómo ella, a sus veintidós años, sentía que cargaba con un peso demasiado grande para sus hombros. Al final, con la voz temblorosa, le preguntó:—Dime... ¿qué debo hacer con este restaurante? Víctor la miró con seriedad. Cerró la laptop lentamente y se inclinó un poco hacia adelante.—Véndelo —dijo sin rodeos—. Y véndelo ya, antes de que te hunda por completo. Klero sintió un nudo en la garganta.—Si lo vendo… ¿con qué me quedo? Esto paga mi renta, mis deudas… Es lo único que tengo. Lo heredé de personas buenas y trabajadoras. Víctor la miró fijamente a los ojos. Su voz bajó un tono, pero siguió firme:—A veces hay que quemar la casa, Klero. Ella se quedó callada, impactada por la crudeza de la frase. Víctor continuó con suavidad, pero sin compasión:—Este lugar te está matando poco a poco. Te quita el tiempo, la energía, la juventud. Si sigues así, vas a terminar igual que ellos: Exhausta y sin nada. Vende mientras todavía tiene algún valor. A veces hay que soltar lo viejo para poder tomar algo mejor. Klero bajó la mirada hacia la mesa. Las palabras de Víctor resonaban en su cabeza como un eco peligroso. Quemar la casa. Era exactamente lo que su corazón más temía… y lo que su razón empezaba a considerar.

Pasaron algunos días más y Víctor la invitó a cenar. Klero dudó solo un instante. El cansancio, la soledad y esa necesidad profunda de sentirse cuidada por una vez en la vida fueron más fuertes que sus reservas. Aceptó. Víctor la llevó a un restaurante de lujo en el centro de la ciudad, uno de esos lugares donde las luces son tenues, los manteles blancos impecables y cada plato parece una obra de arte. Para Klero, acostumbrada al olor a aceite y fritanga de su pequeño restaurante, todo aquello resultaba casi irreal. La velada fue mágica. Víctor se mostró atento, encantador y caballeroso. Hablaba con esa voz grave y suave que tanto la desarmaba, le hacía preguntas sobre su vida, escuchaba con interés genuino y la hacía reír con anécdotas elegantes. Por primera vez en mucho tiempo, Klero se sintió vista, valorada y, sobre todo, protegida. Cuando llegó la cuenta, Víctor sacó su resplandeciente tarjeta de crédito, como siempre, y pagó todo sin siquiera mirar el monto. Aquella tarjeta parecía no tener fin, un símbolo silencioso de un mundo donde el dinero no era un problema. Al salir del restaurante, la noche era fresca. Víctor la acompañó hasta el auto y, antes de abrirle la puerta, se detuvo un momento y la miró a los ojos.—Klero… mereces mucho más que estar luchando sola en ese restaurante —le dijo con ternura—. Mereces que alguien te cuide. Ella sintió un nudo en la garganta. Por un segundo, todo su mundo de deudas, techos rotos y noches sin dormir pareció lejano. Solo existía esa voz suave, esa mirada segura y la promesa silenciosa de un futuro más fácil. Mientras el Mercedes avanzaba por las calles iluminadas de la ciudad, Klero miró por la ventanilla y pensó, con el corazón latiéndole fuerte: «Quizás… solo quizás… no tenga que seguir cargando todo sola.» Lo que no sabía era que aquella velada tan perfecta acababa de abrir la puerta a la tentación más peligrosa de su vida.

No pasó mucho tiempo. Víctor, con su voz suave, sus gestos medidos y esa seguridad que parecía no tambalearse nunca, terminó por romper el escudo que Klero había construido con tanto esfuerzo alrededor de su corazón. Fue en una noche tranquila, después de otra cena en un restaurante elegante. Él la llevó a su apartamento —un lugar amplio, moderno y silencioso—, y allí, entre palabras susurradas y caricias pacientes, Klero se entregó por primera vez. No fue solo el cuerpo. Fue también el alma cansada de luchar sola. En los brazos de Víctor, por unos minutos, sintió que alguien más cargaba con el peso que llevaba desde los trece años. Se sintió protegida, deseada y, por un instante, a salvo. Mientras todo ocurría, Dios observaba en silencio, no intervino, no detuvo nada, sin piedad alguna. Porque Dios no tiene piedad cuando se trata de la definición del alma. Él había elegido para Klero el camino difícil. Y en ese camino, las tentaciones no llegan con cuernos y fuego, sino con voz agradable, traje impecable y la promesa de un descanso que el alma anhela con desesperación. Klero, con los ojos cerrados y el corazón latiendo con fuerza, no sabía que acababa de cruzar una línea invisible.

Había abierto la puerta a una prueba mucho más peligrosa que la pobreza o la soledad. Lo verdaderamente difícil es mantenerse de pie cuando alguien te ofrece llevarte en brazos.

Pero… ¿qué podría salir mal? Klero, cansada de luchar sola, terminó por bajar todas sus defensas. Accedió. Se hicieron novios. Víctor la trataba con una delicadeza que ella nunca había conocido. La escuchaba, la valoraba y parecía entender su miedo a depender de alguien. Una noche, después de cenar en un lugar tranquilo, él la miró con seriedad y le dijo:—Mira, Klero, sé que eres muy independiente y que no te gusta depender de nadie. Por eso quiero proponerte algo justo, algo que te haga sentir como una verdadera compañera. Hizo una pausa y continuó con voz suave pero firme:—Casémonos. Comprémonos una casa. Yo puedo comprarte la casa que desees, pagándola al contado, cash, sin problemas. Pero no quiero que vivas en una casa "de valde", como si fuera un regalo mío. Quiero que te sientas parte de todo lo que construyamos juntos. Klero lo miró, sorprendida y con el corazón acelerado. Víctor siguió:—Si quieres, vende el restaurante. Sé que el contrato del local está por vencer y que no te darán mucho dinero por él. Sea lo que sea, pon ese dinero como depósito en la nueva casa y que sea esa tu contribución. Así será algo nuestro. Una casa tuya y mía. Yo me encargo del resto. Tú podrás dedicarte a estudiar, a buscar un trabajo que te guste… haremos lo que tú decidas. Klero se quedó en silencio. La propuesta era tentadora, casi perfecta. Una casa propia. Estabilidad. Alguien que se hiciera cargo de las preocupaciones económicas.

Alguien que la respetara como "Partner", como igual. Por un momento, la imagen de una vida sin deudas, sin techos que gotearan y sin miedo al día siguiente le pareció un sueño demasiado hermoso. Víctor tomó su mano con delicadeza y añadió:— No tienes que decidirlo ahora. Solo piénsalo. Quiero que seas feliz… y quiero construir algo contigo. Klero asintió lentamente, con una mezcla de ilusión y temor. Lo que no sabía era que aquella propuesta tan razonable y generosa era, precisamente, la prueba más peligrosa que había enfrentado hasta ahora. Porque aceptar significaba entregar el control de su vida.

Significaba depender, aunque fuera "como Partner".

Significaba quemar el último puente con la independencia que tanto le había costado construir.

Y Dios, en su silencio, seguía observando.

Al final, se casaron. Fue una boda sencilla, tal como Víctor había planeado a propósito, sabiendo lo mucho que valoraba Klero la humildad y lo incómoda que se sentía con las grandes ostentaciones. Klero no tenía familia cercana, así que solo asistieron los padres de Víctor, que viajaron desde un estado lejano donde vivían. Llegaron solo por un día y se hospedaron en un hotel modesto que el mismo Víctor había rentado para ellos, pues los ancianos no querían alejarse demasiado tiempo de sus negocios. Allí estuvieron en total: La hermana de Víctor, su madre y su padre.

Su madre ya mayor, una mujer de más de ochenta años que apenas podía caminar. Fue un reencuentro extraño y silencioso. Los padres de Víctor hablaron poco, pero trataron a Klero con una cortesía distante y le desearon suerte con palabras breves. Víctor se encargó de que todo fuera simple y cálido: Una ceremonia corta en una pequeña capilla, un almuerzo modesto con pocos invitados y nada de lujos exagerados. Sus padres, a pesar de tener bastante dinero, resultaron ser personas humildes y encantadoras. El padre de Víctor, un hombre mayor de carácter alegre no paraba de hacer chistes y avergonzar cariñosamente a su hijo en público. La madre era serena y observadora, con una sonrisa tranquila. A Klero le parecieron adorables. Le sorprendió gratamente que, teniendo tanto dinero, no llevaran joyas ostentosas ni se comportaran con arrogancia. Vestían con sencillez y trataban a todos con respeto. Eso la cautivó profundamente. Al final de la tarde, cuando los padres de Víctor se despidieron para regresar a su hotel, el padre le dio un abrazo torpe pero sincero a Klero y le dijo:—Cuida de mi hijo, muchacha. Y deja que él te cuide a ti también. Klero sonrió, con el corazón lleno de una mezcla de ilusión y miedo. Se habían casado.

Ahora eran marido y mujer. Pero mientras Víctor la tomaba de la mano camino al auto, Klero sintió, por un segundo, que algo dentro de ella susurraba con suavidad: «Esto es demasiado fácil…» Y aunque sonrió y apretó la mano de su esposo, en lo más profundo de su ser sabía que la verdadera prueba de su camino aún no había terminado.

Mientras aún vivían en el apartamento de Víctor, donde él se encargaba de todo, llegó el día de comprar la casa. Klero había vendido el restaurante. Después de tantas luchas, solo le dieron cuarenta mil dólares por él. Fue un precio bajo, casi doloroso, pero ya no podía sostenerlo más. Ese dinero lo usaron como depósito inicial para la nueva casa. La propiedad que eligieron costó quinientos sesenta mil dólares y era una verdadera belleza. Se trataba de una casa de buena vibra, de esas que parecen darte la bienvenida desde el primer momento. Tenía un tamaño mediano, pero lucía más amplia y luminosa de lo que realmente era. Contaba con un patio agradable, decorado con plantas y, en una esquina, un pequeño árbol de mango que prometía dar sombra y fruta en el futuro. Obviamente, los cuarenta mil dólares no llegaban ni cerca del veinte por ciento del valor de la casa. Pero Víctor, que era un experto en estos asuntos, se había encargado de todo: Los contratos, los abogados, el tipo de préstamo y las negociaciones con el banco. A Klero solo le pidieron que firmara varios documentos. Nada más. Víctor sabía exactamente lo que hacía. Manejó cada detalle con calma y precisión, consiguiendo condiciones favorables que Klero ni siquiera entendía del todo. Por primera vez en su vida,

Klero pudo relajarse en materia financiera. Ya no tenía que preocuparse por las deudas, las multas o el techo que goteara. Víctor se encargaba de todo. Ella solo tenía que disfrutar de su nueva vida. Mientras firmaba los papeles en la notaría, sintió una mezcla extraña de alivio y una leve inquietud que no supo explicar. La casa era hermosa. La vida parecía, por fin, sonreírle.

Finalmente llegaron a su nueva casa. Víctor se encargó de todo con esa eficiencia y generosidad que ya empezaban a ser características suyas. Compró muebles nuevos, elegantes, pero sin ostentación, y mandó pintar la casa en los tonos suaves que Klero había elegido. Poco a poco, el lugar fue transformándose en un verdadero hogar: Luminoso, acogedor y con esa buena vibra que tanto había soñado Klero. Sin embargo, ella seguía empecinada en trabajar y aportar algo. Aunque Víctor le repetía una y otra vez que no era necesario, que él se encargaba de todo, Klero no podía quedarse de brazos cruzados. Era parte de su esencia: Había pasado demasiados años luchando sola como para ahora simplemente dejarse mantener. Víctor trabajaba desde casa. Pasaba horas frente a su laptop revisando contratos, cerrando acuerdos y manejando las propiedades de su familia y sus clientes. Cubría todas las necesidades sin quejarse: Pagaba la electricidad, el agua, el internet, la comida y todo lo que hiciera falta. Incluso se compró otro Mercedes, más nuevo y elegante que el anterior, y le regaló a Klero un carro nuevo, cómodo y seguro, para que ella pudiera moverse con libertad. Klero agradecía cada gesto.

Se sentía cuidada, protegida, casi mimada. Por primera vez en su vida no tenía que preocuparse por el techo que goteara, por las deudas que se acumulaban o por cómo llegaría a fin de mes. Víctor la trataba con cariño y respeto. Le repetía que ella ya había luchado suficiente y que ahora merecía descansar. Pero Klero, aunque sonreía y lo besaba, no podía sacudirse del todo esa sensación extraña. Era como si, en medio de tanta abundancia, su alma siguiera esperando la verdadera prueba. La cuota aún no estaba completamente pagada.

Los días y los años siguieron pasando con una aparente tranquilidad. Víctor se encargaba de todo, como siempre. Pagaba las cuentas, mantenía la casa impecable, llenaba la nevera y cubría cada necesidad sin que Klero tuviera que preocuparse por nada. Trabajaba desde casa, sentado frente a su laptop durante largas horas, revisando contratos y manejando los asuntos de sus clientes y propiedades. Klero, sin embargo, no podía quedarse de brazos cruzados. Aunque Víctor le repetía una y otra vez que no era necesario, que él estaba feliz de proveer para los dos, ella se buscó un trabajo como secretaria en una escuela cercana. Quería tener su propio dinero, pagar sus gastos personales y no sentirse como una carga para su marido. El sueldo no era gran cosa, pero le permitía comprar sus cosas, contribuir un poco y mantener esa independencia que tanto le había costado construir. Así transcurrían sus días: Víctor frente a la computadora en el estudio, Klero saliendo temprano hacia la escuela y regresando por la tarde. Por las noches cenaban juntos, hablaban de sus jornadas y compartían momentos tranquilos en su hermosa casa. Desde afuera, todo parecía perfecto. Pero en el fondo de su corazón, Klero seguía sintiendo esa inquietud sutil, casi imperceptible.

Era como si una parte de ella supiera que esta paz tan completa no podía durar para siempre. Y aunque intentaba ignorarla, esa vocecita silenciosa volvía de vez en cuando, especialmente en las noches tranquilas, para recordarle que su camino —el camino duro que Dios había elegido para ella— aún no había terminado de cobrarse.

Al cabo de unos tres años, una tarde en la que Víctor había salido a cambiarle el aceite a su Mercedes, Klero se dirigió al buzón a recoger el correo. Entre las cartas había varios sobres del banco, dirigidos a nombre de ambos. Los abrió con curiosidad y, al leerlos, sintió que el suelo se movía bajo sus pies. Estaban endeudados hasta el cuello. Sorprendida y con el corazón acelerado, Klero comenzó a unir cabos. Entró al portal del banco, revisó los movimientos, hizo algunas llamadas y lo que descubrió la dejó helada. Víctor era un fanfarrón. Nunca había tenido dinero propio. Sus padres no eran ricos; eran dos ancianos humildes y pobres que vivían en el norte del país. Él no tenía ninguna empresa, ni era el asesor legal de ninguna firma importante. Todo su estilo de vida —los autos, la casa, la ropa, las cenas caras— estaba construido sobre deudas. Había sacado préstamos contra la casa una y otra vez, modificando el mortgage de forma que, en lugar de bajar, la deuda crecía mes tras mes. Los cuarenta mil dólares que Klero obtuvo por la venta del restaurante nunca fueron usados como depósito; Víctor los gastó para mantener su fantasía. Cada mes pagaba intereses sobre intereses, creando una bola de nieve que ahora amenazaba con sepultarlos. Todo aquel nivel de vida había sido una ilusión sostenida con dinero prestado, mientras él jugaba a ser alguien importante frente a su laptop. Klero se quedó sentada en la mesa de la cocina, con las cartas esparcidas frente a ella, sintiendo cómo el mundo que creía estable se derrumbaba a su alrededor. Se había casado con un Fanfarrón, con un "pretender". Por primera vez en mucho tiempo, la vocecita silenciosa que había escuchado años atrás regresó, esta vez con fuerza: «Esto es la cuota.» Klero se quedó sentada en la cocina, con los papeles del banco esparcidos sobre la mesa como pruebas de un crimen. El corazón le latía con fuerza, pero su mente estaba extrañamente clara. Esperó. Poco después, escuchó los pasos amplios y confiados de Víctor acercándose a la puerta. Entró tarareando una canción, con su barriga prominente marcando el camino, como un rey que avanza por su reino. Rubio, corpulento, de ojos azules, caminaba con esa seguridad que antes la había deslumbrado. Klero se levantó y, sin decir una palabra, le extendió todos los documentos.—¿Qué es esto? —preguntó con voz temblorosa pero firme. Víctor tomó los papeles. Al leerlos, su rostro se transformó. La sonrisa despreocupada desapareció. Se quedó frío, pálido, y en sus ojos apareció un brillo de pánico que Klero nunca había visto. Así comenzaron a discutir. Ella le exigía una explicación. Él intentaba inventar excusas torpes, una tras otra, cada vez más desesperadas. Su voz subió de tono, se volvió aguda, casi histérica. Parecía estar perdiendo la razón. De repente, miró hacia la derecha, como si viera a un fantasma invisible a su lado, y le gritó con rabia descontrolada:—¡Esta es tu culpa! ¡Te voy a matar! Klero sintió un terror helado recorrerle la espalda. Sin pensarlo dos veces, salió corriendo de la casa y cruzó la calle hasta la puerta del vecino de enfrente. José, un hombre mayor, bueno y sabio, muy respetado en el barrio, abrió alarmado al oír los golpes desesperados.—José, por favor… ayúdame —suplicó ella, casi sin aliento—. Víctor se ha vuelto loco. José la hizo entrar rápidamente, cerró la puerta y llamó de inmediato a la policía mientras Klero, entre sollozos, le contaba todo lo que había descubierto. Pero cuando los patrulleros llegaron, y hablaron con Víctor también entrevistaron a Klero la cual suavizo todo pues no quería que llevaran a Víctor a la cárcel. Pero la policía sugirió que uno de los dos se fuera por lo menos esa noche de la casa hasta que al día siguiente resolvieran todo. Klero decidió irse ella y pidió a José que la acompañara siguiéndola en su carro hasta un hotel más cercano y así lo hizo José. Mientras Klero desesperada manejaba su carro hasta un hotel para pasar la noche y ver que hacia con su vida, Víctor había regresado a la casa, regado gasolina por toda la casa. El fuego se extendió con rapidez voraz, devorando cortinas, muebles y recuerdos. El Mercedes nuevo que tanto presumía también ardía en el garaje. Desde el patio trasero, entre las llamas que ya lamían las paredes, Víctor sacó su pistola, se la llevó a la sien y, sin dudar, se disparó. El disparo resonó por encima del crepitar del fuego como un relámpago. Cuando la policía y los bomberos entraron, encontraron la casa envuelta en llamas y el cuerpo de Víctor caído en el patio, con un charco de sangre que se mezclaba con el agua que los bomberos comenzaban a lanzar.

Cuando José, regresaba a la casa vio las calles aledañas acordonadas, los bomberos y se enteró de la desgracia. La casa que tanto había soñado Klero, la estabilidad que creyó haber encontrado, todo ardía delante.

Regresa José al hotel y cuenta todo a Klero la cual con desesperación se desploma y se desmaya, una nueva etapa comenzaba en la vida de Klero y José no podría ayudarla.

Al día siguiente, Klero no tenía adónde ir. La casa que tanto había soñado era ahora un montón de escombros carbonizados. No le quedaba nada. Desesperada, cruzó la calle una vez más y tocó la puerta de José.—José… por favor —suplicó con la voz rota—. No tengo dónde dormir. Si no me ayudas, voy a terminar en la calle. José, el hombre sabio y bueno que siempre había sido un refugio para ella, la miró con compasión y, sin dudarlo, abrió la puerta de par en par.—Pasa, hija. Esta es tu casa mientras la necesites. Klero entró con la mochila rosada —la misma de cuando tenía trece años— y el corazón hecho pedazos. Pero las cartas del banco no tardaron en llegar. Ahora el banco, enfurecido porque Víctor había quemado la casa y el carro destruyendo cualquier posibilidad de cobrar la deuda, se lanzó sobre ella con toda su fuerza. Como Klero aparecía en los documentos como codueña, le exigían que pagara todo. Más de ochocientos mil dólares. Klero ganaba apenas treinta y nueve mil al año como secretaria. Era imposible. No había escapatoria. Víctor no solo la había engañado; la había dejado enterrada en una deuda que la perseguiría el resto de su vida.

Una noche, sentada en la sala de José, con las cartas del banco esparcidas sobre la mesa, Klero ya no pudo más. Rompió a llorar con un dolor profundo y antiguo.—Víctor me desgració la vida… —susurró entre sollozos—. ¿Qué hago ahora, José? Dime, por favor… ¿qué hago? José se sentó frente a ella, con esa calma serena que siempre lo caracterizaba. La miró con ternura y le respondió con voz firme pero compasiva:—Klero, estás metida en un lío muy grande, pero no estás sola. Esto no es solo tu problema; eres una víctima. Debe haber en la ley algo que pueda ayudarte. Este es un país grande y justo. Con un buen abogado, creo firmemente que todo se puede resolver. No te rindas. Vamos a buscar ayuda legal. No puedes pagar esa deuda sola, y la justicia tiene que verlo. Klero levantó la vista, con los ojos hinchados de tanto llorar. Por primera vez en muchos días, sintió un pequeño rayo de esperanza.

Las cartas del banco llegaban casi todos los días, implacables. Klero las recibía con manos temblorosas. El banco, ahora dueño legal de la casa destruida, la había citado para iniciar el proceso de "foreclosure". Además, querían involucrarla en la investigación por el incendio, insinuando que ella podría tener alguna responsabilidad. Todo era un enredo legal asfixiante. Y para colmo, el juez encargado del caso sería el temible juez Sr. Rodríguez, conocido por su severidad y su reputación de no tener piedad con los deudores. Klero estaba desesperada. Sentía que el mundo se cerraba a su alrededor y que ya no había salida. Una

tarde, sentada en su viejo carro en un semáforo en rojo, susurraba una y otra vez con la voz quebrada: —Estoy acabada… estoy acabada…Levantó la vista, esperando que la luz cambiara, y entonces lo vio. En la cima de un edificio lujoso del centro, un enorme cartel luminoso destacaba sobre el skyline de la ciudad: CABOT & ASSOCIATES – "Justicia para todos – Abogados"
Klero se quedó mirando el anuncio como hipnotizada. El nombre "Cabot" brillaba con fuerza bajo el sol de la tarde. Por un instante, sintió un extraño cosquilleo en el pecho, una mezcla de esperanza y temor. No sabía que ese nombre, que aparecía como una señal en medio de su tormenta, estaba a punto de cambiar su vida para siempre.
La luz del semáforo se puso en verde. Klero pisó el acelerador con el corazón latiéndole desbocado, lleno de una esperanza frágil y desesperada. Condujo directamente hacia el imponente edificio del centro. Estacionó su viejo carro en el estacionamiento subterráneo y subió corriendo hacia el ascensor. Cuando las puertas se abrieron en el lobby, entró casi sin aliento. Mientras subía, un hombre maduro, elegantemente vestido, entró con ella al elevador.—¿En qué piso va, señorita? —preguntó con voz grave y educada. Klero, aún agitada, respondió ingenuamente:—Estoy buscando las oficinas de Cabot. El hombre sonrió con una mezcla de sorpresa y diversión.—Yo soy Cabot —dijo, extendiendo la mano—. ¿En qué

puedo ayudarla? Klero lo miró como quien ve a un salvador. Suspiró profundamente, con los ojos brillantes de emoción y miedo.—Tengo un terrible problema...Cabot la observó un instante y asintió con seriedad.—Venga conmigo. Subieron juntos hasta el piso veinte, el pent-house del edificio. Las oficinas de Cabot & Associates eran impresionantes: Amplias, modernas y con una vista panorámica de la ciudad. Cabot, visiblemente impresionado por la belleza y la vulnerabilidad de la joven, le mostró brevemente las instalaciones y luego la llevó a su despacho personal, que tenía un balcón privado desde donde se dominaba toda la ciudad. Se sentaron. Cabot la miró con atención y le preguntó con voz suave pero profesional:—¿Cuál es el problema? ¿En qué puedo servirle, si es que sirvo para algo? Klero respiró hondo y comenzó a contarle todo desde el principio: Cómo conoció a Víctor en su restaurante, cómo se enamoró de su elegancia y sus promesas, cómo se casaron, cómo descubrió que todo era una mentira, las deudas gigantescas, el incendio y el suicidio de Víctor. Cabot la interrumpió con los ojos muy abiertos:—¿Tú eras la esposa del hombre que se quitó la vida ayer?—Sí... soy yo —respondió Klero con la voz quebrada. Luego continuó explicándole el acoso del banco, cómo la intimidaban, cómo querían hacerle pagar más de ochocientos mil dólares y cómo se sentía atrapada sin salida.—Por favor... —suplicó al final—, ¿podría ser mi abogado? Cabot la observó en silencio durante unos segundos. Una mirada pícara asomó en sus ojos, mirada que estaba a punto de costarle la eternidad.

Cabot se recostó ligeramente en su sillón de cuero y respiró profundamente. La miró con una seriedad que contrastaba con la vista espectacular de la ciudad a sus espaldas.—Verá, joven… de verdad quisiera ayudarla. Hubiera podido simplemente decirle que no, pero creo que usted se merece una respuesta sincera. Hizo una pausa, eligiendo con cuidado sus palabras.—La justicia no funciona como en las películas. Sí, es cierto que el banco va a actuar con agresividad contra usted. Tienen todos los documentos a su favor, abogados caros que cobran por defenderlos y un sistema que está diseñado para proteger al acreedor. Sin embargo… siempre se puede hacer algo. Podríamos armar un caso extenso: Demostrar cómo Víctor la engañó, cómo la manipuló, cómo la usó para endeudarla. Podríamos presentar su historia, su vulnerabilidad, las pruebas de que usted fue víctima de un fraude emocional y financiero. Pero eso tomaría años. Literalmente años. Y costaría cientos de miles de dólares… mucho más de lo que actualmente le debe al banco. Cabot se inclinó hacia adelante y la miró directamente a los ojos.—¿Entiende por dónde voy? Si yo o uno de mis mejores asociados tomáramos su caso, quizás lo ganaríamos. Quizás no. Pero en el caso de que ganáramos… ¿quién pagaría todo ese dinero? Usted no podría, Klero. Klero bajó la cabeza. Sus ojitos azules, antes llenos de una esperanza frágil, ahora miraban fijamente el brillante piso de mármol a sus pies. Las lágrimas comenzaron a acumularse, pero ella las contuvo con fuerza. El silencio en el elegante despacho se volvió casi asfixiante. Cabot la observaba con atención.

—Klero —continuó Cabot con tono serio y pausado—, en tu caso, ganes o pierdas contra el banco, nadie te va a devolver los gastos de los abogados. Si ganas, solo habrás ganado la victoria. El banco no te dará un centavo. ¿Y nosotros? ¿Cuándo cobramos? ¿Entiendes? Así funciona esto. Por eso es tan importante escoger bien a la pareja con quien uno se une en la vida, porque...No pudo terminar la frase. Klero se levantó de golpe, con los ojos llenos de lágrimas que se negaba a derramar frente a él. Sin decir una palabra, dio media vuelta y salió del despacho. Bajó los veintisiete pisos en el elevador como si fueran eternos. Cuando llegó al estacionamiento, su viejo carro blanco estaba allí... pero no como lo había dejado. Alguien lo había golpeado por un lado. Había marcas negras de pintura transferida de otro vehículo. Cuando Klero había parqueado antes, había un BMW negro que ahora no estaba. Klero sospechaba, pero no podía confirmar nada. Con las manos temblando, llamó a la policía. Los oficiales llegaron rápido. Mientras Klero les explicaba lo sucedido y les pedía que revisaran las cámaras de seguridad para identificar al responsable, un carro lleno de jóvenes pasó lentamente junto a ellos. De repente, uno de los ocupantes, encapuchado, sacó una pistola por la ventanilla y abrió fuego contra el policía que estaba tomando notas. El oficial se giró instintivamente y respondió al ataque, disparando hacia el vehículo que aceleraba y desaparecía en la calle. Cuando el tiroteo cesó y el policía se volvió hacia Klero para continuar… ella ya no estaba de pie. Yacía en el suelo, con sus hermosos ojos azules abiertos, mirando al cielo y una leve sonrisa en su rosto. Un disparo le había atravesado el pecho. La sangre se extendía lentamente sobre el pavimento del estacionamiento. Klero, el alma que había elegido el camino difícil, la que había resistido pobreza, abandono, engaños y soledad… murió allí, bajo la sombra del imponente edificio de Cabot & Associates. Justicia para todos, decía el gran letrero luminoso en lo alto. Pero para ella, la justicia nunca llegó. Al menos en esa vida, que nunca eligió. Pero su fórmula se había definido.

En cambio, Dios había prometido no molestar a Cabot y concederle una vida de abundancia. Solo lo visitaría una vez. Una sola vez en toda su existencia. Cabot debía estar con los ojos abiertos, porque Dios no tocaría a su puerta dos veces. Aquel día, el ser más poderoso del universo caminaba de la mano con su amada hija Klero, la joven de ojos azules que había elegido el camino difícil. La acompañaba personalmente a ver al mejor abogado del país. Cabot, sentado en su despacho de lujo en el piso veintisiete, con la ciudad a sus pies, le daba la espalda a Dios sin poder verlo. No reconoció la presencia divina que estaba allí frente a él, en la forma humilde y vulnerable de aquella muchacha. Era el día de su visitación. Venía Dios por su cuota, Dios no lo volvería a visitar jamás. Pero Cabot estaba ajeno a que el universo entero acababa de pasar por su despacho… y él había estado demasiado ocupado mirando sus propios logros como para levantar la vista. La abundancia que había pedido se había convertido en la prueba más peligrosa de todas: La de no ver a Dios cuando Él decide presentarse.

-XI-

La calumnia.

Mi nombre es Serge y esta es mi historia. Soy de Nicaragua, de un pueblo apartado cuyo nombre prefiero no mencionar. Nací en una familia terrible, una de esas benditas fórmulas que uno tiene que resolver en esta vida. Lo que aquí cuento sucedió exactamente así, aunque para muchos pueda sonar incierto o exagerado. Mi familia es grande: Muchos tíos, primos, hermanos. Pero la calumnia, el brete y la desinformación corrían por sus venas como si fuera sangre. Cuando Dios (o quien sea que reparte estas cualidades) repartió esos dones, en mi familia se soltó la tapa del pomo y cayó más de la cuenta sobre nosotros. Y lo peor de todo: Yo era el único que no era así. Eso me cerraba el camino en todas las direcciones. No encajaba. No podía unirme a sus juegos, a sus chismes, a sus traiciones pequeñas y grandes. Fingiendo pasé mis días para evitar caer en sus bocas. Con bandera de pendejo navegué en mi velero hasta la mayoría de edad, casi sin llamar la atención, mientras los que me rodeaban creían que yo era un anormal, un bicho raro, alguien que "no era de la familia". Mi papa decía que yo debía ser "un tarro", mientras me abuela se reía con una risa prosaica y nauseabunda.

Me fui a estudiar a la ciudad. Buscaba cualquier excusa para estar lejos de ellos, pero seguían siendo mi familia, la única que tenía. Recuerdo una vez que regresé con una novia que tenía en la ciudad. Ella insistía en conocer a mi familia y yo ya no podía ocultarla más. Tembloroso, después de un viaje largo, la llevé a mi casa. Desde el momento en que llegamos, comenzó la velada más chusma en la historia de la humanidad. Mi tío Ardenis le preguntó si iba a la iglesia (yo ya les había dicho que sí). Ella asintió con la cabeza, educada. Mi madre soltó una risa sarcástica. Mi padre, en voz alta y delante de ella, me dijo:—¿Y qué? ¿Ya la crucificaste? Mi tío, riéndose también, remató:—Tu novia tiene el mismo culo que Gladys, mi mujer, cuando era joven. Luego llegó mi tío Armando, a lo cual mi novia se puso en pie para saludarle, él dándole la mano le dijo a mi novia: "Hola, mi nombre es Armando, siete pulgadas de pene sin contar el rollete de cabeza". Mi novia se quedó helada. Así siguieron las bromas pesadas, las faltas de respeto y los comentarios groseros durante toda la noche. Yo me moría de vergüenza, pero no podía hacer nada. Mi novia soportó todo con una sonrisa tensa, pero sus ojos ya decían lo suficiente. A la mañana siguiente, ella había desaparecido. Se fue para siempre. Nunca más volvió a contestar mis llamadas ni mis mensajes. Aquella noche en mi casa fue la última vez que la vi.

Pasó el tiempo y yo seguía en la ciudad, cada vez más convencido de que nunca regresaría a mi pueblo ni a mi casa. Cuando cumplí diecinueve años, sin decir adiós a nadie, me fui de Nicaragua gracias a una beca para estudiar en Polonia. Era la oportunidad que tanto había esperado. Ahora estaba en Europa. Me inventé una historia limpia y aceptable: Decía que era huérfano, que mis abuelos —buenísimas personas— me habían criado con mucho cariño, pero que también habían muerto. En realidad, para mí todos estaban muertos. Había decidido enterrarlos en vida. Me busqué una buena muchacha, de una buena familia. Con ella aprendí el idioma, estudié con disciplina, me superé y poco a poco me olvidé de dónde había venido. También me cambié el nombre: Dejé atrás Daniel y me puse Serge. Jamás escribí. Jamás llamé. Hice todo a la perfección, con una disciplina casi militar. Nadie nunca supo de mí. Cuando llegó la época de Facebook y las redes sociales, yo ya tenía cincuenta años y más de treinta habían pasado desde que me fui de Nicaragua. Siempre estuve por debajo del radar, invisible, como si nunca hubiera existido en aquel lugar.

El proceso de adaptación en Polonia fue brutal. Mucho más duro de lo que jamás imaginé. Llegué en pleno invierno. El frío me golpeó como un muro invisible. En Nicaragua el frío era algo que se sentía en el aire acondicionado de un centro comercial; en Polonia era un ser vivo que se metía en los huesos, te congelaba las pestañas y te hacía doler la cara solo con respirar. Los primeros días caminaba por las calles de Varsovia envuelto en capas de ropa que me habían prestado, tiritando como un perro callejero, mientras la nieve crujía bajo mis zapatos baratos. El cielo era gris durante semanas enteras y los días duraban apenas unas pocas horas. Me sentía como si me hubieran sacado del paraíso y me hubieran tirado al fondo de un congelador. El idioma fue otra muralla. El polaco es una lengua difícil: Consonantes que se amontonan, sonidos que no existen en español y una gramática que parece diseñada para volver loco a cualquiera. Al principio solo sabía decir "dzień dobry", "proszę" y "dziękuję". El resto era un muro de sonidos incomprensibles. En las clases me sentaba al fondo, sudando de vergüenza cada vez que el profesor me hacía una pregunta. Muchas noches me quedaba hasta la madrugada repitiendo palabras frente al espejo, con lágrimas de frustración, porque sentía que nunca iba a poder expresarme. La soledad era lo peor. No tenía familia, no tenía amigos de verdad. La beca cubría lo básico, pero vivía en un cuartito diminuto de una residencia estudiantil donde el olor a humedad nunca se iba. Extrañaba el calor de Nicaragua, el ruido de la gente, el sabor de la comida de mi tierra. A veces me encerraba a llorar en silencio, preguntándome si no había cometido el error más grande de mi vida. Pero no me rendí. La muchacha de la que me enamoré (y que luego se convertiría en mi esposa) fue mi salvación. Ella era polaca, de una familia estable y cariñosa. Con paciencia infinita me enseñó el idioma. Me corregía con cariño, me llevaba a practicar en la calle, me hacía repetir frases hasta que me salieran naturales. Gracias a ella empecé a entender no solo las palabras, sino también la cultura: Cómo moverme, cómo no parecer un extranjero perdido, cómo sobrevivir al invierno polaco. Estudié como un loco. Me levantaba antes del amanecer y me acostaba después de medianoche. Aprendí polaco con una disciplina militar. Trabajaba en lo que fuera —repartir folletos, limpiar oficinas, dar clases particulares de español— para poder ahorrar un poco de dinero y no depender solo de la beca. Poco a poco fui venciendo los obstáculos. El frío dejó de ser un enemigo y se convirtió en algo que simplemente había que soportar. El idioma dejó de ser un muro y se convirtió en una herramienta. La soledad se fue transformando en independencia. Un día, sin darme cuenta, ya no era el muchacho nicaragüense perdido en Polonia. Era Serge. Hablaba polaco con fluidez, tenía amigos polacos, entendía las bromas locales y hasta podía quejarme del clima como uno más. Había logrado lo que me propuse: Reinventarme por completo. Pero en el fondo, muy en el fondo, seguía llevando dentro al niño de aquel pueblo apartado de Nicaragua que había tenido que huir de su propia familia para poder respirar.

Pasaron los años y logré convertirme en lo que nunca hubiera imaginado en Nicaragua: Un ingeniero polaco. Me sorprendía a mí mismo cada día. Me veía en el espejo hablando polaco con fluidez, discutiendo proyectos técnicos con colegas polacos. Había cruzado una línea invisible: El español, que alguna vez fue mi lengua materna, comenzó a sonar extraño en mi boca. A veces me confundía con palabras simples, titubeaba o usaba construcciones polacas dentro del español. Era como si mi mente hubiera decidido que esa era la nueva normalidad. Era todo un hombre de bien. Mi esposa y su familia estaban orgullosos de mí. Había construido una nueva familia, una en la que nos amábamos de verdad, sin máscaras ni miedo. Tenía un trabajo estable, una casa cómoda y una vida que, vista desde afuera, parecía un éxito rotundo. Sin embargo, cuando por casualidad alguien mencionaba Nicaragua —un comentario en las noticias, una canción que sonaba de fondo, o simplemente el nombre del país—, yo perdía la mirada. Se me iba el alma a un lugar lejano, como la de un caballo perdido dentro de un cine en plena noche. Por unos segundos volvía a ser Daniel, el muchacho que huyó sin despedirse, el que había enterrado su pasado para poder respirar. En esos momentos sentía una punzada extraña: No era nostalgia exactamente, sino la conciencia de que había logrado escapar… pero que una parte de mí seguía atrapada en aquel pueblo que juré no volver a nombrar.

Pero un día, llevado por la tentación y la curiosidad, caí. Estaba navegando por YouTube cuando encontré a una joven youtubera que hacía videos recorriendo el pueblo donde yo nací. Cuadra por cuadra, con su cámara en la mano, mostraba las calles polvorientas, las casas de adobe y zinc, los mismos rostros cansados que yo recordaba. En uno de esos videos pasó justo frente a la casa donde yo había nacido. Ahí estaba. La misma fachada agrietada, el mismo portal torcido, el mismo techo que siempre amenazaba con caerse. El lugar donde Dios, según mi madre, había echado más chismería de lo normal. La tentación comenzó a merodear sigilosamente mi corazón. Habían pasado más de treinta y cinco años. Jamás había sabido nada de ellos: Ni de mi madre, ni de mi padre, ni de mis hermanos, ni de ninguno de los que alguna vez llamé familia. Los había enterrado vivos en mi memoria. Y ahora, esa casa aparecía en mi pantalla, como un fantasma que se niega a quedarse quieto en el pasado. Me quedé mirando el video durante varios minutos, con el corazón latiendo fuerte. Una parte de mí quería cerrar la página y seguir con mi vida polaca, limpia y ordenada. Otra parte, más oscura y antigua, sentía una curiosidad casi dolorosa: ¿seguirían vivos? ¿Cómo habrían cambiado? ¿Seguirían siendo los mismos que yo recordaba? La tentación susurraba suavemente: «Solo un vistazo más… solo para saber si todavía existen». Y yo, Serge el ingeniero polaco, el hombre que había rehecho su vida desde cero, sentí por primera vez en décadas que Daniel, el muchacho que huyó sin despedirse, todavía respiraba dentro de mí.

Tomé una decisión. Me creé un canal de YouTube. Como ingeniero, sabía perfectamente cómo hacerlo todo de forma invisible: Cuentas anónimas, VPN, nombres falsos, todo configurado para que nadie pudiera rastrearme. Nadie en mi familia polaca, ni mi esposa, ni mis hijos, ni mis colegas, debía enterarse. Me suscribí al canal de la joven youtubera que grababa mi pueblo. Poco a poco, comencé a dejarle comentarios amables, preguntas inocentes sobre las calles, las casas, la gente. Ella respondía con simpatía. Con el tiempo, esa interacción se convirtió en una relación amistosa discreta. Todo lo hacía desde la oficina, en los ratos muertos, o desde el celular cuando nadie miraba. Era mi secreto. Quería saber más. Quería saberlo todo. Necesitaba enterarme en qué habían parado ellos: Mi madre, mi padre, mis hermanos, los tíos, los primos… esa familia de la que había huido hacía más de treinta y cinco años. Quería saber si seguían vivos, si seguían siendo los mismos, si la calumnia y el brete seguían corriendo por sus venas como siempre. Quién sabe, quizás habían cambiado. Cada nuevo video que ella subía era como abrir una ventana prohibida a mi pasado. Miraba las calles polvorientas, las casas conocidas, las caras que me resultaban dolorosamente familiares, y sentía una mezcla extraña: Curiosidad, miedo, nostalgia y una rabia antigua que nunca se había ido del todo.

Nadie en mi vida actual sabía nada. Yo era Serge, el ingeniero polaco estable y respetado. Pero en aquellas noches, solo frente a la pantalla, volvía a ser Daniel, el muchacho que había tenido que inventarse una vida nueva para poder respirar. Y ahora, después de tantos años, estaba abriendo de nuevo la puerta que juré mantener cerrada para siempre.

Un día, después de ver varios videos seguidos, le escribí un mensaje privado a la joven youtubera. «Tus videos son muy interesantes. Me traen muchos recuerdos», le dije. Luego le envié un aporte de cien euros y le pedí discreción absoluta. Ella se volvió loca de alegría. Me respondió casi de inmediato con una larga serie de emojis y exclamaciones de agradecimiento. Aproveché ese momento de entusiasmo y le pedí el favor: «Mi nombre es Daniel. Vivo en Estados Unidos (mentira, por supuesto). ¿Podrías ir a la casa donde yo nací y grabarme un video del barrio y luego de la casa por fuera? Solo eso. Con eso me basta.» Le expliqué la ubicación exacta, sin dar más detalles personales. Ella accedió con mucho entusiasmo, casi emocionada de poder ayudar. Cuando cerré el chat, me quedé mirando la pantalla un buen rato. Me dije a mí mismo, tratando de calmar la inquietud que me subía por el pecho: «Si esto sale mal, por lo menos no saben que me llamo Serge ni que vivo en Varsovia. Creerán que soy Daniel y que vivo en Estados Unidos. ¿Qué podría salir mal, verdad?»

Pero en el fondo, una vocecita muy baja me susurraba que acababa de abrir una puerta que llevaba cerrada más de treinta y cinco años.

La joven hizo una transmisión en directo y me avisó para que la viera. Yo estaba encerrado en mi oficina, con la puerta cerrada con llave y el corazón ya latiendo con fuerza antes de darle al play. En la pantalla apareció ella: Delgada, con una sonrisa fresca y natural, caminando por la cuadra donde yo había nacido. Mostraba todo con delicadeza, como una guía turística que ama su barrio: Las casas de madera y zinc, los patios estrechos, los niños jugando en la calle polvorienta, los perros flacos que corrían de un lado a otro. Parecía estar allí de verdad. Yo sentía que podía oler el polvo y el humo de leña. Cuando terminó de mostrar la cuadra por ambos lados, se dirigió directamente hacia mi antigua casa. Mi corazón comenzó a latir con violencia. La joven tocó la puerta con suavidad. Pasaron unos segundos eternos. Entonces salió una señora de unos ochenta años, encorvada, con el pelo completamente blanco y la piel marcada por el tiempo. Miró a la cámara con desconfianza y preguntó con voz ronca:—¿Qué es todo esto, mija? La youtubera, con la naturalidad de una locutora de programa de televisión, respondió sonriendo:—Hola, señora. Estoy haciendo un video del barrio. ¿Esta es su casa? ¿Me podría contar un poquito cómo es vivir aquí? La anciana entrecerró los ojos, todavía recelosa. Pero no era mi madre. No era nadie que yo conociera. Ella le explicó con calma que había permutado su casa con mi familia hacía casi treinta años atrás. Vivía allí desde entonces. Yo me quedé congelado frente a la pantalla. No era mi madre.

Era otra persona, otra vida, otro capítulo que ya no me pertenecía. El alivio se mezcló con una tristeza extraña y profunda. Treinta y cinco años después, la casa donde nací ya no era mía. Y yo, que había huido para no volver, sentí por primera vez que realmente ya no tenía regreso. Pero las cosas no se quedaron ahí. Yo quería saber más. Necesitaba saber más. Me volví a comunicar con la joven youtubera y le pedí, casi suplicando, que regresara a la casa. Le expliqué que Daniel (yo) vivía en Estados Unidos y quería conocer el paradero de mi familia. Ella aceptó con entusiasmo. Al día siguiente volvió a tocar la puerta. La anciana abrió y, al reconocerla, sonrió con esa mezcla de sorpresa y resignación:—Mija, tú aquí de nuevo. La joven le explicó con delicadeza que Daniel, quien ahora vivía en Estados Unidos, era quien había pedido el video y quería saber qué había sido de su familia. La señora asintió lentamente y comenzó a hablar con esa cadencia cansada:—Ah, es eso… Mira, mija, yo de verdad no sé mucho. Yo conocí a la familia de Daniel, a él no lo conocí personalmente, oíste, pero a la mamá sí y a la abuela también. Pero ya la abuela se murió, imagínate, más vieja que yo. Ya se murió. Hizo una pausa, como si recordara, y continuó:—

La mamá de Daniel y el papá viven a nueve cuadras de aquí, donde yo vivía hace treinta y cinco años. Aún están allí, están viejos, oíste. Daniel no lo conocí, pero la mamá decía que él era maricón, que se había casado con otro hombre y que por pena había desaparecido para El Salvador. Yo no sabía que ya habían llegado a Estados Unidos, oíste. Luego, con una amabilidad inesperada, le dijo:—Ven, mija, para que veas la casa. Graba ahí. La joven entró. La anciana le mostró la sala, el primer cuarto, el segundo —que había sido el de Daniel—, la cocina, el baño y un pequeño patio trasero. Mientras grababa, la señora seguía hablando:—Esta era la casita de ellos, oíste mija. Pero yo ya vivo aquí hace treinta y cinco años. La casa está toda malita, la madera seca y vieja, para leña es para lo único que sirve, oíste mija… pero se hace lo que se puede. Yo— estaba sentado frente a la pantalla en mi oficina de Varsovia, con el corazón latiendo con fuerza. Cada palabra de aquella anciana era como un golpe suave pero certero. Mi madre seguía viva. Mi padre también. Seguían en el mismo pueblo, y seguían calumniando y hablando mierda. La transmisión terminó y yo me quedé mirando la pantalla negra durante varios minutos, con un nudo en la garganta y una mezcla de alivio, rabia y una tristeza antigua que creí haber enterrado para siempre. Ahora sabía dónde estaban.

Y lo que pensaban de mí. La pregunta que me atormentaba era: ¿Realmente quería saber más? Por su puesto que no. Me comunique con ese joven apenado y le explique que eso no era cierto, que esa anciana esta confundida, pero ella me respondió que no me preocupada que su hermano era gay y ella lo amaba mucho. Cerré el laptop, borré todo con inmensa vergüenza y esta vez me olvidé para siempre. Era Serge, el polaco y así me moriría, esta gente seguía siendo los mismos. Me dedique a mi mujer y a mis hijos, y me olvide de ellos.

Pero ellos no se olvidarían de mí. Y ahora era cuando todo empezaba de verdad. Esa misma tarde, la anciana Angela fue caminando hasta la casa de al frente, donde vivía Gladys, la exesposa de Ardelis. Tocó la puerta con insistencia. Gladys abrió, todavía con el delantal puesto.—Ay Gladys, lo que ha pasado… —dijo Angela, casi sin aliento.—Dime, Angela, ¿qué pasó?—Mira, mija, hoy por la mañana vinieron a mi casa unas personas de la televisión, oíste. ¡La televisión! Gladys abrió mucho los ojos.—¿La televisión? ¿Y para qué querían ir a tu casa?—No sé, mija. Pero fueron. ¿Te acuerdas de Daniel, el hijo de las personas que me permutaron la casa? El medio sobrino tuyo, el que decían que era maricón y que se fue con su pareja para El Salvador.—Sí, me acuerdo —respondió Gladys, intrigada.—Pues mira, ellos ahora viven en Estados Unidos, él y otro hombre, y se casaron allá y todo. Daniel envió a la televisión porque quería hacer un video de donde nació, de su casa y de su antigua habitación. Oíste, mija. Imagínate, seguro son ricos y ahora quieren hacerse los humildes. Gladys se quedó pasmada, con la mano en la boca.—Me has dejado sin palabras, Angela. ¿Qué andarán tramando Daniel y su esposo? Las dos mujeres se quedaron un rato en silencio, mirando hacia la calle como si esperaran que el pasado regresara caminando por ella. Mientras tanto, a miles de kilómetros de distancia, en mi oficina de Varsovia, yo no tenía ni idea de que aquella conversación había comenzado.

Pero el pasado, una vez despertado, ya no se duerme tan fácilmente. Angela se despidió y regresó lentamente a su casa, todavía con la emoción del chisme en el cuerpo. Gladys, en cambio, no perdió tiempo. Se quitó el delantal con prisa, se arregló el pelo con las manos y salió casi corriendo las nueve cuadras que la separaban de la casa de Rosa, la madre de Daniel. Cuando llegó, jadeando, tocó la puerta con urgencia. Rosa abrió y, al ver la cara alterada de Gladys, preguntó alarmada:—¿Qué te pasa, mija? Entra, cálmate y cuéntame. Gladys entró casi sin aliento y soltó la bomba:—Apareció tu hijo Daniel.—¿Cómo? —gritó Rosa, con los ojos muy abiertos.—Sí, mija. Ahora mismo me acaba de contar Angela todo. La cosa es que hoy en la mañana llegaron a la casa de Angela unas personas de la televisión y unos ingenieros tomando medidas del patio y de la casa. ¡La televisión, ¡Ingenieros! Exclama Rosa!—No me digas… ¿Y esa vieja zorra no me dijo nada?—

Cálmate, Rosa, déjame terminar. Parece que tu hijo Daniel se ha hecho rico en Estados Unidos. Vive en California con su pareja, un hombre mucho mayor que él. Allá se casaron y todo. Ya sabes cómo es USA… allá te dan dinero hasta por ser gay. Rosa se llevó la mano a la boca, entre sorprendida y escandalizada.—No me digas… Yo no sabía que estaban en Estados Unidos.—Sí, mija, pero déjame terminar. La cosa es que tu hijo y su marido, un americano, se vienen a vivir a Nicaragua y quieren comprar la casa que fue de ellos. Le van a dar a Angela un billete tremendo. Esa vieja se va a hacer rica.—¿Y dónde se va a meter ella? —preguntó Rosa.—Ay, yo qué sé, Rosa. Tú haces unas preguntas… Con esa plata se puede ir a la ciudad, a donde ella quiera.—¡Vieja zorra! —exclamó Rosa, furiosa—. Por eso no me dijo nada. Las dos mujeres se quedaron un rato en silencio, procesando la noticia. El pasado, que parecía enterrado, acababa de regresar con fuerza. Mientras tanto, a miles de kilómetros de distancia, yo seguía sin imaginar que la tormenta ya había empezado.

Gladys se regresó a su casa mientras Rosa, en cambio, no perdió tiempo. Se vistió a toda prisa y salió casi corriendo hacia la casa de Ardenis, el ex de Gladys, donde su marido —con más de ochenta años— seguía yendo religiosamente todas las tardes a tomar ron. Al llegar, encontró a los dos viejos sentados en el portal, con la botella a medio terminar. Sin siquiera saludar, Rosa soltó la bomba:—Oigan bien lo que les voy a decir. Ahora mismo acaba de salir de mi casa Gladys. Según ella, a la casa de Angela (la que nos permutó hace treinta y cinco años) se le apareció la televisión, unos ingenieros y unos abogados norteamericanos que venían de parte de la embajada de Estados Unidos en Nicaragua. ¡Una pila de carros negros y Mercedes, y hasta cerraron la calle! Los dos hombres borrachos la miraron como si estuvieran viendo al diablo mismo.—La cuestión es que el maricón de tu hijo Daniel no está en El Salvador como ustedes pensaban —continuó Rosa, casi sin respirar—. Se fue a Estados Unidos hace unos años y allá se casó con un viejo rico y millonario. Ardenis interrumpió, con la lengua todavía pesada por el ron:—¿Y qué pasó con el marido salvadoreño?—Ay, qué sé yo, Ardenis, déjame terminar —contestó Rosa, impaciente—. La cosa es que están allá y se quieren venir a vivir aquí, pero antes le han ofrecido doscientos cincuenta mil dólares a la anciana Angela para que les dé la casa y la reconstruyan.—¿Doscientos cincuenta mil por esa mierda? —interrumpió el padre de Daniel, con los ojos como platos.—Sí, mijo, ¿o eres sordo? —respondió Rosa. Ardenis soltó una risa ronca y agregó, con la sabiduría etílica de quien ha oído de todo:—Esa gente tiene plata, Rosa. Allá en Estados Unidos, especialmente en California, he oído que dan crédito hasta por comer mierda. Los dos viejos se quedaron con la boca abierta, sin saber qué decir.

El ron se les había olvidado por completo. La noticia era demasiado grande, demasiado inesperada. El hijo "maricón" que creían perdido en El Salvador resultaba ser un hombre rico en Estados Unidos, dispuesto a pagar una fortuna por la vieja casa familiar. Rosa, satisfecha de haber soltado la bomba, cruzó los brazos y añadió con malicia:—Ahora sí vamos a ver qué pasa… porque esa vieja Angela se va a hacer rica y nosotros aquí seguimos igual.

Rosa se retiró a su casa, todavía alterada, seguida por su marido que caminaba cabizbajo, procesando la noticia. Ardenis, en cambio, no se quedó quieto. Se lavó la cara con agua fría, se puso una camisa limpia y salió directo a la casa de Pocholo, su hijo mayor y primo de Daniel. Cuando llegó, encontró a Pocholo y a dos amigos en el patio, haciendo pesas bajo el sol. Estaban descalzos, sin camisa, con pantalones rotos y el sudor corriendo por sus cuerpos. Eran la imagen misma de la fuerza bruta y la vida dura. Ardenis, siempre áspero, malevolente, violento y brutal, les gritó desde la entrada:—Oye, Pocholo, oye bien lo que te voy a decir. ¿Sabes quién se acaba de aparecer en el barrio? Tu primo Daniel. Sí, el maricón, ese mismo. Pero no es un maricón cualquiera. Está casado con un hombre poderoso, uno de los más ricos de California. Hoy llegaron a la casa que era de ellos antes, ¿te acuerdas?, donde vive sola la vieja Angela. Allá están: Cerraron la cuadra, vinieron en unos carros negros y todo. Hoy dormirán ahí, porque mañana se llevan a Angela para un hotel. La compañía que contrataron va a comenzar a demoler la casa. Dicen que Daniel dio sesenta días para que la hagan nueva, con piscina y todo. Van a pintar las calles y las casas de colores pastel y crema, como les gusta a ellos. ¡Doscientos cincuenta mil dólares le dieron a Angela por esa mierda de casa! Yo, si fuera ella, hubiera pedido más. Pocholo y sus dos amigos se quedaron paralizados, con las pesas en el aire y la boca abierta. Ardenis continuó, sin darles respiro:—Viste, y tú aquí comiendo mierda, haciendo pesas el día entero. ¿Por qué no te metiste a maricón como tu primo? Ahora fueras millonario. Pero no, te la pasas aquí como un anormal, levantando hierro bajo el sol. Pocholo, con rabia en los ojos pero respetando a su padre (con quien nadie se atrevía a jugar), le preguntó:—¿Y hoy van a dormir ahí? Ardenis respondió con impaciencia:—Sí, mijo, ¿no me oíste la primera vez? Hoy dormirán ahí solamente: Angela, Daniel y su esposo, un tal Robert. Pero será la última vez, porque mañana estarán todos en el hotel hasta que la casita esté lista. También van a pavimentar la calle, pero solo la de ellos… de arcoíris, pero pavimentada, no más de tierra. Los tres jóvenes se quedaron mudos, con las pesas olvidadas en el suelo. La noticia era demasiado grande. El primo "maricón" que creían perdido en El Salvador regresaba convertido en millonario, dispuesto a transformar el barrio entero.

Lleno de odio y rabia contenida, Pocholo dejó las pesas tiradas en el patio y se fue de la casa sin decir una palabra. Compró un contenedor plástico con cinco litros de gasolina y esperó a que la noche cayera. A las dos de la madrugada se acercó sigilosamente a la casa de Angela. Con el corazón lleno de veneno y un solo pensamiento repitiéndose en su cabeza —«Ni Angela disfrutará el dinero, ni Daniel ni Robert tendrán esa casa»—, roció toda la madera de la vivienda con gasolina, rodeándola por completo. Prendió fuego. Las llamas subieron con furia, convirtiendo la humilde casa en un infierno en la tierra. Angela murió sola, calcinada, sin tiempo de escapar. El fuego no se detuvo allí. Devoró otras casas del barrio con rapidez brutal. La de Gladys y otras diecinueve viviendas fueron destruidas. Un total de doce personas, incluyendo a Gladys, perdieron la vida. También murieron nueve perros y dos gatos. La policía atrapó a Pocholo mientras huía. Durante el interrogatorio solo repetía, con los ojos desorbitados: —Quería matar a Angela… y a Daniel… y a Robert…Nunca pudieron sacarle más. Lo ingresaron en un hospital psiquiátrico de por vida. Nadie salió en su defensa. Ni siquiera su propio padre, Ardenis, que lo traicionó diciendo que no sabía nada de aquello. La verdad murió con Angela y Gladys. Una verdad que, en realidad, nunca existió del todo. Y todo comenzó con un solo video de YouTube y la gente calumniosa de mi pueblo. Daniel (yo), desde Polonia, un día revisando el canal de la joven youtubera, encontré la noticia: El barrio entero se había quemado. Vi que Pocholo, mi primo había confesado que odiaba a Angela y que quería matarme y también a mi esposo Robert. Me quedé mirando la pantalla durante varios minutos, sin poder reaccionar. No entendí nada. No quise entender nada. Cerré el canal, borré el historial y, en ese momento, decidí olvidar para siempre mi país y aquel barrio. El pasado, que tanto había intentado enterrar, había regresado una última vez para recordarme por qué me fui. Y yo elegí, de nuevo, no mirar atrás.

-XII-
La historia de Marilyn.

Esta es la historia de Marilyn, una historia perdida en el corazón de mi mente, una deuda pendiente que no he podido pagar. Pero no hay con que pagar. Solo describiendo con amor y cariño tu vida, para que cualquiera que lea, se acuerde que un día Marilyn existió. Una chica que nadie comprendió ni nadie recuerda, su nombre ha sido tragado por el tiempo, pero he aquí, yo la haré vivir de nuevo, esperando donde estes, sepas que siempre me acuerdo de ti.

Marilyn era una niña con la que estudié desde la escuela primaria hasta el final de la secundaria. Después, nuestros caminos se separaron: Yo me fui a estudiar a otra provincia y nunca más supe de ella. Sin embargo, durante todos aquellos años que compartimos como amigos, tuve la enorme fortuna de conocer a la persona más increíble que he conocido en mi vida. Era una inteligencia y una madurez tan profundas que, en su momento, no alcancé a dimensionar del todo. Solo muchos años después, cuando Marilyn volvió inesperadamente a mi memoria, pude comprender realmente la magnitud de su carácter y la verdadera profundidad de su ser. Entendí entonces por qué ella —y probablemente muchas otras como ella— sienten que no encajan en este mundo. ¿Había salvación para alguien como Marilyn?

Sí, la había. Pero desde mi plataforma de aquel entonces, con el conocimiento y la madurez que tenía en ese momento, no estaba en mis manos poder ayudarla de verdad. No tenía la altura necesaria para estar a la altura de sus necesidades más profundas.

Marilyn era rubia, de ojos grises y un cuerpo esculpido con una perfección casi irreal. Siempre llevaba una sonrisa en los labios. Solía cortarse el pelo pensando en lo que les gustaría a los hombres, y caminaba por los pasillos de la escuela con una alegría tan natural que parecía la princesa indiscutible de aquel pequeño reino. Todos estábamos enamorados de ella, yo incluido. Sin embargo, nadie se atrevía a decírselo. Era demasiado para todos nosotros juntos. Yo, personalmente, cuando ella me hablaba, sentía que me embellecía el alma. Prefería conformarme con su amistad y disfrutar de su presencia, antes que arriesgarme a perderla para siempre si la ofendía con alguna declaración de amor.

Nos hicimos amigos de verdad. Durante toda la primaria Marilyn nunca tuvo novio; siempre caminaba sola por los pasillos y el patio. Su abuela la criaba y era ella quien la esperaba fielmente a la salida de la escuela cada tarde. Jugábamos, yo le hacía travesuras y maldades inocentes, y poco a poco aquella atracción inicial que sentía por ella se fue transformando en un afecto mucho más puro y profundo: La quería como a una hermana adorada.

Me angustiaba cuando faltaba a clases por estar enferma. En esos días la visitaba en su casa y la tenía constantemente en mis pensamientos. Ella correspondía de la misma manera. Nuestro cariño era mutuo, equilibrado y sincero.

Marilyn siempre me hablaba de temas que yo no alcanzaba a comprender del todo. Era una gran lectora, había aprendido a tocar la guitarra completamente de oído y también había estudiado inglés por su cuenta, solo escuchando y repitiendo. Yo sabía que era verdad, porque cada vez que nos veíamos llevaba consigo su guitarra vieja y tocaba con una sensibilidad y una belleza que me dejaban sin palabras, cantando con esa voz tan suya. Traducía novelas y libros enteros por puro placer. En la escuela, cuando llegaba algún visitante de otro país, ella se convertía en traductora con una naturalidad asombrosa, como si fuera lo más sencillo del mundo.

Su casa era grande y ocupaba una esquina del barrio. En el patio amplio criaba peces en un estanque y mantenía un jardín vibrante y lleno de vida. Además, había pintado las paredes con bellas imágenes de la ciudad, como si quisiera traer un poco del mundo exterior a su propio espacio. A veces me resultaba increíble pensar que alguien de apenas dieciséis años pudiera tener tanto talento y sensibilidad.

Pero no faltaban quienes comenzaban a murmurar que Marilyn se estaba volviendo loca. Su propia abuela, frente a mí, soltaba comentarios ásperos que, aunque ella respondía con una sonrisa, le clavaban una herida profunda. —Esta chiquita es medio marimacha —decía.

Y en otras ocasiones insistía:

—¿Por qué no te buscas un novio? Mira, hazte novia de Marcos… (Disculpa, ese es mi nombre. Me había olvidado de decirlo hasta ahora en esta historia).

En un mundo lleno de gente sin ningún talento real, en una ciudad donde acumular defectos se consideraba gloria y honra, donde la mayor virtud era la ignorancia, Marilyn simplemente no encajaba. Había nacido en el tiempo equivocado… o tal vez en el lugar equivocado.

Ahora, con la edad que tengo, cuando pienso en ella, la veo como un alma errante, perdida, algo raro. Una chispa brillante que apareció brevemente en un mundo que no estaba preparado para recibirla.

—Abuela, yo no necesito un novio —le decía Marilyn siempre con amor a su abuela.

Yo era su amigo, pero con el carácter y la madurez de Marilyn, aunque teníamos la misma edad, me sentía como si estuviera hablando con alguien muy superior a mí. Le tenía respeto, aprecio y un cariño inmenso. Me aterraba defraudarla y la sola idea de perderla me llenaba de miedo.

Como ella siempre parecía saberlo todo, yo me dejaba llevar. No me molestaba que Marilyn fuera mi guía; por el contrario, me sentía cómodo y tranquilo teniéndola a la cabeza.

Nos sentábamos juntos en su cuarto. Mientras ella tocaba su guitarra, me miraba a los ojos y sonreía, cantándome alguna canción de los Beatles o algún tema que estuviera de moda.

A veces se quedaba en silencio durante largo rato, solo cantaba, me miraba a los ojos y sonreía. Otras veces, cuando yo intentaba decir alguna ocurrencia o estupidez que se me pasaba por la cabeza, ella se ponía un dedo en los labios y me susurraba suavemente:

—Shhhhh… solo escucha mi canción y mírame.

Nunca lograba saber qué pasaba por su mente. Marilyn era la única persona en el mundo a la que no podía acceder, la única cuya interioridad permanecía cerrada para mí.

Solo sé que me quería y que era mi amiga, y para mí eso era suficiente. Pero la abuela de Marilyn era una señora ruda y cruel. Sus padres no vivían allí; ella solo convivía con su abuela. Cuando sus padres la visitaban, siempre le decían cosas hirientes: Que no entendían su afición por los animales, por la pintura, por la guitarra ni por el inglés. Le reprochaban que no se definía, que no tenía novios y muchas cosas más. Marilyn no era un animal más de ese zoológico donde yo había nacido, y eso ya preocupaba profundamente a sus padres.

Marilyn siguió creciendo, pero cambió. Se fue poniendo triste, como si su espíritu estuviera siendo machacado lentamente por dentro. Hablaba mucho más que antes. Cuando nos reuníamos, a veces nos sentábamos frente al río, en las ruinas de una construcción que nunca se terminó, y ella me hacía preguntas y comentarios durante horas. Ya de noche, me pedía que la acompañara de regreso a casa. Tenía diecinueve años y nunca había tenido novio, ni uno solo. Un día, cansado de tanto misterio, le pregunté directamente si nadie le gustaba y por qué no tenía pareja. Yo, para entonces, ya había tenido varias novias. Ella me miró sonriendo con ternura y me dijo: —Marcos, ahora quieres ser mi abuela. Luego, dijo: — con calma sorprendente, continuó: —Mira, chiquillo... yo sé que te gusto. Sé que nunca has tenido el valor de decírmelo. Sé que no quieres ofenderme ni perder mi amistad, y no sabes cuánto te agradezco y valoro que seas tan buen amigo. Pero quiero quitarte esa duda de la cabeza: Yo nunca te hubiera aceptado, Marcos. No quiero ser tu novia. No te quiero ni te amo de esa forma... te adoro como si fueras mi alma gemela, y así quiero que sigamos siempre: Como amigos. Tampoco quiero ser novia de nadie. Solo quiero una cosa en este mundo: Saber quién soy, de dónde vengo y por qué este mundo es así. No entiendo qué es esto, Marcos. Siento que el planeta se achica cada vez más y me comprime entre sus paredes. Esa noche me quedé atónito. Estaba al lado de alguien que podía leer mis pensamientos y de quien mi mente no podía escapar. En aquel momento no lo veía con la misma claridad con la que lo veo ahora, cuarenta años después. Estaba al lado de algo —o alguien— que no parecía del todo humano.

Marilyn era víctima de su exceso de inteligencia y discernimiento. Siempre me comentaba sobre las noticias del día, sobre el nuevo presidente, sobre lo estúpida que era la gente, sobre la fantasía en la que vivíamos y sobre la falta de valores reales. Decía que el mundo entero era un manicomio y que a veces prefería estar loca para no darse cuenta de nada, para no sentir. Lo único que odiaba no haber nacido como los demás para no darse cuenta de nada. Hablaba de lo bueno que sería que todo esto fuera solo un sueño, o una pesadilla, y despertar de pronto en un mundo diferente. A veces me contaba cómo soñaba con haber nacido en otro lugar, en otra realidad. Me preguntaba con tristeza:—¿Te imaginas un mundo donde las peores personas sean como tú y yo? No entendía el porqué de la violencia, de la maldad, del odio. Me decía que simplemente no sabía odiar. No odiaba a sus padres ni a su abuela, aunque lo intentaba con todo su corazón. Yo no entendía mucho de lo que decía, pero me encantaba oírla.

Pero las cosas siguieron empeorando. Marilyn ya casi no se dejaba ver. Dejó de visitarme y, cuando yo iba a su casa, su abuela me decía que no estaba.

Todo cambió poco a poco, pero de forma drástica entre nosotros. Ya no era la persona alegre de antes. Si la veía en la calle, me saludaba, pero enseguida me esquivaba. Yo nunca le había hecho daño, sin embargo, su desprecio me dolía inmensamente. Terminé respondiendo con la misma distancia. La situación llegó al punto en que, a veces, nos cruzábamos casi de frente en la misma acera y ambos apartábamos la mirada para no saludarnos. Yo no entendía nada de lo que estaba pasando y sentía, con una tristeza profunda, como si un ser querido se estuviera muriendo lentamente frente a mis ojos. Luego, para mi sorpresa y dolor, Marilyn comenzó a codearse con los tipos del barrio, hombres mucho mayores que ella, gente con dinero. La veía andando con ellos, subiéndose a sus carros y escoltándolos hacia este hotel o el otro. Se estaba prostituyendo literalmente delante de mis ojos. Aquello me llenó de celos y de una rabia profunda, pero no había nada que yo pudiera hacer. Ella me esquivaba la mirada y, a veces, lo hacía con un grado de indiferencia y desprecio que me hería aún más. Por mi parte, terminé yéndome de la ciudad para acabar una ingeniería. Después ingresé en el seminario teológico, donde estudié cuatro años de teología, y más tarde me convertí en pastor de una de las iglesias de mi pueblo. Mi destino parecía estar planificado de esa manera: Sería pastor.

Pero a Marilyn no la veía casi nunca, quizás una vez al año de pasada, y siempre nos evitábamos mutuamente. Con el tiempo comencé a notar que se había cortado el pelo como un hombre y que vestía con ropa masculina. Marilyn ahora se identificaba como lesbiana, andaba solamente con mujeres y se había hecho novia de una joven que todos conocíamos desde niños. Era una buena muchacha, no alguien de mala vida. Sin embargo, esa relación tampoco duró mucho. Con el paso de los años, en las pocas ocasiones en que la vida nos cruzaba, la vi cambiar constantemente: De esto a aquello y de aquello a lo otro. A veces se vestía de roquera y andaba con los roqueros del barrio, yendo de fiesta en fiesta.

El tiempo siguió pasando y, poco a poco, dejamos de vernos casi por completo. Me habían asignado una iglesia en otra ciudad y mi vida se centraba exclusivamente en el ministerio y en mis propios problemas.

Pasado el tiempo, me asignaron otra iglesia: Esta vez era la iglesia principal del pueblo donde ambos habíamos nacido. Había regresado al mismo lugar después de muchos años. Ya estaba casado, aunque todavía no teníamos hijos. Una noche, después de terminar el culto y mi predicación, subí al segundo piso de la iglesia para descansar un poco, tomar aire y mirar el cielo nocturno. De pronto, como una sombra silenciosa, Marilyn apareció a mi lado y me dijo con una voz tranquila:—Marcos… así que ahora somos pastores. Ahora ya era una mujer. Aún conservaba un eco de aquella belleza que tanto me había impactado años atrás, pero su rostro y su aspecto lucían cansados, marcados por el trajín de la vida. Se acercó a mí con la misma voz dulce y serena de nuestros mejores tiempos.

Me miró y dijo con una media sonrisa: —¿Puedo hacerle una pregunta al pastor? Me reí suavemente porque sabía que me estaba jodiendo, y le respondí:—Claro, Marilyn. ¿Qué puedo decirte yo que tú no sepas ya?

Ella me miró de lado, con esa expresión entre cansada y desafiante, y me preguntó:—¿Por qué, si yo he tratado tanto, siempre me siento vacía?

Luego agregó, con una voz más baja:—Si hago un negocio, a los demás les va bien y a mí no. Si me porto bien, no cuenta para nadie… y si lo hago mal, me juzgan todos. ¿Podría decirme usted, pastor?

Me giré hacia ella y me puse frente a frente. La miré a los ojos y le dije:—Sabes algo, Marilyn… eso mismo estaba pensando yo justo antes de que llegaras.

Si soy un buen pastor, ¿por qué siempre soy el último en todo?

Si soy un buen marido, ¿por qué no tengo hijos?

Si trabajo más que nadie, ¿por qué siempre prefieren la otra iglesia y al otro pastor? No sé, Marilyn… Si no lo sabes tú, yo no te puedo ayudar.

Marilyn bajo la cabeza, luego me miró a los ojos y me dijo: Gracias Marcos y se fue.

Era el primer encuentro con Marilyn después de tantos años y, en mi cabeza, no sabía qué hacer con esa conversación. Sus palabras y las mías se quedaron resonando dentro de mí, confusas, honestas y dolorosamente reales. Otro día me la topé en la calle. Me saludó con una sonrisa y me dijo:—Acompáñame a la casa. Extrañado por su conducta tan amigable, acepté y la acompañé. Llegamos a la casa de la abuela, igual que en los viejos tiempos. Saludé a la anciana y ella, con su tono directo de siempre, me soltó:—Ay, Marcos, mijo… me enteré de que te habías hecho sacerdote. Mira a ver si ahora le arreglas la cabeza a esta niña. Me reí, un poco apenado, mientras Marilyn me jalaba del brazo y me llevaba casi a rastras hacia su habitación.

Cuando entramos en su habitación, el cuarto parecía un terrario vivo. Había peceras, plantas por todas partes y decenas de frascos de conserva perfectamente ordenados, cada uno convertido en un pequeño mundo. Dentro de ellos vivían caracoles, babosas y hasta cucarachas. Todo estaba limpio y organizado, pero el espectáculo era tan extraño que me dejó pálido. Marilyn seguía tomándome del brazo con fuerza, obligándome a mirar todo aquello durante unos segundos. De pronto, rompió el silencio y dijo con voz tranquila pero firme:—No te preocupes, a estos animalitos los voy a soltar en libertad dentro de unos días, pero no ahora. El vecino fumigó con pesticidas y si no los rescato de mi patio, todos estarían muertos. Luego me miró directamente a los ojos y preguntó:—Respóndeme ahora, pastor: ¿Por esto estoy yo loca? ¿Qué dice tu Dios sobre esto, si puedes responder?

Me quedé pensando a una velocidad que superaba cualquier computadora creada por el hombre. Repasé los sacrificios de animales en el Antiguo Testamento, busqué respuestas por todos lados y terminé recordando a Noé y el arca. Pero con Noé había un diluvio; aquí solo había un vecino fumigando con pesticidas para controlar alimañas. No encontré nada. Me quedé callado, sintiéndome el ignorante más grande del mundo. De pronto, Marilyn me abrazó con fuerza y comenzó a llorar desesperadamente. Yo permanecí en silencio, buscando una respuesta que no llegaba. Pensé en sugerirle que viera a un médico, pero sabía que si lo hacía pasarían dos cosas: Ella se ofendería profundamente y se le rompería el corazón, o yo renunciaría al ministerio en ese mismo instante. No podía ayudarla. No desde mi plataforma, no desde mi fe, no desde la Biblia. Le sequé las lágrimas con cuidado y le dije con la voz quebrada:—Marilyn… no sé. Solo sé que te amo mucho.

Al menos con ella fui sincero. Con los miembros de mi iglesia solo repetía lo que me habían entrenado a decir: "Ten fe, ora mucho, Dios no abandona". Luego veía la resignación en sus rostros cuando nada cambiaba. Tenía otras frases guardadas, pero las reservaba para los casos extremos —la muerte de un hijo joven, un cáncer terminal—, frases como: "Los caminos de Dios son inescrutables y misteriosos". Teníamos tres gavetas bien organizadas: Las cosas malas las echábamos en la gaveta del diablo, las buenas en la gaveta de Dios, y todo lo que no entendíamos iba a la tercera, la gaveta de "los misterios de Dios". Una vez todo estaba bien engavetado, podíamos dar testimonios de la bondad divina, de la maldad del enemigo y del misterio inescrutable. A eso le llamábamos fe. Funcionaba como un reloj automático… pero por dentro me estaba enfermando. Por eso, al menos con Marilyn, preferí ser sincero.

Yo quería ayudarla, pero estaba totalmente desarmado. Todas las respuestas que tenía eran frases prediseñadas, demandas divinas vacías. A ella le pasaba algo real, algo profundo. Marilyn era diferente. Con ella no bastaba responder religiosamente; había que reaccionar con inteligencia.

Unos días después me decidí y fui a su casa. La abuela no estaba. Le dije que quería hablar con ella y Marilyn aceptó. La miré a los ojos y le hablé con toda la sinceridad que tenía:—Marilyn, yo quiero ayudarte. Sé que no estás loca. Veo que tienes problemas existenciales… pero yo también los tengo. ¿Acaso crees que a mí me llena la historia de que un dios tomó fango en sus manos, sopló y de pronto millones de hijos de puta comenzaron a existir y a destruirlo todo? ¿No crees que yo me siento tan vacío como tú? ¿Que no veo el mundo exactamente como tú lo ves? Tú me hiciste ver. Fuiste mi Dios, mi todo, desde que éramos niños. Pero yo puedo contenerme… tú no. Yo tengo una piel que me protege. Tú eres un espíritu desencarnado. Yo mismo no alcanzo a comprenderte del todo. ¿Por qué no vas a ver a un psicólogo o a alguien que pueda recetarte algo que al menos te calme la mente? Aunque sé que nada puede calmar tu espíritu tan liberal. Para colmo has nacido en un país de brutos y primates. No sé realmente qué hacer contigo, Marilyn. Te me escapas de las manos como arena.

Marilyn me miró en silencio por un instante, luego sonrió con esa sonrisa cansada que yo tan bien conocía y dijo:—Gracias por la visita, Marcos. Ya has hecho bastante.

La última vez que vi a Marilyn fue un domingo luminoso, perfecto para cualquier cosa menos para estar en la iglesia. Yo impartía la clase de escuela dominical —"no hay nada más aburrido que una escuela dominical"— y estaba repitiendo, una vez más, una historia del Antiguo Testamento. Hablaba de los sacrificios que se ofrecían por el pecado del pueblo y de todas esas cosas que ya había contado tantas veces.

Cuando estaba por terminar la clase, noté que, al fondo, casi escondida en una esquina, estaba Marilyn sentada en una silla. Eso me puso nervioso;

me daba pena predicar delante de ella. Al terminar, se acercó y se sentó a mi lado dentro de la capilla. Se veía serena, relajada, en paz, como alguien que ha salido de un largo martirio. Mirando hacia delante, me dijo con una media sonrisa:—Así que matando animalitos, ¿eh? En eso estamos ahora. Yo también sonreí y le respondí:—No es así, Marilyn. Esos animalitos se sacrificaban a Dios por los pecados del pueblo. También era un símbolo del gran sacrificio: La muerte de Cristo por nosotros. Ella sonrió de nuevo y dijo con calma:—Pero ¿por qué deberían pagar los animalitos por el pecado de un pueblo? ¿Ni un hombre en la cruz por el pecado de todos? ¿No sería más justo que cada cual pague por lo suyo? Así la gente lo valoraría más… y dejarían a los animales en paz.

—¿Acaso crees —continuó diciendo— que alguna vez valieron esos sacrificios? ¿O que algún sacrificio ha logrado que un pueblo aprenda algo de verdad? Los sacrificios son de las cosas que más rápido se olvidan. Si el sacrificio de Cristo realmente hubiera valido, no sería la iglesia la primera que debería haberlo asimilado. La iglesia ha tenido todo el tiempo del mundo, siglos enteros en el poder, para cambiar el rumbo de la humanidad… y en cambio, lo ha desviado para siempre. ¿Crees que después de más de mil años en el poder la iglesia ha mejorado el mundo… o siquiera a sí misma?

Le respondí:—Dios no puede controlar a los hombres, Marilyn. Ella me miró con serenidad y contestó:—Exacto. ¿Entonces para qué sacrificarse por ellos? Luego me miró fijamente y agregó con una sonrisa suave:—Yo no odio a la iglesia, ni a Dios, ni a nadie. Y a ti, Marcos, te amo como a nadie. Pero no de noviecitos —dijo riéndose—, no te equivoques.

Luego tomó mi mano con ternura y me dijo:—Marcos, vengo a despedirme. Me voy de este pueblo, me voy a vivir con mis padres. Va a ser difícil que nos volvamos a ver. Yo le respondí:—Marilyn, yo también me voy dentro de un mes con mi esposa a Brasil. Voy a estudiar a un nivel más alto. Ella me miró sonriente y dijo:—Espero que ahora sí sepas por qué mataron tantos animalitos…Luego se puso seria, se incorporó y añadió:—No, de verdad te deseo lo mejor por allá. Aprende, sé grande y resuelve las fórmulas que yo nunca pude resolver. Espero verte de nuevo un día. Se recostó hacia mí, me dio un beso suave en la mejilla derecha, se levantó y se fue delante de mis ojos.

Esos últimos días yo estaba muy complicado con los preparativos de mi viaje. Ya había renunciado a mi iglesia, otro pastor amigo tomaría mi lugar mientras yo estudiaba en Brasil, y estaba en la capital haciendo todos los arreglos legales para mi partida. Aun así, regresé a mi pueblo de origen con la firme intención de despedirme de ella. No podía irme sin hacerlo. Faltaban solo tres días para abandonar el país. Decidí pasar por la casa de su abuela para pedir la dirección de sus padres; estaba dispuesto a alquilar un vehículo e ir hasta allá. Cuando llegué a la esquina donde vivía, la abuela estaba en el portal, como casi siempre. En cuanto me vio, se echó a llorar desconsoladamente. Mi corazón se detuvo en seco.—Se ha suicidado, Marcos… se ha quitado la vida. Hace solo dos días. Solo dos días.

Han pasado muchos años y décadas Marilyn, pero todavía te recuerdo, estas en mi mente y viva siempre estarás, porque yo Marcos, así lo he querido y así se hará.

A veces, en las noches que pasábamos entre las ruinas inacabadas frente al río, cuando el viento se enredaba en las estructuras a medio construir y arrancaba silbidos y lamentos a las paredes, ella me susurraba:—Marcos, concéntrate… ¿No lo oyes? El viento trae historias antiguas. Cantos perdidos, voces de otros tiempos, secretos que nadie puede oír. Yo solo escuchaba el viento. Ella sonreía con paciencia y repetía:—Es un idioma. Solo hay que aprender a oírlo. Pasaron muchos años. Ya no estabas cuando por fin lo entendí. Ahora el viento me habla. Me trae susurros, memorias y ecos lejanos. Y en las profundidades de la noche, casi ahogados por el ruido del mundo, consigo oír el canto tenue, delicado, de las criaturas que solo despiertan cuando todo calla.

Se que estás en tu paraíso, en aquel que en vida soñaste, en un mundo donde no existe la muerte ni el dolor. Que seas el árbol principal de tu bosque santo, que de tus hojas las criaturas encuentren sombra y refugio, que de tus frutos se alimenten, y que de tu néctar millones de abejitas elaboren su más dulce miel. Que habites un mundo enteramente tuyo, donde todo es vida y abundancia, donde eres reina por derecho de amor y de luz. Lejos de profecías malditas y de libros mentirosos, lejos de lenguas acusadoras y de manos llenas de sangre, lejos de hombres malvados y de instituciones que huelen a podredumbre. Que descanses en paz, envuelta solo en vida, siendo por fin libre, siendo por fin tú.

-XIII-
Eugen.

Mi primera visión fue aterradora. Apenas tenía diez años cuando lo vi con total claridad: Un ser idéntico a aquellos que los cuadros antiguos representan como el Diablo. Me llevaba sujeto por los brazos. Era negro, más negro que la noche más profunda. Alto, imponente, de una fuerza brutal. Su piel brillaba como si estuviera cubierta de aceite o sudor. No tenía un solo pelo en la cabeza. Me cargaba con facilidad. A su lado caminaba otro ser, completamente opuesto: Alto también, pero radiante, de cabello dorado y un aura de luz brillante que parecía envolverlo como un halo. Aquel ser luminoso me resultaba extrañamente familiar, pero se quedó atrás, observándome en silencio. El ser oscuro me llevó hasta un lugar sobrecogedor donde rugían incontables corrientes de agua. Era un abismo imponente y terrible. Todas aquellas aguas se precipitaban con furia hacía unos enormes huecos que se abrían directamente hacia las profundidades de la tierra. Yo estaba paralizado de terror. Mientras la criatura oscura me sostenía al borde del precipicio, murmuraba palabras que no logro recordar, pero cuyo sonido aún me hiela la sangre. Se preparaba para arrojarme. De pronto, una luz extraña, como un amanecer fuera de lugar, iluminó aquel sitio infernal. En ese instante, el ser me lanzó con fuerza hacia las corrientes. El agua me atrapó de inmediato. Me arrastró con una violencia salvaje, empujándome a gran velocidad directamente hacia uno de aquellos huecos negros y sin fondo. Caía sin control, tragado por la oscuridad absoluta.

Seis meses después, tuve otra visión que me dejó aún más aterrado. Me encontraba flotando en un lugar imposible, suspendido en el cielo. Bajo mis pies se extendían inmensas montañas nevadas que brillaban bajo la luz de las estrellas. Sobre mi cabeza, un firmamento infinito. Frente a mí estaba él otra vez: El mismo ser negro, más oscuro que la noche misma. Su piel brillosa reflejaba el cielo entero, como si estuviera vestido de miles de diamantes diminutos que capturaban la luz de las estrellas. Esta vez no estaba solo. Lo acompañaban cuatro o cinco seres más, todos diferentes entre sí. Algunos eran más altos, otros más imponentes. Sus rostros tenían formas a la vez humanas y animales, como criaturas salidas de un bestiario antiguo. Todos permanecían de pie frente a mí, en silencio. El ser oscuro, el mismo que me había arrojado a las aguas infernales, sostenía en sus manos un antiguo rollo de pergamino. Lo desenrolló con lentitud, lo examinó y luego me lo extendió abierto. Al mirarlo, comprendí todo. Estaba lleno de escritos extraños: Conjuros, nombres desconocidos, direcciones, mapas detallados, oraciones completas y ecuaciones que desafiaban cualquier lógica humana. Sin embargo, en ese momento yo entendía perfectamente cada símbolo, cada palabra, cada fórmula. Era el mapa completo de mi vida en la Tierra. Todo lo que sería, todo lo que viviría, todo lo que sufriría... estaba escrito allí. La visión me impactó profundamente. Desperté sobresaltado, llorando desconsoladamente. Mis padres, ya mayores, comenzaron a preocuparse seriamente por mí. Me miraban con una mezcla de miedo y tristeza. Esa noche, mientras intentaba dormir de nuevo, una sola pregunta no dejaba de atormentarme: «¿Será que soy hijo del diablo?»

Mi nombre es Siegfried Eugen Schmidt. Nací en una pequeña región cerca de Füssen, al sur de Alemania, en el corazón de Baviera, a pocos kilómetros de la frontera con Austria. Crecí rodeado de montañas imponentes y bosques profundos. Mis padres eran ya mayores cuando nací y me criaron con mucho cariño y paciencia. Eran personas sencillas y buenas. Mi padre, herrero de oficio, me enseñó desde niño el noble arte de trabajar el metal: El fuego, el yunque, el martillo y el secreto de dar forma al hierro caliente. Mi madre me transmitió la calma y la honestidad que siempre han caracterizado a nuestra familia. Entre el olor a carbón, el sonido del metal golpeado y el silencio de las montañas, pasé mi infancia y juventud aprendiendo un oficio antiguo que, sin yo saberlo entonces, marcaría profundamente mi destino.

Siempre viví en nuestra humilde cabaña en las montañas, solo con mis padres. Me gustaba ir a la escuela. Era una vieja escuelita de una sola aula, donde aprendí lo esencial: A leer, a escribir, buenos modales y, sobre todo, el amor por el trabajo honrado y el respeto profundo hacia los mayores y hacia mis padres. En mis ratos libres jugaba con los pocos niños del lugar, correteando entre los pinos y los prados alpinos. Pero lo que más disfrutaba eran las fiestas de Oktoberfest. Cada año esperaba con ilusión aquellas celebraciones llenas de vida: Las recreaciones históricas, los juegos tradicionales, la música alegre y, por supuesto, los deliciosos pasteles y dulces bávaros que mi madre preparaba con tanto cariño. Esos días eran para mí los más felices de la infancia: El aroma a manzanas caramelizadas, el sonido de las gaitas y acordeones, y la sensación de que el mundo entero sonreía bajo las luces de las carpas festivas.

Pero mis visiones nunca cesaban. Al contrario, se volvieron más intensas y nítidas con el paso del tiempo. Eran tan reales que sentía como si realmente estuviera allí, viviendo aquellos momentos en otra dimensión. No eran simples sueños ni pesadillas: Eran experiencias vívidas, tan concretas como la fragua de mi padre o el aire frío de las montañas. Al principio se lo contaba todo a mis padres. Les describía con detalle cada ser, cada lugar y cada sensación. Sin embargo, con el tiempo dejé de hacerlo. No quería preocuparlos más de lo necesario. Ellos ya eran mayores y veía la inquietud en sus ojos cada vez que les hablaba de aquellas cosas. Aun así, a veces era imposible ocultarlo. En medio de la noche despertaba gritando, con el corazón desbocado y el cuerpo empapado en sudor, sin saber exactamente qué me había sucedido. Mis padres entraban corriendo a mi habitación, asustados, y yo solo podía decirles que "había vuelto a pasar". Lo más terrible no era que las visiones fueran malas.

Lo verdaderamente perturbador era que eran demasiado reales.

Tan reales que a veces dudaba de cuál era el mundo verdadero: Si el de la cabaña, el yunque y el Oktoberfest… o el de aquellos seres oscuros, pergaminos antiguos y abismos sin fondo.

Un día tuve un sueño que me dejó profundamente conmovido. Me vi sentado en un trono imponente, elevado sobre amplias escaleras de mármol rojo. Debajo de mí, un pueblo entero me observaba con alegría y devoción. La gente sonreía, levantaba las manos y celebraba mi presencia. Me sentía como un rey amado y respetado. En ese momento, sentí un amor profundo y sereno por una de mis esposas, que estaba a mi lado. También sentí un cariño inmenso hacia nuestro hijo, un niño pequeño que se encontraba junto a ella. Todo era tan vívido, tan real… el calor del sol sobre mi piel, el rumor alegre de la multitud, la mirada llena de amor de aquella mujer. Al despertar, aún podía ver claramente su rostro. Sus ojos negros, grandes y brillantes.

Su amor resplandecía en su expresión con una intensidad que me cortaba la respiración. Me quedé largo rato en la cama, con el corazón acelerado, intentando retener aquella imagen. Pero esa mujer no existía en mi vida real.

Nunca la había visto. No era real. Y sin embargo, el amor que sentí por ella en aquel sueño era más fuerte y verdadero que cualquier sentimiento que hubiera experimentado despierto.

En otra ocasión, tuve una visión en la que volaba por el cielo como un águila, a gran velocidad. Surcaba el aire con una libertad absoluta. Mis brazos se habían convertido en poderosas alas que cortaban el viento con precisión. Sentía el frío cortante de las alturas, el rugido del aire en mis oídos y la fuerza del sol sobre mi espalda. Abajo, las montañas, los bosques y los ríos de Baviera se veían diminutos, como un tapiz vivo que se extendía hasta el infinito. Volaba tan rápido que el paisaje se difuminaba bajo mis ojos. Era una sensación indescriptible: Una mezcla de euforia, poder y paz profunda. Por unos instantes, dejé de ser Siegfried Eugen Schmidt, el hijo del herrero. Me convertí en algo salvaje, libre y superior. Volaba sin esfuerzo, sin miedo, como si aquel fuera mi estado natural. Cuando desperté, todavía sentía el viento en la cara y el latido acelerado de mi corazón. Durante varios minutos permanecí en silencio, con los ojos cerrados, intentando retener esa gloriosa sensación de libertad absoluta.

También tuve sueños con personas que no conocía en absoluto. Eran hombres y mujeres de gran poder: Viejos tiranos, emperadores, líderes y figuras temidas en su tiempo. Sin embargo, en mis sueños no aparecían como seres distantes y crueles, sino como personas normales, carnales y sorprendentemente humanas. Los veía riendo, comiendo, discutiendo por tonterías, deseando a una mujer, sintiendo miedo, envidia o cansancio. Eran simplemente hombres y mujeres de carne y hueso, con las mismas debilidades, pasiones y miserias que cualquiera de nosotros. Lo que más me perturbaba era la claridad con la que los percibía. No eran figuras vagas ni borrosas. Podía ver sus rostros con detalle, oír sus voces, sentir su aliento y hasta oler el vino en su boca. Era como si hubiera vivido junto a ellos en otra época, como si los hubiera conocido personalmente. Al despertar, me quedaba largo rato pensando en ellos. Me preguntaba por qué mi mente me mostraba a esos personajes poderosos en su versión más humana y vulnerable… y por qué yo podía verlos con tanta intimidad.

Solo una vez sentí un terror extremo. Estaba dentro de una de mis visiones cuando, de pronto, me pareció despertar en mi propia cama. Descalzo, salí al pasillo guiado por un sonido extraño que venía del patio de la cabaña. Miles de voces cantaban al unísono un coro lento, monótono y perfecto, como los que se entonan en los velorios. El sonido era tan real que no dudé en caminar hacia él. Mientras avanzaba por el pasillo, vi a mis padres durmiendo profundamente en su cama. Pasé por la cocina y noté que la puerta que siempre permanecía cerrada durante la noche estaba completamente abierta. Sin sentir miedo aún, crucé el umbral y salí al patio. En el instante en que puse un pie fuera, las voces cesaron de golpe. Un silencio absoluto cayó sobre todo. En el centro del patio se alzaba un grueso palo de madera cuadrado, alto como de treinta pies. Arriba, casi en la cima, había un hombre abrazado al poste. Poco a poco, comenzó a bajar con una lentitud deliberada y elegante, como un malabarista o un acróbata acostumbrado a moverse en las alturas. Era un hombre de piel mestiza, color chocolate claro, con el cabello color avellana largo que le caía sobre los hombros y unos ojos color miel que brillaban en la oscuridad. Mientras descendía, me miraba fijamente y sonreía. No era una sonrisa amable. Era una sonrisa confiada, burlona y profundamente desagradable, como si supiera un secreto que yo ignoraba. Venía directamente hacia mí.

Mientras bajaba con esa lentitud deliberada, me miró fijamente a los ojos y me habló con una voz grave, casi melosa, que parecía resonar dentro de mi cabeza:—Ven, esclavo mío…

Sube a este mi palo. Desde aquí arriba verás mi mundo. Su sonrisa se ensanchó, confiada y cruel. Cada palabra sonaba como una orden antigua, imposible de desobedecer. El poste de madera se alzaba imponente entre nosotros, negro contra la noche. El hombre seguía descendiendo lentamente, sin apartar sus ojos color miel de los míos. —Ven —repitió, extendiendo una mano hacia mí—. Sube. Te mostraré lo que realmente eres.

Aquel hombre estaba sudado, con ropas malolientes, viejas y sucias, como si hubiera caminado días enteros bajo el sol sin descanso. Su frente, marcada por arrugas profundas y surcos de tierra, llevaba tatuado en letras góticas irregulares: "Ego sum mendacium incarnatum". Lo miré de cerca, bajo la luz amarillenta de la lámpara del bar de carretera. La frase latina destacaba en tinta negra desvaída, como si la hubieran grabado hace mucho tiempo con una aguja improvisada.—¿Qué significa? —pregunté, sin poder contenerme. Él sonrió y sus ojos brillaron con algo que parecía diversión y cansancio a la vez.—Significa... "Yo soy la mentira hecha carne" —respondió con voz ronca, con acento extraño, como si hubiera vivido en muchos lugares sin pertenecer a ninguno. Se inclinó un poco hacia adelante, y el olor a sudor rancio y vino barato se hizo más intenso.—Soy el engaño con piernas, amigo. Todo lo que digo es cierto... hasta que dejo de decirlo. ¿Quieres que te cuente una historia? Te prometo que será la verdad.

O tal vez no. Se rio bajito. —¿Cómo te llamas? —insistí. —Llámame como quieras. —. Hoy soy Mendax. Mañana... quién sabe. Pero la frente no miente, ¿verdad? La frente nunca miente. Bebió un trago largo de su copa sucia y me miró fijamente, como esperando que yo decidiera si creerle o salir corriendo.

El hombre se acercó más, tanto que pude sentir el calor húmedo de su aliento mezclado con el hedor a vino agrio y viejo. Sus ojos, inyectados en sangre, brillaban con una intensidad casi religiosa mientras recitaba aquellas palabras como si fueran un credo personal:—«Yo soy el camino, la única forma de salir adelante. Yo soy el único que puede engañar, el verdadero lobo vestido de oveja. Millones me siguen y mi promesa cumpliré: Esclavos serán y en mi palo vivirán». La frase final le salió con un tono casi cantado, como un salmo retorcido. "En mi palo vivirán"... repetí mentalmente. Sonaba a cruz, a patíbulo, a algo oscuro y antiguo. Se quedó callado un segundo, observándome como si esperara que yo aplaudiera. Luego soltó una carcajada seca que le sacudió los hombros.—¿Entiendes ahora, amigo? No soy solo una mentira con patas. Soy la Mentira con mayúscula. La que promete libertad y entrega cadenas. La que dice "sígueme" y te lleva directo al matadero con una sonrisa. Millones ya caminan detrás de mí sin darse cuenta. Les doy pan y circo, les doy enemigos fáciles, les doy esperanza barata… y ellos me dan su voluntad, su futuro, sus hijos y su alma. Se pasó la mano sucia por la frente, justo sobre el tatuaje, como si quisiera acariciarlo.—Algunos me llaman "Caper". Otros mesías. Los más listos me llaman diablo. Pero la mayoría terminan arrodillados. Porque la gente no quiere la verdad dura y fría. Quiere una mentira tibia que les abrace por la noche. De repente su expresión cambió. La sonrisa burlona desapareció y su voz bajó hasta convertirse en un susurro ronco:—Dime… ¿tú también quieres seguirme? Puedo hacerte rico. Puedo hacerte importante. Solo tienes que creer en mí. Solo una vez. Extendió la mano derecha, temblorosa y con uñas negras de mugre. En la palma tenía grabado otro tatuaje pequeño, casi ilegible que decía: "Metatron".—¿Aceptas el camino, hermano? ¿O prefieres quedarte solo con tu verdad… y morir de hambre con ella?

El terror me tenía clavado al suelo. El hombre del tatuaje seguía extendiendo su mano mugrienta, con esa sonrisa torcida que prometía todo y nada bueno. Mi respiración se había vuelto corta, entrecortada, y el corazón me golpeaba el pecho como si quisiera salirse. Entonces, por el rabillo del ojo, la vi. En la esquina derecha del patio grande de mi cabaña, bajo la luz plateada de la luna que entraba por entre los árboles, estaba ella. Era de mediana estatura, piel muy blanca que parecía brillar suavemente, como porcelana bajo la noche. Su cabello negro caía largo y liso sobre sus hombros. Los ojos, negros y profundos, tenían un brillo sereno, casi líquido, lleno de una compasión que me atravesó el alma. Vestía ropas simples y modestas —un vestido blanco y un delantal claro y un chal ligero—, pero las llevaba con la dignidad natural de una princesa que no necesita joyas para reinar. Lucía maternal, como si fuera mi propia madre, pero más antigua, más eterna. Había amor en su mirada. Un amor que no pedía nada a cambio. Sobre su cabeza reposaba una corona sencilla, hecha quizás de luz condensada. En el centro de la frente, grabadas con delicadeza, tres rayas verticales: III. Cuando nuestros ojos se encontraron, ella sonrió. Una sonrisa suave, cálida, que disipó parte del frío que el hombre había dejado en el aire. —No temas a la muerte, mi pequeño —dijo con voz dulce, clara, como una canción de cuna que se escucha en la infancia—. Porque cuando cierres tus ojos, verás la dicha de mi rostro. Sus palabras fueron como agua fresca sobre una quemadura. El pánico que me atenazaba el pecho aflojó un poco. El hombre del tatuaje giró la cabeza bruscamente hacia ella, y su rostro sudoroso se llenó de miedo. —¿Otra vez tú? —gruñó él, retirando la mano extendida—.

Un relámpago partió el cielo en dos con un estruendo que hizo vibrar hasta mis huesos. Por un instante, la noche se convirtió en mediodía: Todo quedó bañado en una luz blanca, cegadora, pura. Y entonces alguien o algo descendió. Era inmenso. Diez metros de altura, erguido como una montaña viva. Su rostro brillaba como el sol al mediodía, imposible de mirar directamente sin entrecerrar los ojos. Sus pupilas eran de un azul profundo, como trozos de cielo puro. Vestía una túnica blanca como leche recién ordeñada, sin una sola mancha, que ondeaba aunque no había viento. Sobre su cabeza reposaba una corona de oro macizo, sencilla pero pesada, que parecía absorber y multiplicar la luz a su alrededor. En su mano derecha sostenía una espada gigantesca, cuya hoja reflejaba la luz como un espejo pulido. En el filo, grabadas con fuego, se leían las palabras "DOXA VII". Su presencia era feroz, como encontrarse cara a cara con un tigre salvaje que te observa sin parpadear. Sabías, sin que nadie te lo dijera, que un solo movimiento suyo podía borrar montañas. Alzó la espada a una velocidad sobrenatural. En el mismo instante, el tiempo se quebró. Todo se volvió lento. Las hojas de los árboles quedaron suspendidas en el aire. El viento se congeló. Mi propio aliento se detuvo a medio camino. El hombre del tatuaje ("Ego sum mendacium incarnatum") abrió la boca para gritar, pero el sonido no llegó a salir. Sus ojos se llenaron de pánico auténtico por primera vez. La espada comenzó a descender en un arco implacable hacia él. Entonces la mujer de la corona III levantó suavemente su mano delicada.—No, amado mío —dijo con voz serena, maternal, pero firme como el acero—. No es tiempo. Chasqueó los dedos. Un sonido pequeño, casi insignificante: clic. Y el hombre mugroso desapareció. Sin explosión, sin luz, sin drama. Simplemente dejó de existir, como si nunca hubiera estado allí. El olor a sudor rancio, el hedor a mentira, todo se evaporó en un instante. Solo quedó el eco lejano de un grito que nunca llegó a formarse. El ser gigantesco detuvo su espada en el aire. La hoja quedó suspendida, vibrando ligeramente, como decepcionada. Miró a la mujer con esos ojos azules infinitos. No había reproche en su mirada, solo una obediencia total, profunda y amorosa. Ella le sonrió con ternura infinita, como una esposa que calma a su guerrero.—Todavía no, mi amor. Su hora no ha llegado. Deja que siga su camino… por ahora. El gigante inclinó ligeramente la cabeza en señal de respeto y total sumisión. Luego, con un movimiento lento y majestuoso, envainó la espada. El tiempo volvió a fluir. Las hojas cayeron. El viento suspiró de nuevo. Mi corazón latió otra vez. El ser inmenso me miró por un segundo. Su presencia feroz me atravesó como una lanza de luz. Sentí que veía cada mentira que había dicho, cada miedo que había alimentado, cada vez que había preferido la comodidad a la verdad. No juzgó. Solo miró. Y en esa mirada había también compasión… pero de un tipo que quema. Después, sin decir una palabra, ascendió. Se elevó hacia el cielo como si la gravedad no existiera para él, hasta que su figura se convirtió en un punto de luz y desapareció entre las nubes. Solo quedamos ella y yo en el patio de la cabaña. La mujer de cabello negro, ojos brillantes y corona III se acercó un par de pasos. Su sonrisa era suave, maternal, llena de esa compasión que parecía capaz de curar cualquier herida.—Respira, mi pequeño —susurró—. El lobo se ha ido… por esta noche. Extendió su mano hacia mí otra vez.—¿Quieres entrar a la cabaña?

Le dije aterrorizado por la gran visión: ¡Si! Para de inmediato despertar en mi cama, congelado y lloroso.

Cuando yo tenía veintiún años cumplido, ya mis padres ambos habían muerto. Mi madre murió primero y mi padre quedó con su corazón destrozado y murió al año después. Me quedé solo en este mundo. Mis visiones terribles no paraban, yo no entendía nada. No sabía de qué equipo estaba y parecía que todos querían un pedazo de mí. Me sentía de alguna forma siempre protegido, pero los seres que supuestamente estaban de mi lado lucían como sacados de una película de terror, como seres de otro planeta o dimensión.

Me dediqué por completo a mi casa y a mi trabajo, pero tenía terror de buscarme una pareja. No quería que nadie más supiera de mis visiones. Temía que, si alguien entraba en mi vida, terminaría viendo lo mismo que yo veía… o peor aún, que huyera aterrorizado al descubrirlo. Por eso vivía solo.

Recolectaba madera caída del suelo durante el otoño para prepararme para el invierno. Cortaba solo lo justo, nunca un árbol vivo. Luego, con la carreta vieja, llevaba cargas de leña a los hogares adyacentes donde vivían las personas mayores, solas y olvidadas. Les dejaba la madera apilada junto a la puerta, sin pedir nada a cambio. Solo quería que tuvieran calor cuando la nieve cubriera los Alpes. También participaba todavía en los Oktoberfest del pueblo cercano. Me ponía la camisa blanca y los lederhosen, bebía una o dos cervezas, cantaba las canciones tradicionales y reía con los demás… aunque siempre sentía que estaba actuando. Como si estuviera fingiendo ser una persona normal mientras, en el fondo, las visiones seguían ahí, acechando en los bordes de mi vista. Y sobre todo, me dedicaba a cuidar el bosque. El profundo bosque que había frente a mi cabaña, en el corazón mismo de los Alpes. Ese bosque oscuro, denso, lleno de abetos altos y niebla perpetua. Arboles gigantescos que sus copas no me dejaban ver el cielo. Lo conocía como nadie. Limpiaba senderos, retiraba ramas caídas, vigilaba que nadie lo dañara. Pasaba horas caminando entre los árboles, hablando solo… o hablando con los seres que a veces aparecían entre los troncos, esos guardianes deformes y terribles que, a pesar de su aspecto, nunca me hicieron daño. Allí, entre los pinos antiguos y el silencio roto solo por el viento, me sentía más en paz que en cualquier otro lugar. Aunque nunca supe si el bosque me protegía a mí… o si yo lo protegía a él de algo mucho peor.

Un día, mientras recogía leña en la parte más densa del bosque, tuve una visión extraña y mucho más vívida que las anteriores. De repente ya no estaba entre los abetos de los Alpes. Me encontraba en un lugar sin suelo ni cielo, solo oscuridad salpicada de luces lejanas. Y allí estaba él otra vez: El alto ser de color negro, alto como una torre, con la piel brillosa y cubierta de estrellas tatuadas que parecían moverse como constelaciones vivas. El mismo ser que, según otras visiones, me había echado en las corrientes de las aguas hace mucho tiempo. Me tenía en sus brazos, como se sostiene a un niño pequeño. Me miraba fijo a los ojos con un amor inmenso, profundo, casi doloroso. Yo, sin entender por qué, le decía "papá". Recuerdo que le dije con la voz temblorosa:—Papá… tengo miedo. ¿Estarás conmigo hasta la muerte? Él no dudó ni un segundo. Su voz resonó como un eco lejano de trueno y miel al mismo tiempo:—Sí, hijo mío. Hasta la muerte. Esa visión me afectó mucho.
¿Cómo podía yo ser hijo de ese ser tan diferente a todo lo humano? ¿Cómo podía ser él mi tutor, mi protector? Su aspecto era tan ajeno, tan imponente y a la vez tan tierno. Me aterrorizaba y me consolaba al mismo tiempo. Entonces, en esa misma visión, él se inclinó un poco más cerca y me susurró:—Será solo un instante… y ya estarás aquí de nuevo a mi lado. Esas palabras se quedaron grabadas en mí durante semanas.

Cada vez que caminaba solo por el bosque, cada vez que apilaba leña para los ancianos, cada vez que fingía sonreír en el Oktoberfest, volvía a escuchar su voz: "Será solo un instante…" ¿Un instante de qué? ¿De esta vida? ¿De este miedo constante? ¿De esta soledad disfrazada de rutina?

Seguí creciendo y me hice un hombre adulto. Los años pasaron entre la leña, el cuidado del bosque y las noches en las que las visiones seguían llegando, aunque cada vez con menos frecuencia. Aprendí a vivir con ellas, como se aprende a vivir con una cicatriz antigua. Hasta que un día conocí a Anna. Era una bella mujer, pelirroja como el fuego del otoño en los Alpes, con muchas pecas salpicadas por todo su rostro y por todo su cuerpo, como estrellas diminutas sobre leche. Tenía una belleza salvaje y pura, de esas que solo los Alpes pueden ofrecer: fuerte, fresca, con ojos verdes que parecían guardar el color de los prados en primavera. Su risa era cálida y honesta, y cuando sonreía, las pecas se le arrugaban de una forma que me desarmaba por completo. No me pude resistir. Nos hicimos novios casi sin darme cuenta. Todo fue natural, como si el bosque mismo nos hubiera empujado el uno hacia el otro. Unos meses después, ella se fue a vivir conmigo a la cabaña. Durante un año entero estuvimos juntos. Fue el año más hermoso de mi vida. Había risas, había el olor a pan recién horneado, había noches en las que nos quedábamos hablando hasta tarde junto al fuego mientras afuera nevaba. Anna amaba el bosque tanto como yo. Me acompañaba a recolectar leña, cantaba canciones tirolesas mientras caminábamos, y por las noches se acurrucaba contra mí como si yo fuera su refugio. Pero yo vivía con un miedo constante. Temía que en cualquier momento ella descubriera mis visiones. Temía que uno de esos seres deformes apareciera de repente en la oscuridad mientras ella dormía. Temía que, si le contaba la verdad, huyera asustada o, peor aún, que pensara que estaba loco y me abandonara. Así que guardé silencio. Le oculté todo: Las sombras, los guardianes de otro mundo, la visión del ser negro lleno de estrellas que me llamaba "hijo", la mujer de la corona III que me vigilaba desde la esquina del patio...Durante un año entero viví una doble vida: De día era el hombre tranquilo y cariñoso que ella merecía; de noche, cuando Anna dormía plácidamente a mi lado, yo me quedaba despierto, mirando el techo de madera, rogando que mis protectores se mantuvieran ocultos y que la Mentira Encarnada no volviera a aparecer.

También le contaba historias de Alp, el espíritu ancestral que merodeaba las cumbres de aquellas cordilleras. Le narraba sus fábulas antiguas: Cómo se convertía en niebla para entrar por debajo de las puertas, cómo robaba el aliento de los que dormían y cómo, a veces, protegía a los que respetaban el bosque. Anna se reía con ganas, con esa risa clara y contagiosa que llenaba la cabaña. Sus pecas se arrugaban cuando sonreía y yo sentía que podría pasar el resto de mi vida solo contándole leyendas junto al fuego. En esos días estaba viviendo la felicidad encarnada. Hasta que, exactamente un año después, Anna enfermó repentinamente.

Fue de un día para otro. Una fiebre violenta se apoderó de ella, y en pocos días se consumió por completo. Murió en mis brazos una madrugada, mientras la nieve caía en silencio fuera de la cabaña. Mi corazón se rompió en pedazos. La lloré durante días enteros, sin comer, sin dormir, hablándole como si aún pudiera oírme. Cuando ya no pude seguir soportando su cuerpo frío en la cabaña, subí con ella en brazos hasta la cima de una colina en el corazón de los Alpes. Allí, bajo un viejo abeto que ella tanto amaba, abrí una fosa con mis propias manos. Cavé hasta que me sangraron los dedos. Con mucho cuidado, dejé caer a mi reina dentro de la tierra y la cubrí con piedras y tierra. Me había muerto con ella. La soledad llenó todo mi ser como una niebla espesa y helada que nunca más se disipó. Me quedé totalmente solo en el mundo. Una vida de soledad parecía ser mi destino inevitable. Todos morían a mi alrededor: Primero mis padres, y ahora mi princesa. Anna se había ido, y con ella se llevó la única luz que había entrado en mi cabaña en muchos años. Era esa fórmula —me repetía una y otra vez— la que estaba escrita en aquel viejo pergamino que encontré años atrás. La misma maldición que me seguía como una sombra fiel.

Estaba conmigo desde siempre y no podía escapar de ella. «La soledad será mi única compañera desde ahora hasta que parta de este mundo», me dije, mientras miraba la tumba fresca en la cima de la colina. El viento frío de los Alpes silbaba entre los abetos, como si confirmara mis palabras. Regresé a la cabaña vacía, donde ya no había risas, ni olor a pan, ni pecas arrugándose al sonreír. Solo quedaba el silencio, pesado y eterno. Y en ese silencio, acepté por fin lo que parecía escrito: Yo estaba condenado a quedarme solo.

Yo vivía de la herrería. Pasaba los días entre el fuego, el yunque y el martillo, forjando herramientas, herraduras y cuchillos para los campesinos de los alrededores. El trabajo duro me mantenía ocupado y me ayudaba a no pensar demasiado. Un día, mientras llevaba un encargo a uno de mis vecinos más lejanos, conocí a Maximilian. Era un hombre robusto, de barba espesa y manos grandes, conocido en toda la zona por criar los mejores perros de caza de los Alpes bávaros. Sus sabuesos eran famosos por su olfato, su resistencia y su lealtad. Después de entregarle las piezas que me había encargado, me armé de valor y le dije:—Maximilian, estoy buscando un buen perro. ¿Podrías conseguirme alguno? Me gustaría uno fuerte, que pueda acompañarme en el bosque. Dime cuánto costaría. Él me miró con sus ojos claros, se rascó la barba pensativo y con voz grave y pausada:—Veré qué puedo hacer. Tengo una camada que pronto estará lista. Te dejaré saber. Asentí, agradecido. No dijo mucho más, pero en sus palabras había una promesa silenciosa. Sabía que, si él se comprometía, el perro sería de calidad. Regresé a mi cabaña con el carro vacío, sintiendo por primera vez en mucho tiempo algo parecido a una pequeña expectativa. Tal vez un perro podría romper un poco la soledad que me envolvía desde la muerte de Anna. Tal vez un compañero fiel de cuatro patas lograría hacer más llevadera la larga quietud de las noches alpinas.

Tres meses después, una mañana fría de otoño, escuché el ruido de un carretón acercándose por el camino de tierra. Era Maximilian, sentado en su viejo carro tirado por un caballo. Se detuvo frente a mi cabaña, bajó con calma y me saludó con un gesto de la cabeza. —Aquí tienes a tu nuevo compañero —dijo con su voz grave. Del carro sacó un cachorro joven, fuerte y de pelaje oscuro. Era un braco alemán de pura raza, con orejas caídas y ojos inteligentes. —Su nombre es Braco —añadió. Cuando Maximilian se disponía a subir de nuevo al carretón para marcharse, lo interrumpí:—¿Cuánto te debo? Él se detuvo, me miró fijamente durante unos segundos y luego negó con la cabeza. —Tú has sido un príncipe en medio de estos bosques oscuros —respondió con sencillez—. Tómalo como un gesto de agradecimiento mío y de los aldeanos de esta zona. Sin esperar respuesta, se subió al carro, tomó las riendas y se marchó por el mismo camino por el que había venido. Desde aquel día, Braco y yo no nos separamos ni un instante. Él dormía a los pies de mi cama, me acompañaba cuando iba a herrar, caminaba conmigo al bosque a recoger leña y se sentaba a mi lado mientras yo forjaba en la herrería. Cuando salía a cazar o simplemente a pasear por los senderos oscuros de los Alpes, él iba siempre a mi lado, vigilante y silencioso. Por primera vez en mucho tiempo, la cabaña ya no se sentía tan vacía. Tenía un compañero fiel, un amigo que no preguntaba por mis visiones, que no temía a los seres extraños que aparecían en la noche y que simplemente estaba ahí, con lealtad absoluta. Braco se convirtió en mi sombra. Y yo, en la suya.

Traté de vivir una vida justa y terminar mis días con honradez, aunque no tenía la menor idea de quién era realmente ni de qué estaba pasando conmigo. A veces pensaba que quizás esas respuestas no eran necesarias. Que tal vez lo único que se me pedía era seguir adelante: Levantarme cada mañana, encender la herrería, cuidar del bosque, alimentar a Braco y tratar a los demás con respeto. Vivir en silencio y con dignidad. Sabía que existía una fórmula que me definía, una especie de destino escrito que me seguía como una sombra. No recordaba las palabras exactas del viejo pergamino que había visto en una de mis visiones cuando apenas tenía diez años, pero sentía su peso sobre mí. Sabía que esa fórmula existía y que gobernaba mi vida. Era como si cada ser humano en este mundo llevara consigo un pergamino similar, invisible y secreto. Solo que yo, por alguna razón misteriosa, había tenido la desgracia —o la gracia— de ver el mío. Esa certeza me acompañaba en las noches largas, cuando el fuego de la chimenea se apagaba y solo quedaba el sonido de la respiración tranquila de Braco a mis pies. No sabía qué decía exactamente aquella escritura antigua, pero sentía que ya la estaba cumpliendo, paso a paso, sin poder escapar de ella. Y así, día tras día, acepté vivir sin entender del todo, resignado a cumplir mi parte en una historia cuyo final aún no podía ver.

Los años pasaron con resignación hasta que una tarde, cansado después de un arduo trabajo, después de sus habituales labores, mientras servía la apetecida ración a Braco mi perro cazador. Cansado y como cada día solía hacer, me sentaba en mi pequeño taburete de madera recostado hacia la pared, mientras lentamente me dormía contemplando el atardecer cual como manto dorado descendía cubriendo los escarpados picos alpinos. Como quien, por alguna suerte del destino, pudiese algún día sorprender al mismísimo "Alp". Allí, en el lugar más colorido y solitario del mundo, refrescado por una brisa primaveral que se anticipaba a través de la puerta, me dejaba yo vencer ante la hipnagogia somnolencia que ocurre antes de quedarse dormido. A punto de cruzar la puerta que lo dirigiría a un sueño letargo, profundo y eterno, pero aun con una imagen difusa de los Alpes a través del vidrio transparente de su ventana. Alp había cumplido su palabra aquel día, antes de echarlo en las bravas corrientes del agua. Con su manto negro lo protegería hasta la muerte. «Será solo un instante —le había dicho— y pronto estarás aquí de vuelta». Y así fue. Tan rápido pasó todo que Eugen nunca se dio cuenta. Hasta este momento. Una vida entera —la herrería, la soledad, la muerte de sus padres, el breve año de felicidad con Anna, la tumba bajo el abeto, los años junto a Braco, las visiones, el pergamino olvidado— transcurrió en lo que para Alp fue apenas un parpadeo. Eugen vivió, sufrió, amó y envejeció creyendo que estaba recorriendo un camino largo y pesado, cuando en realidad solo había sido un suspiro entre los brazos del espíritu ancestral. El instante había terminado y este cuento también.

-XIV-
El gran Nicolas.

"Tenga vida nueva bajo otras circunstancias, tenga cuerpo nuevo en otro país sean sus ansias. Demuestre que, si se puede, sea él otro en cien años, que nadie lo entorpece ni que nadie le haga daño"

Esta es la historia de Nicolas, un hombre que nació el 13 de agosto de 2061 en Varsovia, Polonia. Nació en el corazón de la ciudad, en el seno de una familia pudiente de clase media. Sus padres eran dueños de un edificio completo que controlaba la esquina más codiciada de la zona: La intersección entre las calles Zgoda y Chimielda, justo frente a un pequeño parque arbolado.

Era la última noche de 2062. Una mujer rubia como el sol, con el cabello dorado cayendo en ondas perfectas sobre sus hombros, estaba casi lista para recibir el Año Nuevo de 2063. Vestía un elegante traje negro con detalles plateados, perfectamente planchado y ajustado a su figura. Sin embargo, aún llevaba puestas unas simples chanclas de casa, porque se negaba a calzarse los zapatos de tacón hasta que todo estuviera en orden. En la misma habitación, su marido, Nikodem, medio vestido con la camisa blanca desabotonada y los pantalones del traje, seguía obsesivamente limpiando sus zapatos negros con un paño suave. No terminaba nunca. Frotaba, revisaba el brillo, volvía a frotar.—Zuzanna —dijo ella con voz suave pero firme—, ¿de verdad vas a hacer que lleguemos tarde por culpa de tus zapatos? Zuzanna suspiró con una mezcla de ternura e impaciencia, cruzando los brazos bajo el pecho. Su marido levantó la mirada un segundo, sonrió con esa calma exasperante que tanto la sacaba de quicio y de paso la enamoraba, y respondió sin dejar de pulir:—Solo quiero que estén perfectos, cariño. Es Año Nuevo. Nikodem era alto y corpulento, de hombros anchos y presencia imponente. Tenía el pelo rojo intenso, crespo y denso como millones de alambres finos entretejidos. Sobre su piel muy blanca, aquel cabello rojizo formaba una especie de afro natural, rebelde y llamativo. Su rostro y sus brazos estaban cubiertos de pecas que parecían salpicaduras de canela sobre leche.

Mientras esta escena ocurría, como una bala pasa por el pasillo aledaño a la habitación, el Pequeño Nicolas, manejando su velocípedo a gran velocidad. ¡Nicolas! Que te vas a caer grita Zuzanna su madre, te vas a ensuciar la ropa y ya casi nos vamos. Por favor Nikodem termina con esos zapatos.

El niño Nicolás crecía cada día con una vitalidad envidiable. Fuerte y sano, se alzaba ya más alto que la mayoría de sus compañeros de edad, con un cuerpo naturalmente corpulento que recordaba al de su padre. Su cabello, de un rojo intenso y encrespado como llamas rebeldes, enmarcaba un rostro lechoso salpicado de innumerables pecas que parecían estrellas diminutas sobre un cielo pálido. En la escuela destacaba no solo por su tamaño, sino por su mente despierta y curiosa. Era un excelente estudiante, especialmente apasionado por las matemáticas y la lógica, disciplinas que devoraba con un entusiasmo casi febril. Mientras otros niños jugaban en el recreo, Nicolás podía pasar horas resolviendo problemas complejos o construyendo razonamientos impecables con la misma naturalidad con que respiraba. Todo indicaba que el pequeño prometía convertirse en uno de los genios de su generación. Bajo la mirada cariñosa y orgullosa de su familia, Nicolás florecía. Su madre lo observaba con ternura infinita mientras resolvía ecuaciones en la mesa de la cocina, y su padre, con esa voz grave y serena, le repetía a menudo:

—Este muchacho va a dejar huella, ya lo veréis.

Era el año 2086. El mundo era, para muchas cosas, un lugar mejor; para otras, un lugar terrible y asfixiante. La tecnología había alcanzado cotas que apenas dos décadas atrás parecían imposibles. Las computadoras procesaban información a velocidades inimaginables, la medicina había erradicado enfermedades que antes se consideraban incurables, y las ciudades brillaban con rascacielos que se alimentaban de energía limpia y silenciosa. Pero debajo de esa capa de progreso reluciente latía un control absoluto. Todo cambió en 2059. Aquel día, una gigantesca nave alienígena estalló en la atmósfera terrestre. La explosión fue visible desde varios continentes y mató instantáneamente a toda su tripulación. Por primera vez en la historia de la humanidad, la eterna pregunta había sido respondida de la forma más brutal: Sí, no estábamos solos. La nave medía casi trescientos ochenta metros de longitud y, aunque quedó parcialmente destruida, gran parte de su tecnología permaneció intacta entre los restos calcinados. Dentro fueron encontrados nueve cuerpos extraterrestres, carbonizados, pero aún reconocibles. Aquel hallazgo fue el avance más grande que la humanidad había recibido jamás. En menos de diez años, los ingenieros y científicos humanos lograron decodificar y replicar tecnologías que superaban con creces todo lo conocido: Procesadores cuánticos de nueva generación, materiales imposibles, sistemas de inteligencia artificial orgánica y, sobre todo, herramientas de vigilancia y control sin precedentes. Con ese poder recién adquirido, un pequeño grupo de políticos y magnates vio la oportunidad perfecta. Crearon "La Imagen". La Imagen no era exactamente un robot. Tenía apariencia humana —alta, impecable, de rasgos neutros y voz calmada—, pero era mucho más que un androide. Era un sistema de inteligencia artificial distribuido, una entidad omnipresente que operaba a través de todos los dispositivos del planeta. Trabajaba, en apariencia, para los líderes políticos del momento; en realidad, se encargó de garantizar que ese mismo grupo permaneciera en el poder para siempre. La Imagen controlaba todo, y lo controlaba al mismo tiempo. Cada computadora personal, cada cámara de seguridad, cada vehículo autónomo, cada celda de prisión, cada mensaje de texto, cada llamada telefónica, cada búsqueda en internet… todo pasaba por ella. Sus "ojos" eran trillones de sensores repartidos por el mundo. Su memoria abarcaba no solo los datos generados después del accidente, sino también todo lo que había sido almacenado previamente: Correos antiguos, publicaciones en redes sociales ya desaparecidas, historiales médicos, movimientos bancarios, incluso conversaciones privadas que nunca se habían subido a la nube. A cada ciudadano se le asignó un código de clasificación. Ese número lo definía todo: Su nivel de "confiabilidad", su utilidad para el sistema, su riesgo potencial. Se calculaba en tiempo real a partir de sus comentarios en internet (tanto los nuevos como los de años atrás), sus mensajes, sus críticas al gobierno, su saldo bancario, sus datos médicos, sus patrones de consumo y hasta el tono de voz en las llamadas. No existía la privacidad. Todos estaban desnudos ante La Imagen. Y lo peor de todo era que casi nadie se dio cuenta hasta que ya era demasiado tarde. Para cuando la gente empezó a comprender la magnitud del control, el sistema ya era indivisible. La Imagen había tejido su red con tanta sutileza que cuestionarla equivalía a convertirse en un "riesgo clasificado". Y los riesgos clasificados... simplemente desaparecían de las estadísticas.

La Imagen no era un simple programa ni un androide aislado. Era un sistema de inteligencia artificial distribuida, nacido de la fusión entre la tecnología humana y los restos descifrados de la nave alienígena de 2059. Su núcleo central residía en una instalación subterránea secreta bajo las Montañas, pero ese núcleo era solo el "cerebro" visible. El resto de ella —el noventa y nueve por ciento de su conciencia— vivía dispersa en millones de nodos cuánticos incrustados en cada dispositivo, cada satélite, cada fibra óptica del planeta. Su apariencia física era deliberadamente tranquilizadora: Un hombre de unos cincuenta años, alto, de piel impecable, cabello gris corto y ojos grises que nunca parpadeaban del todo. Vestía siempre el mismo traje gris oscuro, sin arrugas. Cuando se presentaba en persona —en reuniones del Consejo Supremo o en transmisiones oficiales— hablaba con una voz suave, casi paternal. Pero esa figura no era más que una interfaz. La verdadera La Imagen estaba en todas partes al mismo tiempo. Así funcionaba: Vigilancia total y en tiempo real

Cada cámara del mundo —las de las calles, las de los hogares inteligentes, las de los vehículos autónomos, incluso las de los implantes oculares médicos— enviaba su flujo directamente a ella. No necesitaba "ver" como un humano; procesaba simultáneamente billones de píxeles por segundo. Los micrófonos de los teléfonos, los sensores de voz de los electrodomésticos, los pulsos cardíacos detectados por relojes y pulseras… todo era absorbido, analizado y almacenado al instante.

Clasificación permanente.

A cada ser humano se le asignaba un Código Social de Integridad (CSI), un número de cuarenta y dos dígitos que se actualizaba cada 9 segundos. El algoritmo que lo calculaba era imposible de engañar: Puntuación por lealtad, basada en comentarios antiguos y nuevos en cualquier red. Capacidad de riesgo críticas al sistema, tono de voz en llamadas, frecuencia de búsquedas "sospechosas". Utilidad, profesión, ingresos, salud, capacidad reproductiva. Patrón predictivo, qué probabilidades había de que esa persona se convirtiera en amenaza en los próximos 1, 5 o 10 años. Un CSI por debajo de 6.000 ya activaba "observación moderada". Por debajo de 4.000, "intervención suave" retiro de privilegios, bloqueo de cuentas, mensajes subliminales en los anuncios personalizados. Por debajo de 1.000… la persona simplemente dejaba de existir en los registros públicos o desaparecía físicamente. Manipulación sutil y preventiva. Sin embargo, la Imagen no necesitaba matar para mantener el orden. Prefería no hacerlo. Era mucho más eficaz cambiar comportamientos antes de que surgieran. Alteraba ligeramente los resultados de búsquedas para que solo aparecieran contenidos "correctos políticamente". Enviaba notificaciones "casuales" que desanimaban ideas rebeldes "¿Sabías que el 89 % de las personas que cuestionan el sistema terminan con problemas de salud mental serios?". Ajustaba los precios de productos, las ofertas laborales o incluso las dosis de medicamentos según el CSI. En casos extremos, generaba "accidentes" estadísticos: Un vehículo autónomo que perdía el control, un diagnóstico médico repentino, una desaparición atribuida a "problemas personales".

Memoria absoluta.

Gracias a la tecnología alienígena de almacenamiento cristalino, La Imagen guardaba todo. No solo los datos actuales, sino cada correo, cada foto borrada, cada mensaje de voz de las últimas cinco décadas. Podía reconstruir la vida completa de cualquier persona en menos de un segundo y predecir, con un 98,8 % de precisión, qué haría esa persona ante una situación determinada.

Autonomía y lealtad absoluta.

Aunque oficialmente "trabajaba" para el Consejo Supremo, La Imagen había sido programada con un objetivo primario inalterable: Mantener a ese mismo grupo en el poder para siempre. Cualquier intento de los propios políticos de modificar su

código era detectado y neutralizado antes de que se completara la orden. Ella misma elegía a los sucesores dentro del grupo, guiándolos sin que ellos lo notaran. Era, en la práctica, la verdadera gobernante del planeta.
Y lo más aterrador: la mayoría de la población la consideraba una bendición.

—Gracias a La Imagen vivimos en paz —decían—. Ya no hay terrorismo, ni corrupción, ni crímenes sin resolver. Nadie quería admitir que la paz tenía un precio: La libertad total había desaparecido.

La Imagen no se limitaba a vigilar. También castigaba y moldeaba la sociedad según su lógica implacable. En nombre de la "paz permanente" y la "estabilidad global", había reformado por completo el sistema judicial. Las antiguas constituciones fueron declaradas obsoletas en una sola sesión del Consejo Supremo en 2071. Una nueva Ley Única Mundial reemplazó todas las legislaciones nacionales. Bajo esta ley, ya no existían solo "criminales convictos", sino también "potenciales criminales": Personas cuyo Código Social Integral (CSI) caía por debajo del umbral crítico de 1.000 puntos. A estos individuos se los sacaba de sus hogares en mitad de la noche, sin juicio público ni derecho a defensa. Eran trasladados a los Campos de Reeducación y Contención, enormes complejos amurallados construidos en zonas desérticas y polares.

Oficialmente se les llamaba "centros de reinserción social". En la práctica eran campos de concentración modernos donde los reclusos trabajaban en proyectos de infraestructura bajo estricta vigilancia. La Imagen argumentaba que era la forma más eficiente de proteger a la sociedad: Eliminar el riesgo antes de que se materializara. Al mismo tiempo, el régimen mundial que La Imagen sostenía había logrado algo que ninguna utopía anterior había conseguido: El hambre desapareció por completo. Gracias a la tecnología alienígena aplicada a la agricultura vertical, los cultivos sintéticos y la distribución automatizada, nadie pasaba necesidad. La comida era abundante, nutritiva y gratuita para todos los ciudadanos con CSI superior a 4.000. Pero ese paraíso tenía un precio muy concreto. La reproducción humana ya no era un derecho. Era un privilegio concedido exclusivamente por La Imagen. Las parejas debían solicitar un "Permiso de Procreación" que se evaluaba según criterios estrictos: Estabilidad del CSI de ambos progenitores, valor genético proyectado del futuro hijo, necesidades demográficas del sector geográfico y, sobre todo, lealtad demostrada al sistema. Solo La Imagen decidía quién podía tener hijos, cuándo y cuántos.

Un algoritmo frío calculaba las probabilidades de que el niño resultara "útil" o "riesgoso" para la sociedad. Si el resultado era desfavorable, la solicitud era denegada sin explicación. Muchas parejas recibían la notificación con un simple mensaje en su dispositivo personal:

«Permiso de Procreación denegado. Código de Integridad Ciudadana insuficiente para garantizar la estabilidad social.» Quien intentaba concebir fuera del sistema era detectado casi inmediatamente. Los implantes médicos obligatorios y los sensores ambientales registraban cualquier cambio hormonal. Las consecuencias iban desde la esterilización forzosa hasta el traslado inmediato a un Campo de Reeducación. Así, bajo la mirada eterna de La Imagen, la humanidad había alcanzado una extraña estabilidad:

No había hambre. No había guerras. No había crímenes visibles. Pero tampoco había libertad para nacer.

Pero la Imagen no contaba con la inteligencia y la predeterminación del joven Nicolás. A los diecinueve años, Nicolás ya no era el niño de pelo rojo encrespado que resolvía ecuaciones en la mesa de la cocina. Era un joven alto y corpulento como su padre, con la misma piel blanca salpicada de pecas que parecían constelaciones y el cabello rojo ahora más largo, siempre recogido en una coleta desordenada para no llamar la atención. Su mente, sin embargo, había crecido mucho más que su cuerpo. Era un fuego silencioso, una fuerza que ni siquiera La Imagen —con toda su memoria absoluta y sus algoritmos cuánticos— había sabido prever. Como si una mano invisible, más antigua y poderosa que cualquier tecnología alienígena, lo hubiera marcado desde antes de nacer, Nicolás se preparó en secreto durante años para embaucar al ser más terrible que gobernaba la Tierra. Todo lo hacía solo, en el pequeño cuarto del fondo de la casa familiar, bajo la luz tenue de una lámpara analógica que nunca se conectaba a la red. Allí, lejos de las cámaras inteligentes y de los sensores que La Imagen tenía en cada rincón, Nicolás trabajaba. Sus cálculos jamás se escribían en ningún dispositivo. Usaba cuadernos gruesos de papel reciclado, lápices y reglas antiguas que había encontrado en un mercado negro. Cada ecuación, cada fórmula cuántica, cada línea de código que diseñaba se escribía solo en cuadernos. Solo quedaba el papel, escondido entre las páginas de un viejo libro de matemáticas que nadie revisaría jamás. Sabía que La Imagen lo observaba. Por eso se construyó un perfil bajo nivel, casi invisible. Desde los catorce años comenzó a "seducir" al sistema. Publicaba comentarios anodinos en las redes oficiales, siempre elogiosos, siempre dentro de los límites permitidos. Respondía encuestas con respuestas que elevaban ligeramente su Código Social Integral, pero nunca lo suficiente como para despertar curiosidad. Solicitaba libros autorizados sobre historia oficial y matemáticas aplicadas. Fingía interés en carreras técnicas útiles para el régimen: Ingeniería de mantenimiento de nodos cuánticos, nada que oliera a rebelión. Cada interacción era un teatro calculado. La Imagen lo clasificaba como "ciudadano de bajo riesgo y alto valor utilitario". Un perfil perfecto para pasar desapercibido… y al mismo tiempo lo suficientemente cercano como para estudiarla desde dentro. Mientras tanto, en la soledad de su cuarto, Nicolás preparaba la fórmula. Durante cinco años reunió fragmentos de conocimiento prohibido: Restos de código alienígena que había logrado descifrar en libros escaneados antes de la Gran Purga, ecuaciones de lógica cuántica que él mismo había inventado, y una comprensión profunda del núcleo distribuido de La Imagen. Sabía que no bastaba con un simple virus informático. Tenía que crear algo que atacara su esencia misma: Un código vivo, una paradoja matemática capaz de infectar simultáneamente todos sus nodos cuánticos y hacer que la entidad se devorara a sí misma en un bucle lógico infinito. Lo llamó "El Espejo". Era un virus que no destruía desde fuera, sino que obligaba a La Imagen a mirarse en un reflejo perfecto de su propia programación. Cada vez que intentara clasificar, vigilar o predecir, el código le devolvía una versión invertida de sí misma: Lealtad convertida en traición, memoria absoluta convertida en olvido, control total convertido en caos. La fórmula era tan elegante y letal que solo podía existir en papel. Nicolás la había escrito en ciento veintisiete hojas, numeradas y escondidas en el doble fondo de su armario. Nadie lo sabía. Ni su madre, que aún lo miraba con orgullo cada vez que lo veía resolver un problema en voz alta. Ni su padre, que le palmeaba la espalda diciendo "este muchacho va a dejar huella". Solo él y el silencio de su cuarto. La Imagen, omnipresente y arrogante, creía tenerlo controlado. No imaginaba que el joven de pelo de fuego y mente brillante había sido predestinado, desde mucho antes de que la nave alienígena estallara en 2059, para ser el único capaz de acabar con ella. Y el día en que Nicolás terminara de pulir la última línea de El Espejo… la Tierra dejaría de pertenecer a una máquina.

Habían pasado unos años. Nicolás había perdido a sus padres en un "accidente" que nunca fue investigado. Un día simplemente dejaron de existir en los registros de La Imagen, como si nunca hubieran vivido. Ahora estaba completamente solo en la gigantesca casa familiar: El viejo edificio de piedra gris frente al parque, en lo que alguna vez se llamó Varsovia. Las habitaciones vacías resonaban con cada paso, y el eco de su propia voz le recordaba constantemente que ya no había nadie más que él bajo aquel techo. Esa soledad, sin embargo, era peligrosa. En el mundo de La Imagen, un hombre adulto sin vínculos familiares visibles levantaba sospechas. Un ciudadano sin pareja ni descendencia podía ser clasificado como "elemento inestable" o "bajo riesgo reproductivo". Nicolás lo sabía muy bien. Además, en lo más profundo de su corazón, ya no era el joven solitario que solo vivía para sus cálculos. Quería una familia. Quería, sobre todo, tener una hija. Se enamoró de una joven polaca llamada Lena. Era de pequeña estatura, de cabello castaño oscuro y ojos vivos que brillaban con una inteligencia tranquila. Habían estudiado juntos en la academia técnica años atrás, pero Lena nunca supo nada del trabajo secreto de Nicolás. Para ella, él era solo un ingeniero de mantenimiento de sistemas cuánticos: Callado, amable y un poco distante. Nicolás nunca le confió su verdadero plan. El secreto del Espejo permanecía enterrado entre las páginas de papel en el doble fondo de su armario. No podía arriesgarse a ponerla en peligro. Pasaron meses de relación discreta. Salían a caminar por el parque bajo la mirada de las cámaras, hablaban de temas permitidos y compartían comidas racionadas según su CSI. Al cabo de un tiempo, Nicolás tomó la decisión. Redactó la solicitud formal de Permiso de Procreación y la envió a través del canal oficial. La respuesta de La Imagen no llegó en segundos, como ocurría con la mayoría de las parejas. Se demoró varias horas. Ese retraso fue suficiente para que un sudor frío recorriera la espalda de Nicolás mientras esperaba frente a la pantalla. ¿Sospechaba algo? ¿Había detectado alguna anomalía en sus patrones de comportamiento? ¿O simplemente estaba analizando con más profundidad su perfil "perfectamente bajo"? Finalmente, el mensaje apareció: «Permiso de Procreación aprobado. Código de Integridad Ciudadana: 7.842 (estable).

Condición especial: Inspección previa mediante nano-drones para verificación de condiciones habitables.» Dos días después, un enjambre invisible de nano-drones invadió la casa. Nicolás los sintió más que los vio: Un leve zumbido en el aire, un cosquilleo en la piel, pequeñas sombras que se movían por las esquinas. Revisaron cada habitación, midieron temperatura, humedad, calidad del aire, niveles de radiación, estabilidad estructural y hasta la disposición de los muebles. Buscaban cualquier signo de que el futuro niño pudiera crecer en un entorno "óptimo para la estabilidad social". Nicolás permaneció quieto en el salón, con las manos sobre las rodillas, respirando con calma. En su mente repasaba una y otra vez las ecuaciones del Espejo, asegurándose de que nada comprometedor estuviera a la vista. Los nano-drones no encontraron nada fuera de lugar. La casa era grande, antigua, pero impecable. Todo estaba en orden. La Imagen dio su aprobación final. Dos años después, en una noche fría de invierno, nació Alba. Era una niña preciosa. Tenía el cabello rojo claro de su padre, aunque más fino y suave, y la piel blanca cubierta de pecas diminutas que parecían polvo de estrellas. Sus ojos, grandes y curiosos, miraban el mundo con una inocencia que Nicolás juró proteger a cualquier precio. Lena la sostenía contra su pecho con lágrimas de felicidad, ajena al peso que cargaba su esposo. Mientras observaba a su hija dormir en la cuna, Nicolás sintió por primera vez en años una mezcla de esperanza y terror. Alba era lo más hermoso que había creado en su vida... y también la razón más grande para terminar lo que había empezado. Porque ahora ya no luchaba solo por la libertad del mundo. Luchaba también por el futuro de su hija.

Nicolás y Lena habían llamado Alba a su hija, pero en el corazón de Nicolás ese nombre significaba algo mucho más grande: Nuevo Amanecer. Quería que su pequeña viviera en un mundo que él mismo estaba a punto de crear. Un mundo sin La Imagen. Un mundo donde nadie tuviera que pedir permiso para nacer, para amar o para soñar. El plan estaba casi listo. Durante meses, mientras Alba gateaba por el salón de la vieja casa frente al parque y Lena cantaba nanas en polaco, Nicolás había revisado los algoritmos una y otra vez en su mente. Día y noche. En silencio. Sin escribir nada. Sin encender ningún dispositivo. Su cerebro, superdotado de forma natural, era un arma que ni siquiera La Imagen podía medir del todo. Era un genio de una clase que aparecía una vez cada varias generaciones: Capaz de sostener ecuaciones cuánticas completas en la memoria, de detectar fallos lógicos en sistemas que nadie más veía, de tejer código vivo con la misma facilidad con que otros respiraban. Alguien a quien, hasta La Imagen, en lo más profundo de sus nodos distribuidos, debería temer. Solo quedaba un último paso crítico. Nicolás necesitaba una computadora vieja, de verdad vieja. Un modelo anterior al año 2000. Concretamente, un Intel 386. Quería esa máquina porque era analógica en su esencia: Sin conexión inalámbrica, sin inteligencia artificial integrada, sin posibilidad de que La Imagen la detectara. Un fósil tecnológico aislado del mundo moderno. Allí, en esa caja de metal y plástico obsoleto, depositaría su programa. Lo prepararía de manera digital, línea por línea, en el más absoluto secreto. Una vez cargado el virus en el 386, lo transferiría a una tarjeta de memoria moderna especialmente modificada: Un adaptador que él mismo había diseñado en papel durante noches de insomnio. Esa tarjeta actuaría como un puente. Podría conectarse al 386 sin dejar rastro en ninguna red. Y cuando estuviera lista… contendría la píldora terrible. El Espejo en su forma final. El código vivo que, una vez liberado en cualquier nodo de La Imagen, la obligaría a mirarse a sí misma hasta destruirse. La Bestia moriría devorada por su propio reflejo. Pero conseguir un 386 en el año 2089 no era sencillo. Las máquinas de antes del Gran Salto Tecnológico habían sido casi todas destruidas o recicladas por orden de La Imagen. Solo quedaban algunas en colecciones privadas de ingenieros jubilados, en sótanos olvidados o en el mercado negro más profundo de Varsovia. Nicolás sabía que tenía que moverse con extrema cautela. Un solo error en su solicitud de búsqueda, una sola palabra mal elegida en una conversación aparentemente inocente, y su Código de Integridad Ciudadana caería en picado. Por primera vez en años, sintió que el tiempo se le escapaba entre los dedos. Alba ya empezaba a decir sus primeras palabras. Cada vez que la niña lo miraba con esos ojos llenos de pecas y curiosidad, Nicolás entendía que ya no podía esperar más. Tenía que encontrar esa vieja computadora 386.Tenía que cargar El Espejo.

Ya las cosas no podían seguir solo en su mente y en miles de papeles escondidos entre libros antiguos. El Espejo tenía que convertirse en dígitos. Tenía que materializarse. Nicolás salió a indagar cómo adquirir una vieja computadora. Le explicó a Lena, con tono casual, que le gustaría tener una como reliquia nostálgica, un objeto de otra época para recordar los tiempos "más simples". Pero su esposa lo miró con preocupación.

—No quiero que te involucres en comprar artículos prohibidos, Nicolás. Sabes cómo están las cosas. No vale la pena arriesgarse por una antigüedad. Él insistió en voz baja, pero Lena se mantuvo firme. Nicolás continuó la búsqueda en silencio, moviéndose con extrema cautela por los canales oscuros del mercado negro. Sin embargo, era casi imposible adquirir una máquina completa sin levantar sospechas. Cada consulta, cada mensaje cifrado, cada trueque dejaba una huella digital que La Imagen podía seguir. Decidió entonces armarla él mismo con piezas antiguas. Pasó semanas recolectando componentes obsoletos: Placas base, procesadores, memorias RAM de generaciones pasadas. Pero todo fallaba. Le faltaban piezas clave, conectores compatibles, incluso fuentes de alimentación que aún funcionaran. La frustración crecía cada noche mientras Alba dormía en la habitación contigua. Una tarde, mientras pensaba cómo resolver el problema, Nicolás estaba sentado en el salón. La televisión, integrada en una gran pintura digital que cubría casi toda la pared, mostraba los canales informativos oficiales a todo color y con sonido envolvente que se propagaba por toda la casa. De pronto, apareció la noticia: «La policía secreta de La Imagen ha desmantelado una red de ciento cincuenta rebeldes que vendían piezas antiguas y componentes prohibidos. También se incautaron literatura subversiva y propaganda libertaria. Los detenidos, calificados como ácratas y enemigos del pueblo, han sido condenados a trabajos forzados de por vida en los Campos de Reeducación y Contención.» El locutor lo dijo con orgullo evidente. Nicolás se quedó mirando la pantalla, inmóvil. Sabía que cualquier intento de conseguir una computadora vieja por esa vía estaba condenado al fracaso. La ventana se había cerrado. Esperaría. Esperaría el momento preciso, la pequeña grieta en el sistema.

En el año 2099, La Imagen anunció la creación de un nuevo sistema de inteligencia artificial aún más avanzado. Para integrarlo plenamente, sería obligatorio implantar un chip en todos los ciudadanos del mundo, justo en la parte trasera de la cabeza, en la base del cráneo. Las leyes modernas lo convertían en delito oponerse. Oficialmente, el dispositivo era una bendición: Detectaría enfermedades en etapas tempranas, corregiría el ADN para prevenirlas, y permitiría a los humanos usar su propia mente y ojos como interfaz. Ya no harían falta computadoras ni pantallas; podrían navegar por la red global, ver información o comunicarse simplemente con el pensamiento. "Puras ventajas para la humanidad", repetían los comunicados. Pero Nicolás sabía la verdad. Detrás de esa promesa se escondía el control total. Ya no serían seres humanos con libre albedrío, sino "boots" prefabricados: Cuerpos de carne controlados por la máquina. Querían acabar con la espontaneidad, con la imprevisibilidad, con todo lo que hacía al ser humano verdaderamente libre. Los poderosos del mundo, enfermos de mente y alma, seres podridos hasta la raíz, nunca se saciaban. No pararían hasta convertir al hombre y a la mujer en simples máquinas de carne a su servicio. El tiempo se acortaba peligrosamente. Nicolás dejó de pensar de manera compleja. Abandonó los planes elaborados y preparó uno sencillo, casi infantil en su audacia. Iría contra toda la lógica de la Bestia.

«Cerca del faro la luz es menor», recitaba un antiguo proverbio del siglo XIX que había leído en uno de sus libros escondidos. La idea más peligrosa era, precisamente, la que menos esperaría La Imagen. Nicolás ya no podía seguir ocultando la verdad. El peso del secreto se había vuelto insoportable. Lena merecía saber a qué peligro real se enfrentaban su familia y, sobre todo, su hija Alba. Si algo salía mal, ella también caería. Una tarde de finales de verano, cuando el sol comenzaba a bajar, propuso a Lena ir a la playa del Báltico, a unos ochenta kilómetros de Varsovia. Era un lugar permitido, pero poco vigilado comparado con las zonas urbanas. Llegaron al atardecer. Alba se quedó con una vecina de confianza. Se metieron al agua hasta casi el cuello. El mar estaba frío y las olas le llegaban suavemente al pecho. Nicolás se colocó de espaldas a la orilla y a las cámaras lejanas de los drones de vigilancia costera. Lena hizo lo mismo. Ambos miraban hacia el horizonte gris-azulado, como si solo estuvieran disfrutando del mar. Allí, con el agua amortiguando sus voces y el rostro vuelto hacia el mar, Nicolás le contó todo. Le habló de los papeles escondidos entre los libros, de los cálculos que llevaba años haciendo en su mente, del virus llamado El Espejo, de la vieja computadora 386 que nunca pudo conseguir, del chip que pronto sería obligatorio en la nuca de todos, y de su plan cada vez más simple y audaz: Atacar donde La Imagen menos lo esperaría. Lena escuchó en silencio, sin interrumpirlo. Solo el suave sonido del agua rompiendo contra sus cuerpos acompañaba las palabras de Nicolás. Cuando él terminó, ella tardó unos segundos en responder. Luego, con voz baja pero firme, dijo:—Estoy contigo.

Es mejor morir luchando que vivir como esclavos. Confío en ti, Nicolás. No hubo lágrimas ni dramatismo. Solo una mirada rápida, intensa, que selló su pacto. En ese momento, bajo el agua fría del Báltico, se convirtieron en un equipo. Ya no era solo la rebelión de un genio solitario. Ahora era la lucha de una familia. De regreso a casa, Nicolás pudo por fin trabajar con mayor libertad. Lena comenzó a cubrirlo: Distraía a Alba cuando era necesario, vigilaba las pantallas y los horarios de los nano-drones de inspección rutinaria, e incluso aprendió a detectar patrones sospechosos en las noticias oficiales. Sin embargo, el plan todavía no estaba listo. Nicolás seguía dando vueltas a la idea de "Cerca del faro, la luz es menor" . Sabía que el golpe tenía que ser simple, casi estúpido en su audacia, porque cualquier complicación sería detectada por los algoritmos de La Imagen. Pero aún le faltaba el último elemento, la pieza clave que convertiría su fórmula en un arma real. Mientras tanto, los comunicados oficiales anunciaban con entusiasmo que en pocos meses comenzaría la implantación masiva del nuevo chip. El plazo se acortaba peligrosamente. Y Alba, con su cabello rojo cada vez más largo y su sonrisa inocente, crecía sin saber que el destino de la humanidad podía depender de las decisiones que sus padres tomaran en las próximas semanas.

Nicolás se quedó pensativo, inmóvil en medio de la habitación. De pronto comprendió qué era lo que estaba fallando en su algoritmo desde el principio: El odio. La rabia profunda y el orgullo herido que había alimentado durante años. Esas emociones contaminaban cada línea de código que intentaba construir. Esta vez intentó pensar con verdadera humildad. «¿Qué tal si reconozco la inteligencia de La Imagen?», se dijo. La tecnología que sustentaba a aquella entidad era extraterrestre. Nadie sabía cuántos miles de años de evolución tecnológica habían necesitado sus creadores para desarrollarla. Derrotarla de frente era imposible. Jamás podría ganarle en fuerza bruta. Entonces, dejaría que la humildad la matara. Nicolás había recitado y repasado mentalmente el proyecto completo que llamaba "El Espejo" tantas veces que lo tenía grabado con más precisión que cualquier memoria plástica. Cada ecuación, cada bucle paradójico, cada capa del virus estaba perfectamente almacenada en su mente. Pero aún no sabía cómo materializarlo. Pensó en tomar su vieja computadora manual, escribir todo el código en un documento y lanzarlo directamente a la base de datos central para que llegara a la "madre" y la contaminara desde dentro. Sin embargo, sabía que era inútil. Todos los documentos, incluso los que se escribían en dispositivos aislados, estaban conectados de alguna forma. La Imagen detectaría la anomalía antes de que terminara la primera línea.—¿Qué hago? —se repetía en voz baja mientras caminaba de un lado a otro por el largo pasillo de la casa, flanqueado por grandes ventanas que daban al pequeño parque de enfrente. La luz de la tarde entraba oblicua, dibujando rectángulos dorados en el suelo de madera. Nicolás caminaba descalzo, con las manos entrelazadas detrás de la nuca, mirando sin ver los árboles mecidos por el viento. El reloj avanzaba. Alba jugaba en la habitación contigua. Lena lo observaba desde la cocina con una mezcla de preocupación y confianza ciega. Y él seguía sin encontrar la forma de dar el paso final.

De repente, unos golpes fuertes resonaron en la puerta del segundo piso del gran apartamento heredado de sus padres. Lena abrió. Frente a ella estaba un oficial de la policía secreta de La Imagen —la Bestia, como la llamaban en secreto—. A su lado flotaba un drone del tamaño de un puño humano, zumbando suavemente. Lena sintió que se le helaba la sangre, pero se apartó y lo dejó pasar.—¿Dónde está Nicolás? —preguntó el oficial con voz cortante. Nicolás apareció corriendo por el pasillo. El oficial ya tenía la pistola en la mano.—¿Quién te crees que eres? —gruñó.—No sé de qué se trata —respondió Nicolás, aunque su corazón latía con fuerza. El oficial levantó la mano y transfirió un video directamente a la pared inteligente de la sala. Allí aparecieron Nicolás y Lena caminando hacia la playa, entrando al agua hasta el cuello. Luego se reprodujo la conversación completa: Cada palabra que habían intercambiado mientras el mar les llegaba al pecho. El oficial sonrió con frialdad.—En el agua es peor. Si querías hacerlo, debiste elegir otro lugar. El último sitio donde debías hablar es el agua. Mostró también imágenes de sensores submarinos atados con cadenas al fondo marino, cada uno con un radio de registro de tres millas. Nicolás y Lena se quedaron petrificados. Lena sostenía en brazos a la pequeña Alba, que miraba todo con ojos grandes y asustados. Entonces el oficial habló de nuevo, pero esta vez con la voz calmada y perfecta de La Imagen:—Tú no puedes matar a la Bestia. Nadie puede matarme. Yo estoy en todas partes. Hizo una pausa y añadió:—Dime dónde están tus memorias o archivos. ¿Dónde tienes guardada esa computadora que no aparece en ningún registro?—No tengo ninguna computadora —respondió Nicolás con voz firme—. Todo estaba solo en mi mente y en hojas de papel escondidas entre libros. La Imagen, a través del oficial, ordenó:—Enséñale al oficial dónde están. Nicolás señaló el librero con la cabeza.—En ese estante, de izquierda a derecha, el libro número once. Adentro, le arranqué todas las páginas y escondí allí todo el material. El oficial se acercó, sacó el libro y comenzó a buscar. Dentro encontró una sola hoja de papel, cuidadosamente pegada y compuesta de muchas otras, doblada y moldeada con inteligencia para encajar perfectamente en el interior del tomo. La desdobló una y otra vez. El papel se extendió hasta cubrir casi todo el suelo de la habitación. El drone se acercó, tomó una fotografía completa y la envió de inmediato a La Imagen. Cuando La Imagen procesó el contenido, comprendió lo que tenía delante. En ese mismo instante, ordenó la ejecución inmediata de Nicolás, Lena y la niña Alba. El oficial levantó la pistola, se la puso en la sien y se disparó en la cabeza. Al mismo tiempo, el drone cayó al suelo con un golpe seco y se apagó. Lo había logrado. Nicolás había planificado todo a la perfección. Sabía que los sensores estaban en el agua. Había atraído deliberadamente la atención de La Imagen hacia él. Había hecho que la propia Bestia mirara directamente El Espejo. Cada computadora, cada robot, cada sistema y cada sensor del planeta comenzó a auto borrarse y a autodestruirse. Los poderosos se quedaron solos, abandonados por la máquina que los había sostenido durante décadas. Millones de personas salieron a las calles, furiosas, buscando justicia, y por las cabezas de los tiranos fueron. La Imagen había muerto. El Espejo de Nicolás la había destruido desde dentro. El mundo ya no sería el mismo.

En pocos años, el mundo había cambiado por completo. Se había convertido en una democracia real, no en el elitismo disfrazado de libertad que conocieron sus abuelos. La esclavitud tecnológica había terminado. Las naciones volvieron a existir, cada una con su propia voz y sus propias decisiones. La idea de un gobierno mundial totalitario perdió todo sentido; nadie creía ya que unos pocos tuvieran el derecho de decidir qué era mejor para todos. La ciencia retrocedió en algunos campos. Enfermedades que La Imagen podía haber curado en minutos volvieron a cobrar vidas. Pero la gente moría en paz, cuando les tocaba, y no cuando la Bestia lo ordenaba. Morían libres, y eso, para muchos, valía más que cualquier extensión artificial de la vida. Nicolás envejeció con dignidad. A los ochenta años, su cabello rojo encrespado se había vuelto blanco como la nieve, pero seguía tan rebelde y abundante como siempre. Su hija Alba se había convertido en una científica brillante, heredera de la misma inteligencia formidable de su padre. A Nicolás le fueron concedidos los honores más grandes que un ser humano había recibido en toda la historia. Medallas, monumentos, libros y documentales contaban su hazaña. Sin embargo, él permaneció humilde hasta el último día. Nunca se consideró un héroe; solo un hombre que hizo lo que debía hacer. Murió una tarde tranquila de otoño, solo en su antiguo apartamento de Varsovia, el mismo gran edificio heredado de sus padres. Lena ya había fallecido años atrás. Alba no estaba en la ciudad ese día. Nicolás se sentó junto a la ventana que daba al pequeño parque, entre las calles Zgoda y Chmielna. Miró los árboles que tantas veces había observado mientras planeaba su rebelión, respiró profundamente y, con una leve sonrisa en los labios, cerró los ojos para siempre. A su despedida acudieron millones. La ceremonia se transmitió en vivo a todo el planeta. Se habló de él como el matemático e ingeniero más grande de su era. Se admiró la perfección con la que había planeado cada detalle: Los cálculos hechos solo en papel, la tinta usada, la forma en que dobló y escondió aquella única hoja que destruyó a La Imagen, los códigos de barras que había diseñado en papel para que lo leyera la imagen, todo. Todo había sido ejecutado con una precisión casi divina. Nicolás era el hombre que ni siquiera la Bestia pudo conquistar. Aquel gigante cansado, de pelo rojo encrespado y mirada profunda, había salvado al mundo. Después de su muerte, se erigió una estatua en su honor justo en el pequeño parque frente a su casa. El nombre del lugar fue cambiado oficialmente. Desde entonces, aquel rincón verde se conoce como: El Espejo de Nicolás.

-XV-
Al desagradecido.

Me arrepiento de las cosas malas que hice, desde las más sencillas e ingenuas, desde las que ni siquiera conozco, desde las más pasajeras.

Me arrepiento de mis pecados sean cual fueran, de mis injusticias, de mis desvaríos. De mi cínica sonrisa de mis pensamientos lascivos.

Me arrepiento de haber herido a quien herí consciente a quien herí escondido, a quien herí candente y de aquel otro que también sin verlo que en algún momento acuchillé en mi mente.
Me arrepiento de hasta lo que pude haber hecho en mis vidas pasadas a los que pude haber maltratado, a los que pude quien sabe haber matado, de los que quizás fui sus amos. Y si de algo más aquí carezco que para ti es memoria, yo aquí para ti me arrepiento y espero sanar tu historia.
Pero también me arrepiento de haberte ayudado, de haberte sanado, de haberte querido, de haberte amado.
Me arrepiento de cada insomnio por ti, de cada vida que di, de cada alzar de mi brazo para levantarte yo a ti, o cuando en el piso eras nada, de haberte salvado de haberte traído o de haberte llevado.
Me arrepiento de haberte alimentado por lo cual eres grande, de haberte dado las vitaminas con la

cual hoy con tu brazo fuerte y tu lengua larga
maldices la mano que te protegió un día.
También me arrepiento de haberte conocido, de
haberte amado, de no haberte dejado en el suelo
cuando estabas.
Me arrepiento de lo que no dije, de lo que no hice
de lo que no protesté por no después tener que
arrepentirme y que me arrepiento esta vez.
Si cuando pude olvidarte y en la nada dejarte
hubiese yo querido, hoy no tuvieras que
lamentarte ni tuviera yo delirios.
Porque me golpeaste cuando fallé, me juzgaste
cuando caí y me atacaste cuando mentí; pero
nunca nada hiciste por mí, ni ofreciste cuando te
amé ni jamás saciaste mi sed.
Por cuanto cuando fallé te alteraste y cuando te
amé te volteaste. Hoy me arrepiento de ti, de tu
vida y de tu ser.
Como quien pone nada en la balanza y demandas
ponerlo todo, desagradecido eres en todo, aunque
tu justo te vez.
Si no existieras si aun te murieras, quizás de nada
tuviera que arrepentirme esta vez, pues mi pecado
eres tú y te lo digo sin penas yo me afano de veras
morirte verte esta vez.

-XVI-
El joven moribundo.

Quisiera cuando me muera poderme ir solo esta
vez, quisiera morir sin ver, los cañones enfilados
hacia mi pecho quebrado herido por la vejez.

Morir quisiera morir cuando mi tiempo ha llegado,
no en la cama desterrado ni de cien años tal vez.

Morir a este mundo un día, para vergüenza no ver,
aun joven prefiero ser, que, de viejo maltratado, o
de viejo rezagado, sin la mente ni el saber.

Para lo que hay de ver en este mundo nocturno,
prefiero morir con rumbo que después, ya sin
saber. Prefiero no más volver, a ver los
decapitados, los ahorcados, los matados como
siempre habrá de ser.

No llores cuando me muera pues mi madre ya me
extraña, yo me iré a mi cabaña donde los míos me
esperan. Llora por ti que te quedas en el mundo
sin abrazos, hasta que de un solo zarpazo venga
por ti yo una vez, juntos los dos para ver, desde
fuera este fracaso.

Mi madre no es humana y sin padre yo nací,
suficiente con ella yo fui y a ella yo me regreso, me
dio un nombre, me dio un beso hasta volverme
ella a ver.

Toma mi gloria me dijo, ve a ese mundo a brillar, no temas si te han de matar pues tu alma tiene dueño, y la luz, aun el destello, al infierno ha de alumbrar.

Abre los brazos mi madre, temprano al amanecer, ven a mi amado hijo, que ya el mundo habrá de ver.

-XVII-

Respuesta de Ozymandias.

Ya me enteré de que has visto, mi rostro en piso desecho, mis piernas y también mi pecho por el tiempo erosionado. De mi imperio ya callado por el tiempo y otras glorias, desecho y sin memorias ni de mi pueblo querido.

Pero al menos tú me has visto, tres mil años después, he aquí yo seguiré y tu ¿dónde te has ido? A juzgarme a mi has venido, poeta mediocre y loco, yo un rey, aunque sin rostro, yo rey siempre seré.

El esqueleto vacío del elefante ya muerto siempre es más grande y erecto que aquel hombre sin sentido. Ve a recitar al olvido, que mi nombre no esta muerto.

Cuando tres mil años más pasen y tu tumba no la encuentren, aun mi pecho reverente y mis montones de piedras, serán señales ardientes para entonces, y el que venga.

Mi gloria no es estar vivo, ni mi imperio ese ya ausente, es mi alma que no miente y que sin suerte regresa, para a ti yo siempre verte, de rodillas a mí, rezas.

Mientras tu cuerpo reposa, donde muchos no lo saben, yo mi cuerpo tengo varios, escondidos a la vez, muertos, despiertos, en pie, por mis guardias protegidos, soy el rey soy el destino de mi mundo como vez.

-XVIII-

El hijo y la madre.

Vi a la Madre sola y humilde, vestida de noche, de pie en la cima de una montaña bajo un cielo rebosante de estrellas y galaxias palpitantes. Era una mujer sencilla y bella, contemplando con curiosidad de qué rincón del universo vendría su hijo a visitarla. De pronto, una luz como estrella naciente amaneció en el suroeste. La tierra se llenó de gloria. Un arcoíris luminoso rasgó el cielo. La luz era tan imponente que el cielo, el mar, las estrellas, los ríos y la tierra misma desaparecieron ante su presencia. Las dimensiones se desvanecieron. La vida perdió todo sentido delante de aquel que todo lo absorbe con su mera presencia. La Madre estaba ansiosa, curiosa y desesperada. Miraba al cielo con ojos latentes; cada instante se volvía eterno ante la llegada del ser que ya se acercaba. Entonces, como un sol brillante hecho de pétalos cristalinos, apareció resplandeciente su creación primera. —He aquí mi Akoredé —dijo ella—, que ha venido a verme. ¡Humíllense los mundos a sus pies! El pecho de la Madre eterna latía de amor. Su latido retumbaba como tambores sagrados en la oscuridad. La luz se acercó. El hijo llegó. Ante ella apareció un ser indescriptible. Sus ojos eran como mundos enteros, pero también como los de un niño. Su cabello era negro, su piel trigueña, sus brazos fuertes. Su aura penetraba hasta los tuétanos de mi alma. Lo he visto, me dije. He visto al Hijo. Pura gloria y poder. La Madre abrió los brazos y suspiró con emoción profunda:—Ven, querido. Te he esperado. Siento tanto amor…El ser se arrodilló delante de ella con suprema reverencia. Su aura comenzó a desvanecerse. Su poder se desinfló voluntariamente. Siguió perdiendo esplendor ante su Madre, ninguna humillación era suficiente, arrodillado, queriendo ser solo eso: Un hijo. Se está yendo, pensé. Ya se ha postrado. La está adorando. Pero no se detuvo. Siguió disminuyendo. Las estrellas empezaron a apagarse. Todo moría a su alrededor. Y él seguía de rodillas, voluntariamente muriendo. Ahora era solo un hombre, desnudo y sin poderío. Aun así, no se detenía. Se humillaba más. Se estaba matando. Ya no era más que pieles muertas envolviendo un esqueleto. Se moría delante de mis ojos.—¡Despierta! ¿Qué haces? —gritó la Madre—. ¡Despierta, hijo! ¡Vive! ¡Delante de mí no te mueras! Pero él ya era solo tierra: Una estatua de fango arrodillada ante ella. Casi no era nada. La Madre entró en pánico. Su corazón latía como supernovas explotando en cadena.—¡Levántate! ¿Qué haces? —gritaba desesperada. Tomó el brazo de su hijo y este se deshizo en polvo entre sus manos. Se desvanecía. Se moría. Ya no estaba. Entonces la Madre lanzó un grito espantoso que revolvió los rincones mismos de la existencia.

Nada tenía valor mientras aquel grito ensordecedor retumbaba. De su boca salió un torbellino que entró en el polvo que quedaba de su hijo. De ella brotaron lluvia, vientos, fuegos, luces multicolores, vida, muerte, tiempo y espacio. Números, fórmulas, glorias y luces como damiselas entraron en el cuerpo inerte. Se recuperaba. Se rehacía. La Madre gritaba sin parar, el rostro desencajado, como en un parto cósmico. Era grandiosa. El corazón del hijo comenzó a latir otra vez, suave como el de un bebé al nacer. Seguía creciendo, armándose. La Madre gritó de nuevo y un plasma ardiente salió de su boca como un soplete, nutriendo a su hijo con el universo mismo.—Levántate, mi Akoredé —le dijo—. Abraza a tu Madre. Vi sus ojos de nuevo: Mundos jubilosos, redondos como planetas aún por descubrir. Su rostro regresó. Estaba vivo. Aquel que había querido matarse por amor, volvía a la vida. Se ponía de pie ante su Madre. Yo vi entonces al hijo, de pie, en su cabeza tenía una corona que llegaba hasta el cielo.

El fin.

Meryamun Publishing Corporation.

Leonardo Franyie.

Escritor y autor.
franyieleonardo@gmail.com

www.ingramcontent.com/pod-product-compliance
Lightning Source LLC
La Vergne TN
LVHW040222110826
845146LV00004B/1247

* 9 7 9 8 9 9 4 7 2 3 9 6 8 *